Questa è un'opera di finzione. I nomi, i personaggi, i luoghi, le organizzazioni, gli eventi e gli avvenimenti sono frutto dell'immaginazione dell'autrice o sono usati in modo fittizio.

Titolo originale: *The Fifth Guest*

Traduzione dalla lingua inglese di Anna Perrone
Prima edizione: febbraio 2026

ISBN 978-88-227-9121-4

www.newtoncompton.com

Realizzazione a cura di Caratteri Speciali, Roma
Stampato nel febbraio 2026 da Grafica Veneta S.p.A., Trebaseleghe (PD)

Jenny Knight

Il quinto ospite

Newton Compton editori

Per Shell, grazie.

Dalla «London Gazette»
L'infortunio più borghese di sempre!

Proprio mentre i medici chiedono che gli avocado vengano corredati di un'avvertenza sul rischio di lesioni da taglio, un nuovo pericolo per la salute getta nel panico la classe media: l'umile piatto di formaggio.

Durante una cena nel verdeggiante sobborgo di Barnes, nella zona sud-ovest di Londra, pare che un ospite sia stato pugnalato allo stomaco con un raffinato coltello da formaggio d'argento, il cui utilizzo più audace di norma è quello di affettare un buon brie.

CAPITOLO 1
CARO

Quando arrivò l'invito, Caro stava andando in palestra. Il postino glielo consegnò insieme a una bolletta e a un catalogo di abbigliamento. Scambiarono i soliti convenevoli sul tempo splendido e sui rumori molesti prodotti dall'impresa edile tre porte più in là. In circostanze normali, Caro sarebbe salita sulla Lexus, avrebbe affrontato la sessione di body pump e poi avrebbe trascorso un'ora al bar osservando le gerarchie del gruppo che si riuniva per il cappuccino post-lezione e chiacchierando di conseguenza.

Quel giorno, invece, si ritrovò di nuovo in casa, seduta sulle scale, sul terzo gradino dal basso, con l'elegante busta tra le mani e gli occhi puntati sullo stemma di famiglia impresso sulla carta da 140 grammi.

Un velo di sudore le copriva il labbro superiore.

Si rigirò la busta tra le mani. Pensò di lasciarla sulla credenza, uscire e proseguire la sua giornata, ma sapeva che la curiosità morbosa avrebbe continuato a pungolarla, impedendole di concentrarsi sulle attività produttive. Così, aprì la busta rapidamente e senza cerimonie, strappando la spessa carta con deliberata noncuranza.

Lady Bellinger ha l'onore di invitare
Mr e Mrs Carmichael,
alla cerimonia di inaugurazione del
Memoriale di Sir Charles e Henry Bellinger
che si terrà domenica 15 luglio,
al n. 6 di Riverside Gardens, Chiswick

NOTA –
PER ESSERE AMMESSI SARÀ NECESSARIO ESIBIRE IL PRESENTE INVITO.

Caro fissò gli eleganti caratteri neri per un tempo indefinibile, che avrebbe potuto essere di pochi secondi o di mezza mattinata, con gli occhi che vagavano avanti e indietro.

Una cerimonia commemorativa. Non riusciva a immaginare niente di peggio che stare in piedi sul prato curato dei Bellinger ad ascoltare discorsi su discorsi in attesa che una riproduzione di Henry a grandezza naturale la fissasse dall'alto come Gesù.

Si alzò in piedi. Espirò lentamente. Henry Bellinger sembrava seguirla ovunque andasse, come una presenza costante nella sua visione periferica; le sembrava di scorgerlo nei volti che incrociava sull'autobus o all'aeroporto. Riconosceva le sue spalle larghe, o magari gli occhi ridenti e le fossette. Ma poi, quando si alzava, quell'Henry era troppo basso, oppure sorrideva e i suoi denti erano sbagliati e così tornava a essere solo un estraneo che saliva su un aereo.

Caro si appoggiò alla ringhiera, il corrimano intagliato che le scavava la schiena, e rilesse l'invito. Riverside Gardens. Era proprio in fondo alla strada. Si chiese chi altro fosse stato invitato da Lady Bellinger. Se Caro era sulla lista, lo erano sicuramente anche gli altri; la vecchia strega non le avrebbe mai concesso un privilegio speciale. Immaginava che il segretario privato dei Bellinger avesse avuto il suo bel da fare per rintracciarli tutti.

Per un attimo pensò di declinare l'invito adducendo come scusa un precedente impegno, e provò un momento di sollievo. Ma non avrebbe mai potuto dare a Lady Bellinger quella soddisfazione.

La porta d'ingresso si aprì. Era Mary-Anne, la donna delle pulizie.

«Oh, signora Carmichael, non mi aspettavo che fosse in casa», disse stupita trovandosi davanti Caro.

«No, no, me ne stavo andando. Scusa, Mary-Anne». Imbarazzata per essere stata colta di sorpresa dalla sua donna delle pulizie, come se fosse stata beccata a dormire sul posto di lavoro, Caro si affrettò a recuperare la borsa della palestra e le chiavi, e l'invito le scivolò di mano.

«Va tutto bene, signora Carmichael?», chiese Mary-Anne, facendosi avanti per aiutarla.

«Sì, bene, assolutamente bene». Caro raccolse le sue cose e si guardò di sfuggita allo specchio dell'ingresso. Non aveva nulla che non andasse, era un po' più pallida del solito forse, ma non c'era la minima traccia di agitazione sul suo viso. «Mi tolgo dai piedi, Mary-Anne. Ti lascio fare la tua magia», disse uscendo.

Fuori, l'odore del fiume e i gas di scarico l'aiutarono a schiarirsi le idee. Non si sarebbe fatta intimidire, pensò mentre si dirigeva verso l'auto. Avrebbe affrontato tutto a testa alta. *Caroline, è facile prendere le distanze: basta immaginare di recitare la parte di sé stessi in un'opera teatrale.* Era una tecnica che le aveva insegnato sua madre per tenere a bada le emozioni: solo uno dei suoi tanti consigli per assicurarsi un marito ricco. Ma questa volta Caro aveva bisogno di un'armatura più solida, qualcosa che la proteggesse dagli sguardi furtivi degli altri ospiti, dai sussurri compassionevoli, dalla tristezza per ciò che sarebbe potuto essere, o almeno dall'altezzoso disprezzo di Lady Bellinger.

Mentre apriva la portiera della macchina con il telecomando, le venne in mente che forse avrebbe potuto organizzare una cena la sera prima. Chiamare i rinforzi reclutando alcuni personaggi chiave. Poteva invitarli a fermarsi da lei per la notte; casa sua, in fin dei conti, era la più vicina ai Bellinger, e in questo modo avrebbero potuto presentarsi tutti insieme. Controllò l'agenda. Sabato 14 luglio suo marito Brian e la loro figlia maggiore Bethany sarebbero stati alla cena del Barnes Rugby Club. Perfetto.

Salì sulla Lexus e si sistemò nell'abitacolo in pelle color crema, soddisfatta del piano che stava prendendo forma. All'improvviso l'idea non le sembrava così male. Una splendida cena tra vecchi conoscenti per rievocare la gioventù. Le tornarono in mente gli umidi pomeriggi in barca sul fiume. Corpi snelli, atletici, tonici. Cocktail dolci in bicchieri appiccicosi e balli sfrenati al ritmo delle hit del momento. Adorazione. Volti sereni, pieni di desiderio, speranza e idealismo. Notti in cui non si svegliava fissando il soffitto con lo sguardo assente. Tutte quelle promesse.

Scorrendo la rubrica del telefono trovò il numero di George

Kingsley. L'ultima volta che aveva avuto sue notizie, si era appena trasferito a Henley-on-Thames, sua moglie Audrey aspettava un bambino e lui lavorava in una mediocre società di gestione patrimoniale nella City. Usava frasi come: *Va alla grande!* ed era diventato esattamente come lei aveva immaginato che sarebbe diventato. George era il tipo che si teneva in contatto con tutti.

Caro dovette riscrivere il messaggio WhatsApp cinque volte prima di raggiungere il giusto livello di disinvoltura.

George, è tanto che non ci si vede. Stavo pensando di organizzare una cena prima della commemorazione, così potrai darmi qualche dritta. Mai stata a una di queste cose prima! Fammi sapere, sono a Barnes quindi puoi rimanere da me se vuoi. Caro

Si sentiva già meglio. Controllò l'orologio: ormai era tardi per il body pump, ma forse era ancora in tempo per il caffè. Magari avrebbe proposto un bicchiere di vino. Caro cercava di non bere durante la settimana. Ma, come aveva detto una delle mamme all'ingresso della scuola quella mattina, il giovedì è quasi il fine settimana.

La Lexus ronzava sulla strada. Il messaggio di George arrivò pochi minuti dopo. La voce robotica dell'altoparlante dell'auto lo lesse per lei.

Caro! Ho sentito che sei tornata dalla Svizzera. La cena mi sembra un'ottima idea.

Queste cose sono tristi, ma è pur sempre un'occasione, dopo diventa tutto un casino. Travis voleva restare a dormire da me la sera prima, posso portare anche lui? Certo, non sarebbe male poter bere qualcosa e fare due chiacchiere senza dovermi preoccupare che il bambino si svegli. G

Caro si fermò nel parcheggio della Virgin Active pensando alla lista degli invitati. Travis Lawrence-Dixon non era esattamente in cima alle sue preferenze, ma in realtà non c'era problema.

Aprì la portiera dell'auto. Il sole splendeva. Mise gli occhiali da sole, prese la borsetta dalla sacca della palestra e notò che nella fretta aveva portato con sé l'invito. All'improvviso le sembrò che Henry Bellinger fosse in macchina con lei.

I suoi occhi ridenti la osservavano dal morbido sedile in pelle.

Caro sentì un groppo in gola e un pizzicore sulla pelle. Non voleva essere costretta a tornare nel passato. Ora aveva una nuova vita, una vita che si era costruita sgomitando. Il prurito sulla pelle congestionata era sempre più forte, avrebbe voluto strapparsi via di dosso la catenina d'oro e la canottiera aderente di lycra. Non riusciva a sopportare il ricordo di ciò che sarebbe potuto essere. Rossa e sudata, era sull'orlo dell'iperventilazione quando sentì un clacson.

Fliss Weschler, una compagna di palestra, la salutò dal finestrino della sua Audi mentre faceva manovra, salvandola appena in tempo da una crisi di panico.

Caro alzò una mano tremante per ricambiare il saluto. Sentì il cuore rallentare, l'ondata di terrore ritirarsi. Aveva decisamente bisogno di un bicchiere di vino ora. Per fortuna a Fliss piaceva bere, di certo le sarebbe andato uno Chablis ghiacciato.

Si chinò a raccogliere l'invito vincendo quella sciocca riluttanza. Lo rigirò tra le mani e lo lesse di nuovo. Era solo un pezzo di carta. Non poteva farle del male. Le parole non uccidono, no?

Mentre lo infilava nella tasca laterale della borsa, notò il nome dei Bellinger impresso in alto e, dirigendosi a grandi falcate verso Fliss, prese mentalmente nota del fatto che lei e Brian avrebbero dovuto procurarsi della carta da lettere personalizzata.

CAPITOLO 2

LILY

Appena aveva ricevuto l'invito alla cerimonia per l'inaugurazione del memoriale dedicato a Henry Bellinger, Lily Enfield aveva immediatamente prenotato una seduta d'emergenza con la sua analista.

«Non ci voglio andare», disse Lily, senza mezzi termini. «Sono stata invitata solo per via del mio libro». Lily era entrata di recente nella classifica dei bestseller del «Sunday Times» grazie a un thriller che aveva come protagonista una coraggiosa cacciatrice di fossili costretta a improvvisarsi detective dopo che il suo partner era stato assassinato nell'inospitale territorio antartico. Spesso si sentiva una delusione agli eventi letterari o, più di recente ai token party, perché la somiglianza tra lei e il suo personaggio principale si esauriva nel fatto che anche Lily studiava fossili antartici per il suo dottorato. «E poi c'è questa cena da Caro», aggiunse sentendo montare il panico. «È troppo».

La dottoressa alzò gli occhi dall'invito e li puntò su di lei, lasciando sedimentare il silenzio.

Lily cercò di rimanere il più possibile immobile sotto quello sguardo indagatore. Era difficile evitare il contatto visivo, perché nella stanza non c'era altro da guardare. E probabilmente non era un caso. Spesso si concentrava sulla scatola di fazzoletti sul tavolino. Pensava a tutti i pazienti che avevano afferrato una manciata di fazzoletti per asciugarsi gli occhi mentre la dottoressa attendeva. L'idea di piangere lì dentro le sembrava assurda quanto quella di alzarsi in piedi all'improvviso e togliersi tutti i vestiti di dosso. Sul pavimento della stanza c'era un tappeto a motivi geometrici. Lily aveva fissato quel disegno così a lungo da ritrovarlo nei suoi sogni.

«Mi ricordi qual è Caro?». La dottoressa si tolse gli occhiali senza montatura. Una volta, al Vision Express, Lily ne aveva provato un paio simile, ma si era sentita troppo esposta.

«La principessa», disse Lily, poi specificò: «Non una vera principessa. È quella che ho incontrato a Zurigo». Lily era volata lì per un festival letterario. Caro l'aveva portata in un ristorante panoramico di tendenza la cui insegna era costituita unicamente da tre punti, perché, aveva detto, chi poteva resistere a un posto così cool da non avere neanche un nome? Lily Enfield, ecco chi. Lily era terrorizzata dalle altezze e aveva dovuto chiudere gli occhi mentre venivano accompagnate al tavolo. Caro aveva ridacchiato, poi, lasciando ondeggiare la magnifica chioma rossa, si era voltata per dire: «Non sei cambiata per niente», e Lily aveva percepito istintivamente che non era un complimento.

La dottoressa esaminò i suoi appunti. «Ah sì, il festival letterario. Dove sono iniziati gli attacchi di panico, in effetti».

Lily osservò gli occhiali dell'analista, che si muovevano tra le sue dita sottili mentre parlava. Si domandò se avesse davvero bisogno di consultare gli appunti o se fosse solo una tattica.

«All'epoca abbiamo preso in considerazione l'idea che la causa scatenante potesse avere a che fare con quel viaggio».

«Ma poi abbiamo deciso che era solo una coincidenza», rispose Lily, muovendosi goffamente sulla sedia. I pantaloni le stringevano in vita. Il maglione grigio con scollo a V era troppo caldo.

«Tu lo hai deciso», la corresse la dottoressa. «Io non decido, Lily. Ti suggerisco strade da esplorare».

Lily stava facendo del suo meglio per restare completamente immobile e sfuggire all'analisi di quegli occhi che vedevano tutto, ma era probabile che anche quell'atteggiamento, di per sé, venisse considerato rivelatore.

«E organizza una cena la sera prima della commemorazione?», chiese l'analista.

«Sì», rispose Lily. «Evidentemente le serve qualche altra ragazza a tavola. Caro non è il tipo di persona che ha amiche intime. Ho detto "ragazza" perché mi sembrava troppo formale dire "donna". Non vorrei che pensasse che mi reputo ancora una ragazzina». A volte aveva la sensazione di consegnarle le proprie nevrosi su un piatto d'argento.

«Pensavo che ti avesse invitata solo per il libro».

«No, quello è il motivo per cui sono stata invitata alla commemorazione. La cena è una cosa diversa». Sul collo di Lily avevano cominciato a formarsi delle macchie rosse, era accaldata e stressata. «O forse no. Non lo so».

L'analista sistemò gli appunti. «Mi sembra che ci stiamo allontanando dal punto. *Tu* cosa vuoi fare, Lily?»

«Non lo so». Ma Lily lo sapeva. Voleva nascondere tutto sotto il tappeto e dimenticare. Voleva vivere nel tranquillo anonimato di sempre. Quando aveva visto il WhatsApp di Caro sulla cena, aveva creduto di avere un infarto e si era raggomitolata sul pavimento in attesa della morte o che le orecchie smettessero di fischiare.

Con la sua voce più gentile la dottoressa disse: «Perché pensi che *io* possa pensare che tu debba andare, Lily?».

La settimana prima avevano vissuto una situazione simile. Lily fu tentata di alzare la mano. «Perché, secondo lei, devo riappropriarmi della mia storia».

«Per tornare al punto di partenza». La dottoressa si appoggiò allo schienale e si rimise gli occhiali. «Focalizzati su questo, Lily. Esplora il modo in cui ti fa sentire. Osserva il modo in cui *loro* ti fanno sentire».

Lily non riusciva a sopportarlo. Le era intollerabile la sola idea di sedersi a tavola con tutti loro.

L'analista la fissava, in attesa del consenso che Lily non voleva dare. Regnava il silenzio. A volte, per distrarsi quando la seduta diventava troppo intensa, Lily immaginava la dottoressa che saltava in piedi all'improvviso e faceva qualcosa di folle, tipo lanciarsi in una coreografia sulle note di *Gangnam Style* o trasformarsi in un cattivo dei cartoni animati, oppure alzare le mani al cielo in mezzo alle fiamme e gridare: «Lily, questa è la tua occasione! Scuoti gli equilibri interiori, trova la verità. Lascia che bruci tra le fiamme infernali!».

In quei momenti, Lily doveva controllarsi per non far trapelare segni di divertimento. Quindi si limitò a fissarla con uno sguardo inespressivo mentre la dottoressa le diceva cose come: «Sei molto più forte di quanto pensi, Lily».

«Non ne sono sicura», rispose.

CAPITOLO 3
ELLE

Elle Andrews aveva trovato l'elegante invito goffrato ad attenderla quando era rientrata dal lavoro. Lo aveva aperto, aveva arricciato le labbra rosse in un'espressione di disgusto e lo aveva gettato nel cestino.

Ora stava sgomberando l'appartamento della sua defunta sorella Sarah. Sotto il lavello della cucina che puzzava di muffa e di escrementi di topo, Elle trovò un'altra bottiglia di vodka Rachmaninoff a tripla distillazione della Lidl, piena per metà, nascosta e dimenticata. La tirò fuori, ne versò un po' in una tazza e cominciò a rovesciare il resto nel lavandino.

«Che diavolo stai facendo?». Suo fratello, che era fuori al telefono, si sporse dalla finestra e afferrò la bottiglia ancora piena per un quarto. «È roba buona!».

Elle non disse nulla, si appoggiò al piano di lavoro scheggiato e bevve un sorso dalla tazza. Su lato c'era un'immagine di Will e Kate: era una tazza commemorativa del matrimonio ordinata su qualche catalogo di merda.

Guardò la stanza. C'erano così tante cose da sgomberare. Le tendine ingiallite erano tanto deprimenti che allungò una mano e le strappò. Fuori, suo fratello fece una smorfia.

«Perché l'hai fatto?».

Poi fu distratto da una vicina. «Buon pomeriggio, Phyllis. Sì, sì, stiamo sgomberando la casa. Molto triste. Già. Molto improvviso. No, hai ragione, non era felice. Okay, allora. Stammi bene».

Elle alzò gli occhi al cielo. Riusciva ad attaccare bottone con chiunque pur di non dare una mano. Fece capolino in salotto per vedere come se la stava cavando sua madre.

«Non hai fatto nulla?». Elle non riusciva a crederci: la stanza era esattamente come l'aveva lasciata. Pile di carta su ogni tavolo. Tazze, bicchieri. Detriti di una vita. «Mamma, dobbiamo sistemare».

Ma sua madre non la stava ascoltando. Aveva trovato un vecchio album e stava guardando le loro foto da piccoli. Quando sollevò lo sguardo verso Elle, aveva il viso rigato di lacrime. «Oh, è terribile. Non ce la faccio... I figli non dovrebbero morire prima dei genitori».

Elle si sedette sul divano accanto a lei, le mise un braccio intorno alle spalle e la strinse forte. «Lo so». Aveva immaginato spesso il giorno in cui non avrebbe più dovuto precipitarsi in quella casa per sedersi al buio e tenere tra le braccia la sorella in lacrime. Niente più ore al telefono con il medico. Niente più attese per le ambulanze. Non avrebbe più dovuto pulire, cucinare, controllare. Ma per quanto fosse stato difficile, per quanto Sarah fosse stata malata, per quanto Elle pensasse di aver già elaborato il lutto, la mancanza di sua sorella restava comunque uno shock. Guardò il fratello, ancora incollato al telefono in corridoio, e poi la sua sciatta madre che fissava ossessivamente le vecchie foto. Due persone inutili. Ora era tutto nelle mani di Elle. Ma forse avrebbe dovuto arrendersi. Che importanza aveva se la casa veniva sgomberata o meno? Niente lì dentro apparteneva alla sorella che lei conosceva, quella casa era solo un deprimente ricordo della persona che Sarah era diventata.

Elle si mise comoda, appoggiò la testa sul divano logoro, si accese una sigaretta e tirò fuori il telefono. Aprì l'e-mail che aveva ricevuto da Lily Enfield.

Ciao Elle, volevo solo sapere se andrai alla cena di Caro prima della commemorazione. Se sì, speravo che potessimo andarci insieme. Non vedo l'ora di riabbracciarti.

Spero che tu stia bene, Lily

Elle diede un'occhiata a Instagram, mentre sua madre piangeva silenziosamente accanto a lei. Sui social media preferiva restare dietro le quinte e osservare. Un'osservatrice distaccata, ma assuefatta. Aveva un account sotto falso nome, belinda. bakes.cakes, con la foto di una donna sorridente che reggeva un'informata di cupcake. Tutti accettavano la sua richiesta di contatto, era assolutamente innocua.

Cliccò sul profilo di George Kingsley. Non postava molto, ma quello che c'era era tutto selfie e falsa modestia. Lui su uno yacht nel Mediterraneo, capelli umidi pettinati all'indietro e Ray-Ban a specchio che riflettevano l'iPhone: «Ho avuto la fortuna di portare fuori questa piccola bellezza. Spero di ricordarmi come si naviga!», o in sella a una bicicletta sulla cima di una collina, sudato nel suo costoso abbigliamento da ciclismo: «Uff, ce l'ho fatta! Non sono più in forma come una volta!». Di tanto in tanto compariva una donna dai capelli castani e il viso a forma di cuore: Audrey, la moglie di George, da lui principalmente chiamata "mogliettina". Elle avrebbe voluto dare un'occhiata anche all'account di Audrey Kingsley, ma la sua richiesta di follow per il momento era rimasta senza risposta.

L'ultimo post di George mostrava lui e Audrey con il figlio neonato, sullo sfondo scorci del soggiorno rivelavano un arredamento elegantemente neutro. Il bambino era avvolto in una copertina azzurra, la manina in miniatura stretta intorno al pollice di George, che pareva un gigante al confronto. La didascalia recitava: «Quanto amore per questo piccoletto. Il mio più grande successo!».

Elle non voleva dare un nome all'emozione che aveva provato quando aveva visto la foto per la prima volta. Preferiva pensare che fosse semplice disprezzo, ma sotto sotto c'era stato anche un fastidioso guizzo di invidia. Guardandola di nuovo oggi, alla luce dell'invito alla commemorazione – un evento al quale George Kingsley sarebbe stato senza dubbio chiamato a partecipare – si accorse che il disprezzo si stava trasformando in rabbia. E starsene seduta tra i tristi resti della vita di sua sorella non aiutava. Il contrasto tra George nel suo elegante salotto bianco crema e la carta da parati giallastra e macchiata di nicotina di sua sorella le fece ribollire il sangue.

Accanto a lei sul divano, il telefono di sua madre squillò e lei rispose sottovoce: «Sì, lo so, sì, sarò a casa presto. Sto solo sistemando le cose di Sarah. Sì, sì, te lo prometto». Quando riagganciò, guardò Elle con aria imbarazzata: «Era Darrell, voleva solo controllare dove fossi».

Elle odiava Darrell, un cospirazionista convinto che la terra fosse piatta e che il mondo ce l'avesse con lui, come la maggior parte degli ex di sua madre. Si rese conto che, per quanto George Kingsley, snob e figlio di papà, fosse agli antipodi rispetto all'orribile Darrell, entrambi avevano avuto un ruolo nella sua decisione di rinunciare alle relazioni.

Sua madre continuava a sfogliare l'album, tirando su con il naso e tamponandosi gli occhi con la manica, mentre il telefono accanto a lei vibrava senza sosta per annunciare l'arrivo dei messaggi di Darrell. Elle non riusciva a sopportarlo. La sensazione claustrofobica di trovarsi lì con la madre, circondata dalle cose di sua sorella. La puzza di rimpianto e frustrazione.

Si alzò, tornò in cucina e infilò di nuovo la testa sotto il lavello per vedere cos'altro poteva trovare, ma non aveva più la stessa forza di prima. Ormai per lei non avrebbe fatto alcuna differenza se avessero semplicemente chiuso la porta e se ne fossero andati. Si sedette sul pavimento e lesse ancora una volta l'e-mail di Lily sulla cena pre-commemorazione organizzata da Caro.

Poi andò sulla pagina Instagram di Caroline "Caro" Carmichael. I suoi scatti erano tutti ricercati esempi di eleganza suburbana. Lei che accompagnava i bambini a scuola fasciata in raffinati pantaloni da yoga blu navy, con i lunghi capelli rossi fluenti e lucidi come nelle pubblicità. Un angolo della sua casa con un nuovo carrello da cocktail in ottone pieno di bicchieri vintage e sullo sfondo pareti Farrow & Ball color foglia di tè. O la foto nauseante di un #brunch in una caffetteria piena di luci hipster e pessima arte, con tante manine protese verso i pancake ai mirtilli.

Per curiosità, cercò il nome di Travis e scoppiò a ridere di gusto. Tutte le foto mostravano il suo corpo pompato e coperto di tatuaggi in un milione di pose yoga con vari tramonti sullo sfondo e una biografia che recitava: «Travis Lawrence-Dixon | La forza della saggezza | Contattami per parlare e imparare».

Mentre cullava tra le mani la tazza di vodka, Elle pensava

alla statua che sarebbe stata eretta in onore di Henry Bellinger. A George e Caro che passeggiavano tra tartine e champagne. A George che prendeva il microfono per pronunciare un discorso ruffiano e struggente. A tutti loro alla cena di Caro, alla quale Elle non aveva avuto l'onore di essere invitata.

Perché le persone come loro potevano vivere come volevano? Perché avevano vite brillanti e spensierate? Elle cercò di immaginare un mondo in cui sarebbe stata sua sorella a essere commemorata o a sorseggiare latte macchiato vestita Lululemon, invece di ubriacarsi a morte. L'ingiustizia del mondo la faceva impazzire.

Pensò a quanto le sarebbe piaciuto piazzare una bomba sotto le loro belle vite ordinate. Uno dei suoi patrigni (Neal, che viveva a Deal) diceva sempre che è meglio lasciare il passato nel passato. Elle buttò giù il resto della vodka. Però così si perdeva tutto il divertimento.

CAPITOLO 4
GEORGE

Ieri
Primo trimestre del secondo anno
Università di Oxford

George Kingsley posò le valigie nell'atrio. «Ehi!». Era reduce da una settimana di allenamento a Lucerna, in preparazione alla stagione di canottaggio, e il sole svizzero di fine estate riflesso sull'acqua gli aveva conferito un'abbronzatura color castagna. Si tolse gli occhiali da sole e si guardò intorno nella casa fatiscente. «Non è il massimo, vero?».

La ragazza di fronte a lui aveva un aspetto scialbo, portava pesanti occhiali tartarugati e sembrava nata con un libro in mano. Non era certo il suo tipo, ma quando si presentò come Lily Enfield, gli venne in mente che avrebbe potuto tornargli utile per la lista. La lista veniva stilata ogni anno dal capitano del club di canottaggio; l'anno precedente prevedeva di scoparsi una ragazza di ogni nazionalità, cosa quasi impossibile. Quest'anno l'obiettivo era quello di coprire l'intero alfabeto. George si rendeva conto che la sfida poteva essere considerata moralmente discutibile e di rado aveva scelto una ragazza solo per il gusto della competizione, ma trovava comunque piacevole confrontare le proprie conquiste con l'elenco. Il trimestre era appena iniziato e aveva già depennato la J – una brava ragazza di nome Jessica della squadra femminile di canottaggio – e la V prometteva bene, dato che poco prima, nella sala comune, aveva trasformato un battibecco sui suoi privilegi in un'occasione per flirtare con una ragazza di nome Vickie.

«Allora tutti hanno già scelto la propria stanza?», chiese George, osservando l'arredamento spartano e le pareti dipinte frettolosamente. Da matricola aveva avuto una camera molto bella, con bagno privato, quasi una casa lontano da casa. Questo posto, invece, era a dir poco trasandato: la vernice blu che rivestiva il vecchio edificio georgiano era scrostata, gli infissi erano marci e l'ingresso aveva l'aria di essere stato un negozio nella sua vita precedente. Sbirciò in fondo al corridoio e vide una minuscola cucina con malandati armadietti marroni. Per fortuna avrebbe consumato la maggior parte dei suoi pasti nel refettorio del college.

La ragazza scialba, Lily, scosse la testa. «Solo io e Travis». Ogni volta che apriva bocca gli occhiali le scivolavano sul naso e le guance le si coloravano per l'imbarazzo. George non riusciva a credere che avrebbe condiviso la casa con lei. Raccolse parte della sua roba e la seguì su per le scale scricchiolanti. Come avrebbero detto i ragazzi del club di canottaggio, bel culo, peccato per la faccia.

Il corridoio puzzava di vernice e di umidità. C'erano macchie di pittura bianca sulla moquette e pennellate di colore sui bordi del cartello che indicava l'uscita d'emergenza. George passò davanti a una porta aperta sul pianerottolo. «Ehi, amico», disse a un tizio che se ne stava sdraiato su un materasso a due piazze a soffiare anelli di fumo in aria.

Il ragazzo si alzò a sedere, con i capelli ritti in testa e gli occhi annebbiati, e sembrò studiare l'abbigliamento di George: il kit da canottaggio, l'enorme borsa Nike, la giacca elegante in una custodia per abiti gettata sulla spalla. «Hai un aspetto troppo energico per i miei gusti», disse, prima di tornare a sdraiarsi. A eccezione di un computer portatile, un altoparlante e un cofanetto con l'intera saga di Harry Potter sullo scaffale, la sua stanza sembrava completamente vuota.

«Quello è Travis», disse Lily, in piedi sul pianerottolo. «La sua stanza ha una vista davvero incantevole».

George lanciò un'occhiata alla vetrata composta da sei pannelli. Travis non gli sembrava il tipo in grado di apprezzare il pittoresco cortile che dava sulla strada con i suoi elementi decorativi in metallo, il grande ippocastano o l'ornato lampione vittoriano visibile attraverso il vetro screziato. Lo conosceva già. Gli aveva dato una mano l'anno prima, quando George aveva comprato degli steroidi da uno dei giocatori della squadra di rugby. Il ragazzo gli aveva giurato che non erano individuabili, ma poi lui stesso era stato espulso a seguito di un test antidroga obbligatorio e George non aveva mai provato tanta paura in vita sua. Era rimasto sveglio tutta la notte a immaginare la reazione di suo padre se anche a lui fosse successa la stessa cosa. Alla fine, alle 3 del mattino, si era fatto coraggio e aveva chiesto a uno dei fattoni del suo corso se conosceva qualcuno che potesse aiutarlo. Lo avevano mandato da Travis, il quale gli aveva chiesto cinquanta sterline per un po' di idroclorotiazide, un diuretico vendibile solo su prescrizione, per mascherare le droghe in circolo. George lo aveva preso e il giorno dopo all'allenamento era collassato per la disidratazione e le vertigini. E comunque non era mai stato sottoposto al test antidroga.

Ora, a quanto pareva, avrebbe dovuto condividere la casa con quel buono a nulla.

Ma aveva importanza? Non proprio. George era a Oxford per un unico motivo. Un posto nella Boat Race, la celebre regata Oxford-Cambridge. Quello era il suo destino. I Kingsley *erano* Oxford. Era cresciuto ascoltando i racconti del padre e del nonno sulla Boat Race. Entrambi avevano avuto l'onore di far parte dell'equipaggio che aveva battuto Cambridge e i rispettivi attestati erano appesi uno sopra l'altro nel soggiorno della casa di famiglia a Devizes. Sotto era pronto uno spazio per quello di George. Il primo anno la concorrenza era stata spietata e George non aveva superato la selezione per entrare in squadra. In un certo senso era stata una benedizione: aveva potuto farsi le ossa divertendosi un po' di più la sera, godendosi l'esperienza da matricola senza troppa pressione. Era stato già abbastanza difficile abituarsi al carico di lavoro. Quell'anno però era diverso, si faceva sul serio. Molti studenti della vecchia guardia si erano laureati e i giochi erano aperti: era l'anno di George. Avrebbe ottenuto un posto nella Blue Boat a qualunque costo.

La porta d'ingresso sbatté, facendo tintinnare i vetri. Una rossa in jeans e top attillato marciò su per le scale avvolta da una nuvola di profumo dolce. «Non è giusto. Non capisco come sia possibile. Come possono metterci tutti insieme? Abbiamo pagato! La mia stanza dovrebbe avere un bagno privato. Davvero questo posto ha un solo bagno? Stanno rovinando la nostra esperienza».

Era molto bella. Lunghi capelli fiammeggianti, una perfetta silhouette a clessidra, pelle chiara, labbra da pompinara. Trasudava sicurezza da ogni poro.

«Credo che a rovinare la nostra esperienza sia stato il cedimento che ha fatto crollare metà degli alloggi per gli studenti», rispose la timidona, Lily, con un tono asciutto che George non si sarebbe mai aspettato da lei.

Sul letto, Travis fece un sorrisetto mentre si accendeva una sigaretta dalla precedente. George si chiese quale sarebbe stato il momento opportuno per fargli presente che in quell'alloggio era vietato fumare.

La rossa ignorò il commento di Lily. Imbronciata, con le mani piantate sulla vita stretta, rivolse la sua attenzione a George, che istintivamente gonfiò il petto. «Che posto è questo? È una discarica, a malapena abitabile, si sono limitati a spruzzare un po' di vernice sui muri di un vecchio edificio a caso. Perché è toccato a noi? Perché tutti gli altri stanno insieme nell'edificio principale?».

George gettò la borsa e la tuta nella prima stanza disponibile. «Non credo sia così. Credo che sia tutto un casino. Da quello che ho sentito, hanno dovuto racimolare stanze qua e là. Alcune persone sono lontane chilometri dal college, quindi dovremmo ritenerci fortunati».

La rossa non sembrava particolarmente incline a ritenersi fortunata.

George cambiò approccio. «Dicono che è una soluzione temporanea. Una volta che avranno valutato i danni strutturali, potremo andarcene da qui e tornare nell'edificio principale».

«Amico, hai visto i danni?», disse Travis con voce beffarda.

George si irrigidì. «No. Non esattamente».

Travis rotolò sul letto, sorridendo tra le guance incavate. «È meglio che cominci a sistemare i tuoi pantaloni chino. Non andremo da nessuna parte».

Con la coda dell'occhio, George vide la ragazza scialba che ridacchiava.

«Parlerò con il preside», esplose la rossa. «È così ingiusto. Non posso vivere con voi».

Furono interrotti da un fischio basso, poi una voce biascicò: «Porca miseria, che buco di merda». La profonda e allegra risata che seguì sembrò elevare immediatamente il livello della casa.

George si sporse per guardare giù dalle scale, attirato dalla naturale sicurezza di quella voce e quasi sussultò quando si rese conto che apparteneva a Henry Bellinger, il quale aveva appena chiuso la porta d'ingresso con un calcio e si apprestava a oltrepassare la pila di bagagli coordinati della rossa, lasciati lì a ostruire il passaggio. Si gettò il suo enorme borsone sulle spalle e cominciò a salire le scale, sfoggiando un'espressione allegra mentre osservava le crepe sul soffitto e la carta da parati.

«Adoro questo posto!». Giunto sul pianerottolo, gettò la borsa a terra. Quell'affabile allegria li faceva apparire pionieri hipster in un sobborgo londinese distrutto, più che studenti del secondo anno che lamentavano la mancanza di una doccia privata.

George conosceva Henry perché entrambi erano nel circuito del canottaggio. Avevano gareggiato l'uno contro l'altro fin dai tempi della scuola, ma George era entrato a malapena nel radar di Henry. Il momento in cui erano stati più vicini era stato l'anno precedente, durante il rito di iniziazione al canottaggio delle matricole, quando Henry era stato costretto a leccare il suo stesso vomito dopo aver bevuto vari intrugli letali e disgustosi da una selezione di vecchi stivali Wellington. George gli aveva dato una pacca sulla spalla per augurargli buona fortuna.

E ora avrebbe condiviso la casa con una star. Gli balenò davanti agli occhi un futuro radioso in cui dall'oggi al domani era parte della cerchia ristretta di Henry.

Il comportamento della rossa accanto a lui cambiò in un istante. Scuotendo le lunghe ciocche, fece un passo in avanti, con la schiena inarcata e il tessuto del top che si tendeva in modo invitante. «È *così* divertente, no?», disse tendendo una mano. «Tutti qui insieme nei bassifondi! Io sono Caro».

Henry socchiuse gli occhi. «Sei nuova? Sono sicuro che ti avrei notata altrimenti».

Caro ridacchiò timidamente. «No, non sono nuova. Forse non hai cercato nei posti giusti».

Dalla sua camera da letto Travis sbuffò.

Henry si avvicinò per vedere chi fosse. «Trav! Amico. Non sapevo che fossi qui».

I tentacoli di Travis sembravano estendersi in ogni direzione. Quando vide Henry, si decise ad alzarsi dal letto, tirarsi su i pantaloni grigi della tuta e avvicinarsi per un saluto.

Lily, la ragazza con gli occhiali, rimase nell'ombra. Aveva alzato la mano per salutare quando Henry si era diretto verso la porta di Travis, ma nessuno l'aveva notata tranne George. Fu di nuovo ignorata quando Henry si diresse verso la successiva serie di scale traballanti e disse: «Va bene se prendo una stanza all'ultimo piano? Mi piace poter guardare fuori».

«Assolutamente!», rispose subito Caro. «Accanto alla mia». Si avviò su per le scale per reclamare l'altra camera da letto. «Potremo ammirare insieme le "guglie sognanti"», aggiunse strizzando un occhio.

Senza staccare lo sguardo dal culo di Caro, Henry si chinò per recuperare il borsone di marca dal costo esorbitante e l'etichetta discreta. Diede una pacca sulla spalla a George, come se fossero amici da sempre, e gli sussurrò: «È iniziata la sfida per aggiudicarsi la C».

George provò un brivido di gioia. Avrebbe rinunciato all'intero alfabeto, se questo avesse significato essere elevato ai ranghi della vertiginosa figaggine di Henry Bellinger.

CAPITOLO 5
CARO

Oggi

Cocktail: Martini con vodka Belvedere
Antipasti: Blinis di salmone affumicato con caviale nero islandese

Caro terminò la telefonata e prese in considerazione l'idea di annullare tutto. J.B. Watson e sua moglie avevano appena disdetto, quindi ci sarebbero stati due ospiti in meno.

«Non è un problema, no?», disse il marito di Caro, Brian, mentre annodava la cravatta della squadra di rugby.

Lo era eccome. Non solo era umiliante, ma faceva saltare tutti gli equilibri. «J.B. era fondamentale», si lamentò Caro. J.B. Watson, popolare membro della squadra di canottaggio, era il classico bravo ragazzo la cui presenza, insieme a quella di George, avrebbe dato un senso alla serata. Avrebbero ricordato Henry e i bei tempi andati e insieme avrebbero affiancato Caro come guardie del corpo durante la commemorazione del giorno dopo.

«Se vuoi posso restare», disse Brian.

«No», rispose lei, in tono forse un po' troppo brusco.

Il marito la guardò con espressione ferita.

«Mi dispiace, non volevo essere sgarbata», si scusò avvicinandosi per sistemargli la cravatta. In realtà non vedeva l'ora che uscisse di casa per mettersi all'opera e tentare di salvare il salvabile. Lily, Travis e George. Che compagnia male assortita.

«Lo so». Brian le diede una pacca sul sedere e andò a prendere la giacca del vestito dalla sedia. Lei cercò di non farci caso. Soprattutto quando lui tornò e le diede un'altra palpatina. «Carino», disse, riferendosi all'abito di velluto che indossava. Poi, con occhio da contabile: «È nuovo?»

«Sì».

«Hai usato l'American Express?».

Ogni volta la stessa storia. Sì, certo che aveva usato quella maledetta American Express. Sì, certo che era nuovo. Ma puntualizzarlo era un modo per apporre il suo marchio di cauta disapprovazione. Non le avrebbe mai permesso di godersi liberamente quelli che lui considerava i suoi soldi, anche se Caro sapeva di esserseli guadagnata con fatica.

Sua figlia Bethany entrò con indosso una sottoveste argentata che la faceva sembrare una venticinquenne invece della goffa adolescente che era. «Pronto, papà?», disse.

Caro deglutì, preparandosi alla battaglia. «Ti avevo detto che quel vestito non era adatto».

Bethany, con un ampio cardigan grigio tra le mani, la fulminò con uno sguardo di disprezzo. «E io ti ho detto che invece va bene, *mamma*».

Caro stava ancora imparando a gestire l'adolescenza di Bethany. Aveva adorato il morbido profumo di pane fresco della prima infanzia e la dipendenza a occhi sgranati della scuola elementare. Questa fase era più impegnativa: vedeva troppo di sé stessa in sua figlia.

«Su, calmiamoci un po'», si intromise Brian. «A me sembra che stia bene».

Caro sgranò gli occhi. "Oh Brian", pensò con compassione, "cosa vuoi saperne tu delle ragazze adolescenti?".

Il telefono di Caro annunciò l'arrivo di un messaggio e Bethany ne approfittò per trascinare il padre fuori di casa prima che Caro avesse modo di sollevare ulteriori obiezioni.

«Ciao, tesoro», la salutò Brian.

Caro agitò una mano senza prestargli molta attenzione, distratta dal WhatsApp di Travis Lawrence-Dixon.

Te l'ho detto che sono diventato vegano? Porto il mio formaggio.

Caro fece una smorfia. Fosse stato per lei, non l'avrebbe neanche invitato e ora invece le toccava persino preparargli un menu vegano.

In cucina, mentre scolava i ceci, passò in rassegna gli aspetti positivi. Per fortuna non pioveva, quindi avrebbero potuto bere qualcosa sulla terrazza con vista sul prato. I tre figli più piccoli erano dalla madre di Brian. Edward, il secondogenito, era a un pigiama party con gli amici. Non c'era nessuno in casa, il che era fantastico, e lei aveva preparato i letti per Travis e George.

Un'ora dopo suonò il campanello. "Comportati in modo naturale", si disse. Uscendo dalla cucina, prese una foto del matrimonio dalla consolle dell'ingresso e la infilò nel cassetto; non voleva mettere in mostra dettagli della sua vita. Erano solo vecchi amici. Un po' di divertimento, una spintarella per l'ego. Avrebbe condotto la serata senza problemi. Pensò a tutti i cocktail party e alle feste che aveva organizzato quando vivevano in Svizzera. Quando sei all'estero non è necessario che ti piaccia qualcuno per annoverarlo tra gli amici, ci si arrangia con quello che si ha.

Quando erano tornati nel Regno Unito, Brian le aveva detto che il tempo trascorso a Zurigo gli sembrava avvolto da un'aura di irrealtà. Divertente ma falso, come il McDonald's o lo zucchero filato: bello al momento, ma in fin dei conti nient'altro che zucchero e aria calda. Caro aveva pensato che fosse una riflessione piuttosto acuta per Brian. Lei invece si era trovata perfettamente a suo agio in Svizzera: non c'era il rischio di diventare troppo intimi con qualcuno e attirare domande scomode.

Si fermò davanti al grande specchio dell'ingresso e osservò la sua immagine riflessa, il trucco impeccabile, i deliziosi orecchini e il braccialetto di smeraldo che aveva scelto come regalo di anniversario, i capelli lucenti appena lavati. Era tutto perfetto. Anche se... gli occhi sembravano diffidenti o era solo la sua immaginazione? Sbatté le palpebre un paio di volte. Meglio. Sarebbero rimasti impressionati dalla casa? Certo che sì. "Andiamo, Caro". Tirò indietro le spalle. Era nervosa. In ansia per la serata e per la cerimonia di inaugurazione il giorno dopo. A volte le mancava il respiro. Ma no, non aveva intenzione di pensarci adesso. Una cosa alla volta. Questa era la sua serata, Brian era fuori e lei stava per incontrare i suoi amici.

Fissò intensamente il riflesso nello specchio. «Tu sei Caroline Carmichael e nessuno può piegarti».

Aprì la porta.

George Kingsley, in piedi sul gradino, si stava sistemando la camicia, assicurandosi che i polsini fossero dritti, e osservava tutti i dettagli della facciata. «Un bel posto, Caro, stupendo», disse facendo un cenno di apprezzamento in direzione delle vetrate e del vialetto piastrellato in bianco e nero per cui Caro aveva tanto insistito. «Sono in ritardo?». Controllò l'orologio. «C'è stato qualche problema con i treni». Con una mano reggeva una valigia con dei fiori infilati nella maniglia, nell'altra teneva il vino e un sacchetto di carta con il formaggio che si era offerto di portare. «Questo brie ha un odore così forte che ho viaggiato nella carrozza da solo. È un piacere vederti, Caro, sei splendida come mi aspettavo». Le posò una mano ferma e sicura sulla spalla. Su George si poteva sempre contare. Educato fin dalla nascita ai convenevoli e a fare conversazione.

«Ciao, George, tesoro». Caro si chinò a baciarlo e percepì il suo profumo costoso, muschio e legno di sandalo, un odore inebriante e fresco rispetto a quello di Brian, che non poteva usare profumi perché gli aggravavano l'eczema. Tuttavia, sembrava esausto. Era ancora un bel ragazzo, ma di certo non era in piena forma. La camicia Paul Smith non riusciva a nascondere del tutto l'accenno di pancia. I capelli si erano decisamente diradati e aveva una profonda ruga tra le sopracciglia. «Come vanno le cose? Come sta il bambino?»

«Il figlio del demonio». George rise. «Sto scherzando, ma non gli piace molto dormire».

Caro lo invitò a entrare. «Oh, è orribile quando i bambini non dormono», disse mentre gli faceva strada all'interno della casa. «Io sono stata fortunata, i miei hanno sempre dormito benissimo. Fin dalla prima settimana di vita». Era una bugia: sia Bethany che Alice, la più piccola, avevano avuto un sonno terribilmente disturbato, ma quando era nervosa tendeva a esagerare.

«Ti odio», disse George sbuffando.

Caro rise.

Entrambi si voltarono quando sentirono un Uber fermarsi davanti al cancello. La portiera dell'auto si aprì e ne uscì un uomo che non assomigliava affatto al Travis Lawrence-Dixon che conoscevano: capelli rasati, pelle del colore dell'uva passa, maglietta nera, pantaloni militari color kaki. E un tatuaggio che gli copriva la parte anteriore del collo.

«Wow, Travis, guardati!», esclamò Caro, un po' sconcertata mentre Travis risaliva il vialetto.

«Bella casa», disse lui con un sorriso ironico. Dopo un rapido bacetto sulla sua guancia, aggiunse: «Anche se da te non mi sarei aspettato nulla di meno, Caro».

Lei socchiuse gli occhi, non sapendo se interpretare quel commento come un complimento o una frecciatina. Ma non ebbe modo di replicare, perché George gli stava già dando una pacca sulla spalla. «Namasté, Trav, namasté».

Travis fece un passo indietro per guardarlo bene. «Sei invecchiato, amico».

«Vaffanculo».

Travis rise. «Chi altro viene?»

«Prendiamo un Martini in giardino?», suggerì Caro, eludendo la domanda. Quella di ignorare le domande e deviare l'attenzione su altri argomenti era una tattica che aveva perfezionato negli anni per mantenere il controllo della situazione.

«Preferirei una birra», rispose Travis.

Seguirono Caro attraverso la cucina.

George indicò le pareti verde pallido del soggiorno e disse: «È Mizzle, giusto? Il colore intendo».

«Esatto!». Caro si fermò per passare una mano sulla vernice. In realtà si chiamava Whirlybird, ma sua madre le aveva insegnato che agli uomini piace pensare di sapere le cose.

«La mia vita è tutta una palette di colori», disse George quando entrarono in cucina.

«È la vita di periferia, amico», lo prese in giro Travis. George trasalì, poi passò al contrattacco: «Cos'è quella cosa orrenda che hai sul collo?», chiese indicando il gigantesco tatuaggio pieno di curve e linee che serpeggiava dal colletto alla mascella di Travis.

«È l'Unalome», rispose Travis senza scomporsi, prendendo la birra che gli porgeva Caro. «Il simbolo del viaggio verso l'illuminazione. Me lo sono fatto fare in India».

«Poi sei tornato a casa e ti sei reso conto di aver commesso un terribile errore», ironizzò George.

«Non c'è niente di male nel ricordarsi quotidianamente delle svolte della vita, George».

«Ho già un sacco di cose che me le ricordano, grazie».

Travis scollò le spalle.

Caro stava mescolando i Martini. «Uscite a esplorare!», li incoraggiò indicando le porte a soffietto che aveva lasciato aperte di proposito.

George uscì ed emise un fischio basso. «Che bel giardino», disse appoggiandosi alla ringhiera della veranda. «Voglio dire, è perfetto. Richiederà un sacco di lavoro». Poi si rivolse a Caro: «Ci si mette Brian con il suo goniometro?».

Travis bevve un sorso di Bud fredda. «Brian?».

Caro, in piedi accanto all'isola della cucina, sentì la mano irrigidirsi sullo shaker.

«Ti ricordi di Brian Carmichael, Trav?», disse George. «Era un anno avanti a noi. Grande e grosso. Era il segretario dei Conservatori dell'Università di Oxford».

Travis sembrava sorpreso.

«Andava sempre in giro con un megafono e portava una grande coccarda».

Per poco Travis non sputò la birra sulla terrazza imbiancata a calce. «*Tu* hai sposato il tizio del megafono?».

Per qualche strana ragione, Caro fu colta di sorpresa. Come diavolo era stato possibile? Si era preparata a quel momento. Aveva previsto che Travis potesse non saperlo. Aveva immaginato di schivare la domanda con un freddo, orgoglioso commento sui successi di Brian, sottolineando quanto fosse stata fortunata ad averlo incontrato. Non di rimanere lì, fragile e sulla difensiva, con il corpo in fiamme dalla testa ai piedi per la vergogna. I suoi piani però non avevano tenuto conto della storia condivisa, della conoscenza del passato, degli impercettibili movimenti delle labbra e delle sopracciglia con cui Travis e George si trasmettevano mille parole.

Travis mascherò lo shock dietro un commento educato: «Era davvero gentile. Molto socievole...», ma Caro sapeva cosa pensavano. Sapeva come funzionavano i loro cervelli nel profondo.

Si erano conosciuti prima di indossare le maschere illusorie dell'età adulta. Non voleva le loro risatine o la loro compassione. Voleva la loro ammirazione: per la casa, per la vita che si era costruita. Ma soprattutto voleva che non le importasse.

Decisa a evitare i loro sorrisetti, si avvicinò al frigorifero per tirare fuori le tartine e lasciare che si sfogassero alle sue spalle.

Quando sentì George rientrare in cucina per prendere il suo Martini, pensò che fosse più sicuro restare in disparte, e fece scivolare il vassoio con i blinis al salmone affumicato sul bancone. Cominciò a distribuire piccole cucchiaiate di caviale su ciascuno di essi, mentre Travis raccontava a George il ritiro di meditazione silenziosa a cui aveva partecipato di recente.

«Mi sembra un po' troppo mistico», disse George.

Caro ricordò improvvisamente che Travis era vegano. «Oh Travis, questi non puoi mangiarli, vero? Dannazione». Non sopportava che non l'avesse avvertita prima e si innervosì, soprattutto quando Travis rispose seccamente: «Ti assicuro che mi sono trovato in situazioni peggiori». Con i suoi commenti riusciva sempre a sminuirla. Che importanza poteva avere se Caro aveva trascorso l'ora precedente al loro arrivo a cercare di preparare un tajine vegano?

Lo guardò mentre si appoggiava con disinvoltura al tavolo della cucina. C'era qualcosa nel suo atteggiamento rilassato che puzzava di imbroglio. Forse era il fatto che fosse tutto muscoli: quella prestanza non la si ottiene con mindfulness e meditazione. Aveva visto cosa dovevano sollevare i ragazzi in palestra per avere quell'aspetto.

Caro si lisciò la parte superiore della tuta di velluto. «Be', se vuoi posso prepararti delle *crudités*».

«Non preoccuparti per me, davvero. Però mi sono ricordato che...». Tornò nell'atrio e tirò fuori dallo zaino due budini vegani al caramello salato. «Mi sono portato il dessert».

Caro ispezionò la confezione. «L'altro giorno ho letto da qualche parte che il veganismo è così popolare in questo momento perché è l'unico modo in cui le persone possono riprendere il controllo. Oggi siamo sopraffatti da tutto ciò che accade nel mondo e sui social media. Non si tratta tanto di salvare gli animali quanto di non impazzire».

Travis scrollò le spalle. «O forse è solo quello che dicono i carnivori per alleviare il senso di colpa».

«Io non mi sento in colpa», disse George mentre si infilava in bocca un blini. «A me piace la carne, soprattutto al sangue».

Caro fu soddisfatta alla vista dei muscoli del collo di Travis che si tendevano. La sua frecciatina aveva fatto centro. Lui odiava l'idea di essere considerato un maniaco del controllo. L'indifferenza era la sua ragione d'essere. Ma lei non si lasciava ingannare.

Suonò il campanello.

«Oh, deve essere Lily».

«Viene anche Lily?». Per la prima volta da quando era arrivato, Travis sembrava confuso.

Caro provò un brivido di piacere nel notare la sua sorpresa. Forse, in fin dei conti, avrebbe potuto godersi la serata… Si sarebbe divertita a guardare Travis che sudava.

«Sì, certo». Andò ad aprire la porta quasi di corsa.

Lily Enfield stava aspettando con le mani dietro la schiena, i capelli castani legati ordinatamente in una coda bassa, il trucco ridotto al minimo indispensabile. Portava una giacca grigia e lo stesso completo – camicia a fiori e pantaloni blu navy – che aveva indossato in occasione della loro cena a Zurigo e che sfoggiava nella sua foto ufficiale. Era in tenuta da lavoro.

«Lily, tesoro, entra». Caro stava esagerando per far arrabbiare Travis, ma anche per cercare di scuotere un po' Lily, che era rigida come l'ultima volta che si erano incontrate.

«Caro, devo confessarti una cosa. So che ti avevo promesso che avrei preparato un dolce, ma non ho avuto tempo, così ho comprato questo per strada», disse Lily timidamente, porgendole una torta del supermercato e una bottiglia di vino.

Caro non si scompose. «Va bene, tesoro, nessun problema! Finché è dolce, per me va bene. Crostata al limone siciliana. Sembra deliziosa». Sainsbury? Sarebbe potuta andare almeno da Waitrose o, meglio ancora, avrebbe potuto mandarle un messaggio e Caro avrebbe preparato la sua celebre pavlova. Ecco che succedeva quando cedeva il controllo ad altri, ma Lily aveva insistito per aiutarla in qualche modo.

«Lily!». George apparve di corsa nell'ingresso. «Dio, non sei cambiata per niente». Le mise una mano sulla spalla, la baciò su entrambe le guance e aggiunse: «Chi l'avrebbe mai detto. Autrice di bestseller. Non riesco a immaginare come si faccia a scrivere un libro».

«Lily, ricordami che ho una pila di libri da farti autografare per il mio circolo di lettura», disse Caro mentre faceva strada verso la cucina.

«Allora dimmi, che succede quando si entra nella classifica dei bestseller?», chiese George. «Ti danno un distintivo o qualcosa del genere come in quel programma televisivo?».

Lily scosse la testa. A Caro fece sorridere il fatto che Lily, nonostante l'aspetto ordinato, semplice e impersonale – camicia, mocassini, piccoli orecchini a bottone – per quanto si sforzasse non riusciva a evitare di arrossire ogni volta che qualcuno la metteva al centro dell'attenzione.

«Nessun distintivo», rispose. «Solo un sacco di discorsi, interviste e cose del genere. E poi si passa al prossimo».

George annuì distratto mentre rabboccava il suo Martini. «Affascinante».

Caro era rimasta sulla soglia pregustando il faccia a faccia tra Travis e Lily.

Ma Travis appoggiò la birra sul bancone e, sorridendo, la salutò senza dar segno di imbarazzo o esitazione: «Ehi, Lily, come stai?»

«Bene, grazie», rispose lei, già rossa in volto per le domande di George. «Tu?»

«Bene. Tutto bene».

E questo fu quanto. Che delusione. Ma chi poteva sapere cosa covava sotto la cenere? Quei due erano sempre stati un mistero per Caro, con le loro strane battutine e le loro conversazioni senza nemmeno aprire bocca.

George si era piazzato accanto all'isola della cucina e continuava a divorare blinis. «Ho un amico che commercia in caviale. Che tipo è questo?», chiese.

Caro si morse il labbro. «In realtà è della Lidl», disse fingendo imbarazzo.

«Lidl è un'ottima scelta», disse George infilandosi in bocca l'ennesima frittella.

«L'altro giorno ci ho comprato un gonnellino da tennis», intervenne Lily.

«Non sapevo che giocassi a tennis», disse George.

«Infatti non gioco, ma costava solo due sterline».

Travis rise.

Lily abbassò timidamente lo sguardo sul suo drink.

Caro osservava compiaciuta. Uno dei suoi amici in palestra aveva detto che non c'era niente che unisse le persone come le occasioni della Lidl. «George, puoi riempire i bicchieri di tutti, per favore? Sentitevi liberi di passare allo champagne. Sempre della Lidl».

Scoppiarono tutti a ridere.

Caro finalmente poteva rilassarsi, sarebbe andato tutto bene.

CAPITOLO 6
LILY

Ieri
Terzo trimestre del secondo anno

Al bar, mentre cercava a fatica di addentare un'enorme tartina di Yorkshire pudding e roast beef, Lily sentì qualcuno dire: «La grande domanda è: chi sceglierà Caro tra George Kingsley e Henry Bellinger?». Da un lato Lily pensava che gli argomenti di conversazione a Oxford avrebbero dovuto essere molto più colti, ma dall'altro guardava Caro, nel suo vestito scintillante, e si chiedeva esattamente la stessa cosa. Gli atteggiamenti maliziosi in casa loro avevano raggiunto un picco doloroso negli ultimi tempi e Lily non sapeva per quanto ancora sarebbe riuscita a sopportarlo.

Il padre di George aveva organizzato una festa nell'appartamento di famiglia a Knightsbridge per celebrare la partecipazione del figlio alla Boat Race. Per il secondo anno consecutivo, George non era entrato nella squadra principale. Lui e Henry facevano parte dell'equipaggio di riserva, l'Isis, e si aggiravano per casa in preda alla rabbia per il loro fallimento. Lily aveva assistito alla competizione e si era annoiata a morte. Era stata una gara molto combattuta contro Goldie, la riserva di Cambridge, ma le erano passati davanti solo per una manciata di secondi, durante i quali non aveva comunque visto molto perché aveva davanti persone troppo alte. Lo sport non faceva per lei. Quando a scuola aveva avuto la possibilità di scegliere tra educazione fisica e latino, non aveva avuto dubbi: Lily era bravissima nelle coniugazioni. Neanche le feste erano il suo forte. Tutta quella ostentazione la intimoriva. Tanto per cominciare la lasciava perplessa il fatto che lo chiamassero "l'appartamento di Knightsbridge", probabilmente perché avevano così tanti indirizzi che era difficile tenere il conto. La famiglia di Lily aveva una sola casa: Tresores Hill Farm. Pensava di essersi abituata ormai; fin dal suo primo giorno a Oxford aveva scoperto che esistevano termini gergali per indicare ogni cosa, le feste (*bops*), la sala comune dei laureandi (JCR), gli studenti rivali di Cambridge (*tabs*), i giochi (*sconces*), le esercitazioni (*tutes*) e il servizio di posta interno all'università (*pigeon post*). Avevano un linguaggio proprio che li distingueva, li rendeva un'élite. Ma per inserirsi non era sufficiente conoscere la loro lingua. La sicurezza che derivava dal denaro e dall'educazione, un curriculum in scuole rinomate, una comprensione innata delle convenzioni sociali... niente di tutto ciò poteva essere codificato e imparato, a differenza del gergo di Oxford. A volte Lily si limitava a mettere insieme parole a caso per vedere se qualcuno la correggeva. Finora nessuno l'aveva fatto e, anche se la cosa la divertiva, non l'aveva di certo aiutata a farsi degli amici.

Un quartetto d'archi iniziò a esibirsi nel salone. La festa avrebbe dovuto essere "una cosetta informale", "giusto una serata tra amici per festeggiare i ragazzi", ma a occhio e croce c'erano quasi duecento persone. I camerieri servivano champagne e squisite tartine di uova di quaglia e gamberoni. Non era previsto un dress code, ma tutti erano vestiti allo stesso modo. Conoscevano le regole. George e Henry sudavano copiosamente nelle loro giacche di lana a righe blu; la linea bianca sul taschino superiore indicava a tutti che erano riusciti a entrare solo nella squadra di riserva. Entrambi facevano finta di non essere in competizione per le attenzioni di Caro.

Lily era totalmente fuori contesto con la sua gonna di cotone verde e gli stivali. E lo stesso valeva per Travis. Insieme erano rimasti ai margini e osservavano. Qualche volta ridevano di nascosto scambiandosi uno sguardo. Lily sapeva cosa gli passava per la testa. Sapeva cosa pensava di quella gente e di quel contesto.

Mai nella vita avrebbe pensato di poter fare amicizia con uno come lui: Travis usciva raramente, non andava alle feste, disprezzava i balli universitari. Passava le notti in camera sua a sballarsi; si alzava dal letto per andare a lezione e in qualche modo riusciva a prendere buoni voti. Era troppo intelligente. E sembrava non dormire mai.

«Se continui così finirai con l'ammazzarti», gli aveva detto una volta Lily, incrociandolo mentre usciva dalla sua stanza. Era pallido e teso, con un saggio tra le mani tremanti.

«Se volessi un consiglio, Lily, mi rivolgerei alla mia fottuta madre», aveva risposto lui senza voltarsi.

«Non era un consiglio, è solo che non voglio dovermi occupare del cadavere». Poi Lily era andata a nascondersi nella sua stanza. I conflitti le facevano subito venire le lacrime agli occhi. L'imbarazzo la faceva arrossire. Suo padre diceva che era tenera, ma lei non la pensava così, perché di fatto non riusciva a parlare con nessuno e finiva per essere amica di persone come Eliza Hattersley-Brown, che era così noiosa che a volte si annoiava di sé stessa a metà frase e smetteva di parlare. Era molto probabile che Lily si sarebbe ritrovata a vivere con Eliza Hattersley-Brown se il dormitorio non fosse crollato e non avessero buttato persone a caso in alloggi di fortuna trovati all'ultimo minuto. Persone come Caro, che avevano già presentato una petizione affinché si indagasse sui pessimi criteri di assegnazione degli alloggi. Lily però sperava che le proteste non avessero seguito, perché quella situazione aveva giocato a suo favore: le aveva risparmiato interminabili ore in compagnia di Eliza Hattersley-Brown a giocare a scacchi e mangiare formaggio.

Il giorno in cui Lily aveva osato mettere in discussione le sue abitudini, Travis tornò a casa e si mise subito a letto. Si svegliò solo la sera; Caro, George e Henry sarebbero dovuti andare nella sala comune per la serata del quiz, ma George, appena tornato dall'allenamento, stava facendo la doccia e Caro era ancora alle prese con il make-up. Henry, che era sempre il primo a fare la doccia, si era stufato di aspettare ed era già uscito. Al piano di sotto Lily stava guardando un film horror sudcoreano che le aveva consigliato suo fratello. Non che fosse un'appassionata di horror sudcoreani, ma le mancava la sua famiglia.

«Ti piace?», le chiese Travis in piedi sulla soglia.

«No, perché me lo chiedi?», rispose senza alzare lo sguardo.

Lui accennò una risatina; non gli era chiaro se quel tono piatto implicasse uno scherzo o meno. Lily sapeva che nessuno dei suoi coinquilini vedeva in lei qualcosa di interessante, ma questo non significava che non avesse qualche freccia al suo arco.

Travis si sedette sul bracciolo del divano come se volesse guardare il film solo per qualche minuto, ma poi qualcosa lo fece ridere e scivolò sul cuscino. Lily si irrigidì, sentendosi inadeguata con i pantaloni del pigiama e la felpa del college.

«Ti dispiace?», chiese lui, tirando fuori una canna e accendendola.

«Sì», rispose lei. «Ho l'asma cronica».

Per un attimo sembrò imbarazzato, cosa che Lily non si sarebbe mai aspettata da uno come Travis. «Merda, scusa, la spengo», disse.

«Sto scherzando», disse Lily. «Sono nella stanza accanto alla tua. Se avessi un problema con il fumo lo sapresti già, non credi?»

«Oh». Rise e fece un tiro. Aveva le palpebre appesantite dalla stanchezza e i capelli arruffati tipici di chi si è appena svegliato. «Vuoi?».

Lily scosse la testa.

Il film cominciò a diventare sempre più strano e raccapricciante. Lily si sentì addosso lo sguardo di Travis.

«Cosa c'è?», chiese.

«Muovi la faccia mentre guardi. È divertente».

«Me lo dicono anche i miei fratelli».

«Quanti ne hai?»

«Quattro».

«Wow, dimmi di più».

Travis si mise comodo appoggiando i piedi nudi sul tavolino, poi si stiracchiò e sbadigliò. Lily, invece, si rannicchiò infilando i piedi sotto il sedere, incapace di rilassarsi con lui lì accanto.

«Ti dispiace se guardo il film con te?», le chiese Travis, come se percepisse il suo disagio.

«No».

Un secondo dopo si alzò in piedi, i pantaloni della tuta calati sui fianchi, la camicia allacciata solo per metà. «Vado a prendere una Coca. Ne vuoi una?»

«Hai appena detto che volevi guardare il film».

Lo sentì ridere mentre usciva dalla stanza. Quando tornò, aveva una lattina anche per lei e gliela lanciò.

Lily provò un piccolo brivido di piacere nel constatare che aveva pensato a lei. «Come fai a sapere che mi piace la Coca Cola shakerata?»

«Me lo sentivo», disse lui mentre apriva la sua lattina.

Suonò il campanello.

Sentirono Caro scendere le scale per andare ad aprire. «Oh, porca puttana». Sbatté la porta e urlò: «Travis, c'è uno dei tuoi idioti alla porta».

Travis si alzò di peso dal divano. «Chi è?», chiese a Caro mentre si dirigeva verso l'ingresso.

«E io che ne so? Ma andate a fare il vostro cazzo di spaccio altrove. Sono stufa di avere questi buoni a nulla sulla porta di casa a ogni ora del giorno e della notte».

«Non vengono giorno e notte. Non fare scenate».

«Levatevi dalle palle». Caro risalì le scale come una furia.

Travis diede al tizio sulla porta quello che era venuto a comprare e poi tornò in salotto. «Che tipa Caro, è così rigida».

Lily rise e la Coca-Cola le uscì dal naso.

«*Carino!*», sogghignò Travis mentre si accasciava sul divano accanto a lei.

Lily si asciugò il viso con la manica, poi prese la scatola di biscotti che sua madre le aveva mandato insieme al DVD. «Vuoi un Hobnob?».

Travis fece una smorfia. «Non so cosa ci sia negli Hobnob e perché piacciano così tanto a tutti. Secondo me sono enormemente sopravvalutati».

«È un no?»

«È un sì, ma con una dichiarazione di disappunto».

Lei sollevò un sopracciglio. «Okay, qual è il tuo biscotto preferito allora?»

«Lily, non è la settimana delle matricole».

Lei arrossì.

«Scusa», disse Travis dandole una gomitata. «Okay, metti in pausa il film. Bene. Il mio biscotto preferito?». Inspirò a fondo mentre pensava. Si era tagliato i capelli di recente, ma non erano venuti molto bene ed erano più lunghi da un lato. «Un biscotto giapponese. Non so come si chiami, io lo chiamo "torta materasso", perché è morbido come la schiuma...».

«Sembra una torta, non un biscotto».

«Dammi la forza», disse lui alzando gli occhi al cielo. Poi diede un morso all'Hobnob al cioccolato. «Dai, non è poi così male».

Lily sorrise mentre risistemava la pellicola sulla scatola di biscotti. Quel soggiorno spartano, con la sua moquette blu da quattro soldi e la carta da parati scrostata, le sembrò improvvisamente la stanza più bella e accogliente della casa.

Guardarono altri due film che le aveva mandato suo fratello, uno dietro l'altro, finché fuori gli uccelli ripresero a cantare. Erano rimasti svegli tutta la notte, con i piedi sul tavolo, a bere Coca-Cola e ridere della Nouvelle Vague coreana.

Travis era stato costretto a partecipare alla festa dei Kingsley da suo padre, l'odioso banchiere Bernard Lawrence-Dixon, che era stato invitato in quanto amico del padre di George e riteneva che anche il figlio dovesse fare un minimo di presenza. Travis non era andato a vedere la regata. «La vita è troppo breve», aveva detto, poi aveva preso la metropolitana ed era andato a Brixton a incontrare un fornitore. Quando si era presentato alla festa si reggeva a malapena in piedi e Lily aveva dovuto accompagnarlo a fare un giro dell'isolato mentre beveva un triplo espresso di Starbucks; poi aveva vomitato sul retro di Harrods ed era tornato come nuovo.

All'interno, George e Henry stavano flirtando con Caro, cercando di superarsi l'un l'altro con commenti spiritosi. Quando furono interrotti da alcuni invitati che volevano congratularsi con loro, Caro si allontanò e raggiunse Lily e Travis al bar allestito a un'estremità del salone. «Non so proprio chi scegliere», disse sorseggiando una flûte di champagne.

Di norma, Caro tendeva a ignorare Lily, a meno che non le servisse qualcosa da lei; Lily però non ignorava affatto Caro.

Aveva visto come si lasciava andare quando nei paraggi non c'era nessuno su cui fare colpo. Aveva alcune abitudini piuttosto disgustose e la sua stanza era una discarica. La mamma di Lily sarebbe inorridita: la fattoria richiedeva un impegno costante, ventiquattr'ore su ventiquattro, sette giorni su sette, e a volte dovevano persino sistemare gli agnelli prematuri vicino alla cucina per tenerli al caldo, ciononostante tutto era sempre pulitissimo. Caro si spremeva i punti neri in bagno e poi chiamava Lily per farle vedere il pus che era schizzato sullo specchio. Però non si poteva negare che Caro fosse molto bella. Statuaria, con il naso dritto, gli zigomi alti e gli occhi dal taglio impeccabile. Il pezzo forte erano i capelli: una sontuosa e lucida criniera rosso vivo che lei scuoteva come un cavallo recalcitrante quando era infastidita. A volte Lily rifletteva su quanto fosse ingiusto che Caro avesse dei lineamenti così appariscenti e sfrontati; era come se si fosse fatta strada a gomitate fino in testa alla fila e avesse preso più di ciò che le spettava. Quella sera, con il suo vestito pieno di lustrini, Caro sembrava una dea egizia dipinta d'oro. Era stupenda.

Travis si era appropriato di un intero vassoio di gamberi e se li stava infilando in bocca uno dopo l'altro senza neanche sgusciarli; staccava solo le teste. Lily non mangiava crostacei, non le piacevano gli occhi. «Sono esattamente la stessa cosa», disse Travis a Caro. «Quindi uno vale l'altro».

«Non sono affatto la stessa cosa!», protestò Caro, fissandolo con il suo sguardo altero.

Tutti e tre si voltarono a osservare George e Henry con le loro giacche identiche. George, con i capelli corti castani, era forte e massiccio e dava l'idea di poter sollevare un'auto se qualcuno gli avesse lanciato la sfida. Sul viso spiccavano il naso aquilino, un po' storto dopo che se lo era rotto da bambino in una partita di rugby, la bocca dalla forma irregolare e le sopracciglia spioventi, come se fosse sempre dispiaciuto per qualcosa. C'erano giorni in cui quella combinazione funzionava, altri in cui ricordava un Picasso malriuscito. Henry, invece, era biondo, alto, muscoloso, con enormi denti bianchi, un sorriso leonino e gli occhi dal taglio particolare, come se ridesse sempre. Nella coppia era anche l'elemento dominante. George era la sua fedele spalla: dove andava uno, l'altro lo seguiva sempre.

«Henry è di gran lunga più bello», disse Caro. «Ma George è più dolce, probabilmente più intelligente...».

«Studia Geografia», commentò sprezzante Travis. «Nessuno studia Geografia se è intelligente. È solo un corso per permettere a quelli come loro», e indicò con un cenno la squadra di canottaggio, «di entrare a Oxford».

«Non è vero», obiettò Caro. «Ricordo che a scuola Geografia era una materia molto difficile».

Travis sollevò un sopracciglio e Lily distolse lo sguardo per nascondere un sorriso.

Caro li ignorò. «Be', io penso che sia piuttosto intelligente. E tra i due è il miglior vogatore. Ma non è altrettanto divertente o affascinante».

Travis finse di stringersi un cappio intorno al collo e, con un gamberetto in mano, si allontanò per raggiungere Henry e George. Caro parve non accorgersene. «Tu che ne pensi? Quale dei due dovrei scegliere?», chiese a Lily, l'unico interlocutore rimasto.

«Non lo so», rispose lei, non perché non lo sapesse – Henry senza dubbio: era il ragazzo più bello del college – ma perché le sembrava ancora strano muoversi nella stessa orbita di persone come Caro, Henry e George. Era possibile che fosse stata invitata alla festa semplicemente perché viveva con loro, ma di certo era stato il suo legame con Travis a suggellare il tutto: anche se non lo sopportavano, tutti volevano essere amici suoi. Aveva un certo prestigio.

«Non lo so nemmeno io», disse Caro scuotendo i riccioli rosso fuoco.

Si avvicinarono ai ragazzi, che stavano ridacchiando perché uno della squadra, J.B. Watson, aveva attaccato bottone con una sessantenne di nome Qiyana solo per via dell'iniziale rara, che l'avrebbe catapultato in cima alla classifica in quello stupido gioco delle liste.

«Siete patetici», disse Caro con un sorrisetto malizioso.

«Però ti piace», la punzecchiò Henry.

Le risate si interruppero bruscamente quando il padre di

George, Douglas Kingsley, si avvicinò tutto impettito con la sua cravatta Oxford Blue, strinse la mano a Henry e a George e, dando a entrambi una pacca affettuosa sulla spalla, disse: «Niente male, ragazzi, ma l'anno prossimo dovete entrare nella prima squadra, okay?».

«Lasciali stare, Douglas», disse un altro uomo, all'incirca suo coetaneo, ma più alto e con i capelli più folti. Si trattava di Sir Charles Bellinger, che aveva optato per un abbigliamento più sobrio: pantaloni chino e una camicia di lino rosa. Lily non si intendeva molto di sport, ma tutti conoscevano il padre di Henry, un ex Oxford Blue che aveva vinto cinque medaglie d'oro alle Olimpiadi. «Non bisogna mettere fretta in certe cose».

«Con tutto il rispetto, Charles, mi permetto di dissentire», rispose Douglas Kingsley, evidentemente infastidito. «Non c'è tempo da perdere se vogliono ottenere un *Blue*».

Charles avvicinò il volto, calmo e impassibile, a quello congestionato di Douglas. A Lily venne spontaneo indietreggiare, come si fa quando i cani iniziano a ringhiare. «Ho fiducia in loro. Bisogna imparare a camminare prima di correre. Lentamente e con costanza, ricorda».

«Non sono delle cazzo di tartarughe», replicò Douglas ridacchiando.

Il volto di Sir Charles si irrigidì. «È vero, ma non credo che un diktat li aiuterà a vincere. Cibo sano, allenamento e disciplina. È l'unica strada».

Henry e George rimasero in silenzio, a disagio, non sapendo bene chi sostenere, mentre i loro padri si fronteggiavano con tutta la sobrietà imposta dal contesto sociale in cui si trovavano.

Travis prese una manciata di tartine dal vassoio di una cameriera di passaggio e iniziò a masticare e a bere vino rosso mentre si godeva lo spettacolo.

Poi però si intromise una terza voce.

«Almeno i vostri figli hanno alzato il sedere e stanno facendo qualcosa di cui potete essere orgogliosi».

Si voltarono tutti a guardare l'uomo che aveva parlato: basso, largo come un autobus, portava i capelli grigi raccolti in una coda di cavallo e un abito su misura. Al suo fianco una donna di vent'anni più giovane.

«Bernard!». Douglas Kingsley lo salutò con un'amichevole pacca sulla spalla.

«È un piacere vederti, Douglas», tuonò l'uomo dai capelli grigi, madido di sudore. Le dita restavano saldamente ancorate alla pelle nuda sulla vita della sua ragazza. «Una festa meravigliosa. Bella gara, ragazzi ma, come dice il mio amico, nel grande e spietato mondo il secondo posto non significa nulla. Ora, dov'è quell'inutile buono a nulla di mio figlio?».

Lily sentì Travis sospirare. «Ciao, papà».

Bernard Lawrence-Dixon lanciò al figlio un rapido sguardo disgustato. «Hai un aspetto di merda».

«Anch'io sono felice di vederti», rispose Travis.

All'improvviso Lily capì meglio perché Travis era quello che era.

Sir Charles si scusò, evidentemente il tono che aveva assunto la conversazione lo metteva a disagio. Douglas Kingsley accennò qualcosa in merito al valore di alcune azioni e il padre di Travis si lanciò in un'articolata filippica sotto lo sguardo vitreo della sua ragazza, che dava l'idea di annoiarsi a morte.

Appena ne ebbero l'occasione, i ragazzi si dispersero e si confusero tra la folla. Lily restò intrappolata tra la fidanzata annoiata e il pianoforte, messa all'angolo da un gruppo di ospiti di passaggio.

Alla fine riuscì a scappare e trovò George e Travis nel bagno del piano di sopra. Travis stava sniffando coca sulla superficie di marmo del lavandino e George si stava scolando una pinta di birra, mentre discutevano su chi avesse il padre peggiore.

George, che non era abituato a bere, aveva un'aria afflitta. «Vorrei che mi dicesse che è orgoglioso di me per una volta».

Travis fece una smorfia. «Esci da questo fottuto cliché. Non sarà mai orgoglioso. Sono dei vecchi stronzi incapaci di esprimere emozioni. Sanno solo lamentarsi». Travis tirò su col naso e diede un buffetto sul braccio a George. «È così che dimostrano il loro affetto».

«Lo pensi davvero?», chiese George, alzando lo sguardo e

osservandolo con occhi da cucciolo. Lily non l'aveva mai visto così pieno di speranza.

Travis sorrise. «Certo che no, cazzo. Sono psicopatici narcisisti che odiano tutti tranne sé stessi».

George si accasciò sul pavimento.

«Andiamo, amico», disse Travis, sollevandolo per un braccio. «Ti è concesso ubriacarti solo una volta all'anno, quindi tanto vale approfittarne. E poi ho sentito che c'è una Xenia tra le cameriere in servizio».

George sospirò, come se si sentisse stremato dalla pressione della lista. Travis strizzò l'occhio a Lily, che si affrettò a seguirli per paura di perdersi di nuovo, dopo aver passato gli ultimi dieci minuti a servire tartine perché la signora Kingsley l'aveva scambiata per una cameriera.

George andò ad affogare i dispiaceri nella vodka con i suoi compagni. Lily lo rivide più tardi quella sera mentre sussurrava paroline dolci all'orecchio di una cameriera che doveva essere Xenia.

Mentre George era impegnato in altre faccende, Henry Bellinger, che apparentemente non aveva problemi con il padre tali da richiedere il ricorso all'alcol o alle droghe, ne approfittò per avvicinarsi a Caro. Le mise un braccio intorno alla vita, le scostò la frangia dagli occhi. Caro finse una timida sorpresa. Lily li fissava, incuriosita da quello spettacolo; era come guardare due pappagalli che si lisciavano le penne a vicenda allo zoo. Henry intrecciò le dita a quelle di Caro e la condusse al balcone con vista sullo skyline di Londra. Quando si baciarono, illuminati dalla luce dorata dei lampioni, fu come assistere alla scena di un film. Entrambi erano consapevoli del loro ruolo di protagonisti.

Travis le diede un colpetto sulla spalla. «Vuoi andar via?», chiese.

«Più di ogni altra cosa al mondo», rispose lei, infilandosi in bocca un uovo di quaglia.

Presero insieme il treno per tornare a Oxford, dove si fermarono a mangiare hamburger da McDonald's. Lily gli chiese di quel bel cofanetto di libri di Harry Potter che aveva visto sul suo scaffale, perché non c'era niente che adorasse più di Harry Potter.

«È un'edizione da collezione», rispose lui, masticando il suo Big Mac.

«Lo so, ce l'ho anch'io a casa!».

Travis alzò lo sguardo su di lei. «Be', grandioso», disse in tono secco.

Lily arrossì. «Scusa se mi sono entusiasmata tanto».

«Non scusarti, sei tenera», disse Travis passandole una patatina.

Lily lo fissò per capire fino a che punto stesse mentendo.

Sulle labbra di Travis passò un sorriso.

Dopo un attimo di silenzio, le diede un colpetto sulla spalla e disse: «Sono un Tassorosso».

Colta alla sprovvista, con la bocca piena di crocchette di pollo, Lily esclamò: «Non è possibile! *Io* sono un Tassorosso!».

Travis allargò le braccia come se fosse un segno del destino.

«Ma mi sono di nuovo entusiasmata troppo, vero?».

Travis restò in silenzio, poi diede un altro morso al suo hamburger e disse: «Noi Tassorosso ci entusiasmiamo per qualsiasi cosa».

«Credo che le nostre caratteristiche siano la correttezza, la lealtà e la pazienza. E apprezziamo il buon cibo».

«È il mio ritratto», disse Travis, con la bocca piena di Big Mac.

Lily rise. Era il momento più bello di tutta la serata.

CAPITOLO 7

ELLE

Oggi

Antipasti: indivia e formaggio Roquefort (opzione vegana: insalata di mele e finocchi), noci e vinaigrette alla senape.

Elle era nervosa mentre aspettava che la porta in finto stile Tudor si aprisse. Quindi era lì che era finita Caro? In quella villa sul fiume? Una mostruosità che doveva essere costata milioni.

Quando sentì la serratura aprirsi, si sistemò i capelli, raddrizzò la giacca sulle spalle e serrò le labbra rosse.

Ed ecco Caro, coperta di velluto dalla testa ai piedi, i capelli di un rosso intenso, come se li avesse tinti quella mattina stessa. Un tratto di eyeliner quasi perfetto e una profonda ruga di cipiglio tra le sopracciglia alla vista di Elle.

«Cosa ci fai *tu* qui?».

Elle le rivolse un sorriso allegro. «Non è questo il modo di salutare una vecchia amica». Fece un passo avanti e, sfiorando leggermente la guancia di Caro, percepì l'aroma di un profumo costoso. «Ciao Caroline».

Osservò Caro che si sforzava di reprimere le emozioni e ricambiare il sorriso al meglio delle sue possibilità. Le sembrò quasi di vedere gli ingranaggi del suo cervello mentre cercava di escogitare un modo per mandarla via, per impedirle di entrare. Ma, invece di fare una scenata, Caro disse: «Che piacevole sorpresa!».

«Sapevo che l'avresti pensato». Elle le rivolse un sorriso malizioso e le passò accanto per entrare in casa.

«Sono tutti in sala da pranzo», annunciò Caro con cautela, mentre chiudeva la porta.

La sua evidente diffidenza fece sorridere Elle ancora di più. «Fantastico!».

Quando fece capolino nella stanza con le pareti grigio ardesia e il lampadario scintillante, la prima a notarla fu Lily, che quasi sobbalzò per la sorpresa. Era vestita come un'assistente amministrativa, ma il suo sorriso sembrava quello di un bambino a Natale.

«Speravo che venissi!».

«Ed eccomi qui», rispose Elle, guardandosi intorno. L'affluenza era minore rispetto a quanto si era aspettata, ma c'era George Kingsley, che si era alzato dalla sedia, con il volto impietrito dallo shock. Elle provò un brivido di soddisfazione. Fece finta di non averlo notato. «Porca miseria, Travis, ma guardati», disse invece, allungando il braccio sul tavolo per passargli giocosamente una mano sui capelli rasati.

Travis le rivolse un sorriso timido. «Non sapevo che saresti venuta».

«Neanche Caro», disse Elle, facendogli l'occhiolino.

Caro, chiaramente in preda alla rabbia per quell'ospite inatteso, disse brusca: «Vuoi qualcosa da bere, Elle? Champagne?»

«Sarebbe fantastico, grazie», cinguettò Elle. Percepiva la tensione di George, che non sapeva come comportarsi, e decise di porre fine alle sue sofferenze. «Georgie!», esclamò con un sorriso smagliante, girandosi verso di lui.

Le guance di George si colorarono. Visibilmente agitato, tese la mano per salutarla.

«Credo che tu possa fare meglio di così». Muovendosi con disinvoltura, Elle gli gettò le braccia al collo e gli stampò un sonoro bacio sulla guancia. «Sono secoli che non ci vediamo», gli sussurrò dolcemente all'orecchio.

George esitò un attimo prima di sfiorarla, posarle delicatamente la mano sulla schiena e risponderle come se si stesse rivolgendo a un cliente in sala riunioni. «È bello rivederti. Davvero fantastico».

Elle sorrise. Rimettendosi a sedere in fretta e furia, George urtò il tavolo rovesciando il vino. «Oh, cielo», borbottò mentre cercava di rimediare con il tovagliolo.

«Non preoccuparti, George», disse Caro, che era riapparsa con lo champagne di Elle. «Lascia stare. Prendo un panno». Dopo aver sistemato la macchia, si diede da fare per preparare un posto in più a capotavola.

Elle la guardò armeggiare con tovaglioli e tovagliette abbinate e pensò che era invecchiata. Era troppo magra. L'ombretto scuro le appesantiva le palpebre. Sembrava fragile, quasi.

Quando fu tutto pronto, Caro tirò indietro la sedia e, evidentemente ancora arrabbiata, la invitò a sedersi con un movimento del braccio così brusco che il braccialetto quasi volò via.

Elle bevve un sorso di champagne ghiacciato per nascondere il sorriso. Doveva ammettere che già solo la faccia che aveva fatto Caro quando se l'era ritrovata davanti era stata una bella soddisfazione.

Le aveva fatto ricordare la prima volta che si erano incontrate. Caro stava scendendo le scale della casa comune gridando furiosamente: «Qualcuno ha preso tutte le mie cose dalla stanza di Henry e me le ha messe sul letto!».

Elle stava entrando dalla porta d'ingresso proprio in quel momento. «Oh, scusa, sono stata io», aveva detto, per nulla dispiaciuta, guardando con finta innocenza la splendida ragazza dai capelli rossi che aveva di fronte.

Quel pomeriggio, appena aveva ritirato le chiavi, era andata a ispezionare l'appartamento per cercare di scoprire il più possibile sui suoi nuovi coinquilini basandosi sugli effetti personali che avevano lasciato lì durante l'estate. Il ragazzo che aveva occupato la stanza prima di lei, Henry o qualcosa del genere, se n'era già andato, ma ogni superficie era occupata dai detriti di qualcun altro: trucchi, vestiti, scarpe, cappotti. Elle aveva raccolto gli oggetti uno per uno. Aveva annusato il profumo, provato il rossetto, infilato il braccio nella manica del cappotto. Erano tutte cose belle, di buona qualità, ma non della migliore. Nulla a che vedere con gli effetti personali nella stanza al piano di sotto: la giacca di uno smoking squisitamente sartoriale nell'armadio, la lampada da tavolo costosa ma funzionale, la bottiglia di Bollinger su uno scaffale accanto a una pila di medaglie. No, le cose di questa ragazza non erano il meglio del meglio, ma non erano male. Con un certo piacere, Elle aveva raccolto tutto in un fagotto e lo aveva gettato sulla coperta rosa che adornava il letto nella stanza accanto.

«Chi sei tu?»

«La tua nuova coinquilina».

Caro l'aveva guardata con sospetto, valutandola come possibile rivale; era evidente che non sapeva cosa pensare dei capelli ossigenati, degli stivaloni e del prendisole da quattro soldi. Era stata antipatia a prima vista. Caro si era voltata ed era risalita verso la sua camera da letto.

George, che era uscito sul pianerottolo per capire il motivo di quel trambusto, era sceso di corsa per salutare Elle. «Ciao, ciao, piacere di conoscerti. Io sono George. George Kingsley. E tu sei…?»

«Elle», aveva risposto lei osservando il viso fresco, i calzini bianchi, i pantaloncini e la maglietta da canottaggio. Si era fatta subito un'idea piuttosto precisa del tipo.

«E il cognome?».

Elle aveva chinato il capo. «Non ti direbbe nulla».

Il volto di George aveva assunto un adorabile colorito rosa acceso.

«Piacere di conoscerti, George Kingsley», aveva detto Elle, tendendo le lunghe dita sottili. «Immagino che dovrei sapere chi sono i Kingsley, vero?»

«Non necessariamente», aveva risposto lui imbarazzato. «Mio padre lavora nel settore petrolifero e mia madre fa molta beneficenza. Le persone qui… sai, le nostre famiglie potrebbero conoscersi…».

«Sono sicura di no».

«No, no. È ovvio. Be', non è ovvio. Oh, mamma, sto facendo un casino, mi dispiace». George aveva riso come se fosse sorpreso di aver combinato un tale pasticcio. «Sapevo che avremmo avuto una nuova coinquilina, ma non mi aspettavo che sarebbe stata così bella».

«Anche tu non sei poi così male», aveva risposto Elle, reprimendo un sorriso.

«Vieni, ti faccio fare un giro», l'aveva invitata lui, con un'espressione compiaciuta.

Elle lo aveva seguito; non si era lasciata ingannare dalle lusinghe, ma sotto sotto era affascinata.

Il rapporto con Caro non era mai migliorato, anzi era peggiorato. Caro non si era ancora ripresa dal fatto che Henry Bellinger avesse improvvisamente chiesto di trasferirsi per l'ultimo anno, in modo che lui e Caro non vivessero, per dirla con le sue parole, "come una vecchia coppia sposata". Nessuno sapeva per certo come fosse riuscito ad accaparrarsi una delle tanto ambite stanze all'ultimo piano di ciò che restava del dormitorio, con enormi finestre e una vista mozzafiato. Lui sosteneva che fosse merito della sua famigerata fortuna, ma si sospettava che in ballo ci fosse piuttosto una cospicua donazione. Caro però l'aveva sentito parlare scherzosamente della nuova stanza come del suo "attico scopereccio" e aveva dato in escandescenze. Inoltre, non aveva aiutato il fatto che, quando aveva incontrato Elle, Henry avesse commentato malizioso: «Bene, bene, bene, quindi tu sei la famigerata Elle! Non vedo l'ora di conoscerti meglio!», mentre Caro fremeva di rabbia.

Bisognava ammettere però che a volte, quando si rilassava, Caro sapeva essere molto divertente. Ad esempio se ne stava seduta sul letto a dipingersi le unghie dei piedi ascoltando proprio il genere di musica pop che faceva impazzire Travis, e questo scatenava sempre un botta e risposta tra i due che non mancava di strappare a Elle, seduta alla sua scrivania, un sorriso. In alcune occasioni era persino uscita dalla sua stanza contribuendo a formare un trittico – Caro in camera sua, Elle sul pianerottolo e Travis ai piedi delle scale – che si scambiava battute di spirito inframmezzate da veri e propri sproloqui. Quei momenti, tuttavia, non erano troppo frequenti perché Caro passava quasi tutto il suo tempo con Henry Bellinger e quindi si rilassava raramente.

Ora Elle osservava con attenzione i dettagli della vita di Caro – la sala da pranzo tanto perfetta che avrebbe potuto figurare su una rivista, con il grande tavolo di legno lucido punteggiato di candele affusolate, la lampada di marmo verde sulla credenza con il suo grande paralume di lino e la raffinata arte astratta appesa alle pareti – mentre la padrona di casa continuava a guardarla come se avesse rovinato tutto.

«Gradisci dell'indivia? Questa è con formaggio blu e noci», le disse brusca indicando un grande piatto sul tavolo. «Questa invece è vegana. Sei vegana, Elle?», chiese, in tono leggermente accusatorio.

«No, no. Mangio qualsiasi cosa». Elle non poteva evitare di paragonare l'affascinate casa di Caro allo squallido appartamento di sua sorella.

Da quando era arrivata, sembrava che nessuno sapesse più cosa dire. L'imbarazzo aleggiava su di loro denso come smog. L'unico suono era il ticchettio di un orologio d'epoca della stazione ferroviaria che scandiva i secondi.

Alla fine fu Caro a rompere il silenzio: «Allora, dove eravamo rimasti? George, ci stavi mostrando le foto del tuo bambino?»

«Oh no». George sembrava imbarazzato. «Non voglio annoiarvi oltre». Agitò il tovagliolo e se lo posizionò in grembo con movimenti rigidi e nervosi.

Quel disagio divertiva immensamente Elle, che sorseggiò il vino e continuò impassibile a osservare la scena.

«Ho qualcosa che potrebbe interessarvi», disse all'improvviso Travis, poi allontanò la sedia dal tavolo e si diresse verso l'ingresso.

«Che cos'è?», chiese Caro.

«Aspetta e vedrai!», le gridò Travis. Qualche secondo dopo riapparve brandendo una pila di fogli piegati. «Sono passato da mio padre mentre venivo qui: sta sgomberando la casa e ho trovato questi in una scatola nel corridoio». Li poggiò sul tavolo.

Lily si mise gli occhiali e si sporse per dare un'occhiata. «Oh wow! Sono le lettere che abbiamo scritto all'epoca sul futuro di ciascuno di noi!».

«Me ne ero completamente dimenticata!», esclamò Caro battendo le mani come se quella novità avesse salvato la serata.

George sembrò sollevato di non essere più al centro dell'attenzione. Elle ricordava a malapena di aver scritto una di quelle lettere e non era minimamente interessata a scoprire quale futuro gli altri avessero immaginato per lei. Così fece cadere il tovagliolo per terra e, mentre si chinava per raccoglierlo, sfiorò inavvertitamente la gamba di George, che sobbalzò. «Scusami», sussurrò.

Caro prese la prima lettera dalla pila. «Oh, è la mia!». Quando alzò lo sguardo le brillavano gli occhi. «È così divertente. Non riesco a credere che tu le abbia ancora, Travis». Il foglio A4 era piegato in tre parti e sigillato con lo scotch. Caro usò il coltello per aprirlo. «Okay, "Caroline Fitzgerald"», lesse, «"*sarà*: famosa. Una conduttrice televisiva o forse una giornalista"». Si strinse il foglio al petto e guardò i presenti con un allegro atteggiamento di rimprovero. «Chi l'ha scritto?».

Nessuno ammise di averlo fatto. Elle di certo non avrebbe mai scritto "giornalista", piuttosto "arrampicatrice sociale innamorata dei soldi".

«"Se non otterrà la fama, otterrà la fortuna"», proseguì Caro. «"Diventerà una giornalista o una scrittrice di bestseller"». Il sorriso divenne un po' forzato. «Be', questa sei tu, Lily. Io non ho tempo per scrivere un libro. È quello che accade quando si hanno cinque figli». Mise una mano su quella di George, in segno di empatia genitoriale. Poi tornò alla lettera. «*Vivrà*: Caro vivrà in un'enorme villa in campagna, con cespugli di rose intorno alla porta, cani e cavalli. Organizzerà feste meravigliose. Tutti vorranno andare da lei nei fine settimana. Casa sua sarà un posto ambito da frequentare». Caro annuì: «È bello. Molto generoso. È piacevole leggere, sì insomma, di sé stessi». Si guardò intorno nella stanza e poi si concentrò sul tavolo. «Prendete altra indivia».

George si servì.

«*Sposerà*: Henry Bellinger, naturalmente! Oh…». Caro si portò le dita alle labbra.

Intorno al tavolo scese il silenzio. George si avvicinò a Caro, le mise una mano sulla spalla e la strinse. «Oddio Caro, mi dispiace tanto».

Elle continuò imperterrita a masticare la sua indivia.

Caro chiuse gli occhi per un attimo, poi deglutì e continuò a leggere. «Saranno la coppia perfetta e genereranno tanti piccoli Henry e Caro che governeranno il mondo (sempre che Caro riesca a strappare Henry dalle grinfie della signora Bellinger!)». Caro accartocciò il foglio. «Per l'amor del cielo!».

Lily si tolse gli occhiali. «Stai bene, Caro?», chiese a bassa voce.

«Sì», rispose lei, asciugandosi le lacrime con le dita. «Scusatemi, ho dimenticato il vino bianco». Poi allontanò la sedia dal tavolo e si affrettò a raggiungere la cucina per ricomporsi.

George la guardò con un'espressione preoccupata.

«Vado un attimo in bagno», disse Elle alzando gli occhi al cielo, del tutto indifferente ai melodrammi di Caro.

C'era un bagno a un lato dell'ingresso, ma Elle non aveva intenzione di usarlo. Invece, salì al piano superiore per curiosare un po'.

Giunta sul pianerottolo, sbirciò oltre la prima porta e trovò quella che doveva essere la camera di una ragazzina, con un letto a baldacchino rosa e file di luci. Quella successiva aveva i nomi dei gemelli di Caro, Tilda e Thomas, intagliati nel legno della porta.

Elle pensò alla camera da letto della sua infanzia e alle notti in bianco passate a fissare una macchia di umidità sul soffitto, mentre suo fratello russava e sua sorella si rigirava nel letto che condividevano testa-piedi. Spesso Elle dormiva sul pavimento, e in quelle occasioni sentiva i topi muoversi sotto le assi di legno.

Dall'altra parte del pianerottolo trovò la camera da letto di Caro. Vista sul fiume, arredamento costoso. Al centro c'era un enorme letto a barca in legno, tra mobili scuri e pesanti tende di broccato. Nell'aria aleggiava il profumo di Caro. Sopra la cassettiera c'era una selezione di fotografie in cornici dorate. Elle prese lo scatto del matrimonio al centro: mostrava Brian Carmichael che strofinava il naso contro il collo di Caro. Erano su una spiaggia all'estero, avvolti in ghirlande di fiori di loto. Lui indossava un orrendo abito color crema. Caro aveva il solito aspetto imperturbabile, come una statua che sorrideva all'obiettivo. "Perché l'hai sposato?". Elle fissò quella coppia male assortita, poi si avvicinò all'enorme letto e aprì i cassetti del comodino. Quello dal lato di Caro era pulito e ordinato, ma quello di Brian era un disastro. Elle rovistò in quell'accozzaglia di cose e trovò un flacone di diazepam. Sì, ne avrebbe avuto bisogno anche lei se avesse sposato Caro. Pensò a come fosse riuscita a impacchettare Brian in quel piccolo cassetto.

Al piano di sotto sentì la porta d'ingresso aprirsi e chiudersi.

«Mamma, sono passata a prendere il mio inalatore!», gridò la voce di un'adolescente.

Le sedie si spostarono sul pavimento ed Elle sentì le scarpe di Caro sul parquet. «Oh Bethany, come hai potuto dimenticarlo? Forza, corri».

«Sì, sì». Dei passi rimbombarono sulle scale.

Elle lasciò cadere le pillole e andò a posizionarsi sulla soglia della camera da letto per aver modo di vedere uno dei figli di Caro in carne e ossa. Le passò davanti una splendida rossa in un succinto abitino argentato. Elle aspettò che la ragazza ripassasse per dare un'altra occhiata al suo volto. A parte l'inalatore blu che teneva in mano, sembrava di avere davanti una versione adolescente di Caro.

Dal pianerottolo, Elle osservò Caro che raggiungeva la figlia sulla porta d'ingresso per darle un bacio. «Ciao tesoro. Fai la brava, okay?»

«Oh, per l'amor di Dio, mamma!».

Elle salì al piano successivo dove c'erano altre due camere da letto, entrambe con bagno privato. Esaminò la stanza della figlia. Fece scorrere la mano tra mucchi di trucchi, libri di testo, gioielli dimenticati, la felpa da netball under 15 con il soprannome "Bee" stampato sulla schiena. Si chiese se Bethany Bee Carmichael fosse consapevole di quanto era fortunata ad avere una vita così.

Quando finalmente tornò al piano di sotto, Elle trovò George in piedi nell'ingresso ad attenderla. Aveva ancora un'aria giovanile e sembrava disinvolto, appoggiato al muro, ma non appena lei si avvicinò, si irrigidì e si guardò alle spalle per assicurarsi che non ci fosse nessun altro in giro. Si passò le mani tra i capelli e poi le mise in tasca, come se non sapesse cosa farne. Era sempre così quando era nervoso.

«Stai bene?», gli chiese Elle.

«Ho detto che dovevo andare in bagno anch'io, ma tu non c'eri».

«Ero in quello al piano di sopra».

George si guardò di nuovo alle spalle ed Elle si chiese se fosse ubriaco. Aveva la pelle congestionata e una macchia di vino rosso sulla camicia.

«Volevo solo... sai...». Scrollò le spalle come se quello che stava dicendo non avesse importanza. «Caro ha letto quella cosa di Henry e volevo essere sicuro che non avresti detto nulla».

«Su cosa?», chiese accigliata.

Sapeva esattamente a cosa si riferiva.

«A proposito di...», si interruppe. Aveva la fronte imperlata di sudore. Si voltò di nuovo per controllare che non ci fosse nessuno e poi, come se fosse riluttante a dirlo ad alta voce, sussurrò: «Quello che abbiamo fatto».

Elle guardò in quegli occhi marroni spioventi. Gli stessi di sempre, eppure diversi. Era preoccupato; no, in preda al panico. Adesso la posta in gioco era più alta che in passato. Elle gli si avvicinò e gli sfiorò la guancia con la mano. «No, Georgie, non direi mai nulla».

Quella carezza gli fece quasi perdere l'equilibrio. Incapace di trattenersi, sembrò inalare il profumo di lei e gli mancò il respiro. Quando si riprese, era imbarazzato. «Dovremmo tornare di là», disse, allontanandosi bruscamente.

«Sì», lo seguì lei. «Non vorrei che pensassero che siamo rimasti bloccati in bagno insieme».

«No», rispose lui, di nuovo padrone di sé. «Assolutamente no».

CAPITOLO 8
GEORGE

Ieri
Primo trimestre del terzo anno

Dopo la Henley Royal Regatta di luglio, George trascorse l'estate più bella della sua vita in compagnia di Henry Bellinger e J.B. Watson nelle ville sul Mediterraneo e nelle case di campagna inglesi di alcuni colleghi di Oxford. Caro si unì a loro per trascorrere una settimana sul superyacht del sesto conte di Granstead e, mentre Henry e Caro facevano snorkeling in baie appartate, George completò la sfida della lista con un marinaio di nome Ursula. Non smisero di allenarsi. Noleggiarono delle biciclette e parteciparono a un'estenuante pedalata di cinque ore intorno a Ibiza con una temperatura di quaranta gradi. Quando si fermarono in cima a una montagna per ammirare il panorama, Henry li abbracciò e, ansimando, disse: «Guardate qui. Siamo al top, cazzo». George e J.B. ulularono con il poco fiato rimasto. «Questo è il nostro momento, ragazzi. Non saremo mai più così in forma». Assestò a J.B. uno pseudo-amichevole pugno nello stomaco e lui si piegò in due. George rise. «Femminuccia». Poi si lanciarono tutti giù per la montagna.

Iniziarono ad allenarsi per un Ironman nella tenuta di campagna di Henry nelle Cotswolds. La rubiconda governante li teneva ben nutriti e idratati, come un branco di Labrador impazienti, e la madre di Henry, la famigerata Francesca Bellinger, ex redattrice di moda, alta e imponente, con i cortissimi capelli biondi, li attendeva per un drink nel salone alle cinque del pomeriggio. Sdraiata sui divani color crema, con il corpo tonico e l'aspetto intimidatorio, Francesca esigeva di essere intrattenuta con i loro scherzi giovanili. A George piaceva far ridere lei e la sua esile figlia, Ophelia, mondana newyorkese che cercava di sfondare a Broadway ma era tornata per trascorrere le vacanze dai genitori. Ophelia passava le sue giornate distesa come un gatto a bordo piscina e le notti a sballarsi in compagnia dei suoi vecchi compagni di collegio. Ma il vero divertimento arrivava quando Sir Charles Bellinger si univa a loro, intrattenendo i ragazzi con aneddoti venati di modestia sulle sue prodezze sportive. George avrebbe tanto desiderato che suo padre fosse più simile a Sir Charles; con una punta di invidia, pensava a quanto sarebbe stata diversa la sua vita se fosse stato cresciuto anche lui così, incoraggiato con una tale pacata magnanimità.

Quando George, Henry e J.B. arrivarono al campo di allenamento pre-stagionale, erano più in forma che mai, muscolosi ed energici sotto l'abbronzatura color rame. Tuttavia, dovettero affrontare un paio di inconvenienti: Jim Marsden, ex atleta olimpionico, si era iscritto a Oxford per frequentare un master e ottenere un po' di gloria agonistica prima di ritirarsi, quindi un posto era già assegnato a lui. Inoltre, uno degli ex esordienti stava sfoggiando ottime prestazioni fin dall'estate scorsa. Ma questo era il loro anno. Doveva esserlo; dopo il fiasco dell'anno precedente, era la loro ultima occasione. Ed erano i migliori.

Quando raggiunsero la rimessa delle barche, poche settimane dopo l'inizio del trimestre, Klaus Schneider, un tedesco del quarto anno che aveva fatto parte dell'equipaggio della Blue Boat l'anno precedente, chiamò tutti a raccolta e dichiarò: «Ragazzi, oggi è il grande giorno, il momento che stavate aspettando».

Henry e George stavano scaricando i remi dal camion. Tutti smisero di fare quello che stavano facendo per ascoltare.

Il sole era nascosto dietro nuvole screziate, il salice immergeva i suoi rami nell'acqua cristallina e una coppia di cigni assisteva alla scena dalla riva opposta.

Klaus spalancò le braccia e annunciò: «Abbiamo la lista».

I ragazzi si scambiarono sorrisi sornioni e sguardi complici. J.B. Watson fischiò.

Klaus rimase serio, incorniciato dalle porte blu della rimessa, in attesa che tornasse la calma. «Abbiamo dedicato tempo e fatica alla compilazione dell'elenco che avrete il piacere di leggere. Tutto quello che dovete fare è seguire la lista e scrivere i punteggi. Oh, e sbattervi molto, ovviamente». Tutti risero e Klaus proseguì: «Vi consiglio di annotare anche i nomi, perché faremo dei controlli a campione».

Toby Fitzgibbon, uno dei novellini, si lasciò sfuggire una risatina nervosa.

«Un avvertimento», disse Marco de Poligny, il timoniere, schiarendosi la voce. «La lista è confidenziale. Se la mostrerete o la invierete o la condividerete con qualcuno in qualsiasi modo, sarete espulsi e non salirete su nessuna barca di questo club. È chiaro?».

Tutti annuirono.

«Allora, ragazzi, controllate la posta in arrivo!», esclamò Klaus, mentre sul suo viso si disegnava un ghigno malizioso. «Che vinca il migliore».

In quel momento, come se rispondesse a un segnale, il sole si fece largo tra le nuvole.

George guardò Henry. «Roba eccitante».

Henry aveva già tirato fuori il telefono; voleva sempre essere il primo a sapere cosa aveva in serbo la lista. Mentre iniziava a leggere gli sfuggì una risatina. «Geniale». Poi lesse: «Vergine, puttana, reale, sposata, grassa, ricca, povera…» e continuò a elencare praticamente tutti gli aggettivi che si potevano associare a una donna e il punteggio di ciascuno. «Sesso a tre e orgia», lesse beffardo quando raggiunse il fondo dell'elenco. «Vorrei che la fortuna toccasse a Klaus».

«Caro è una principessa», commentò George. «Potrebbe essere considerata "reale"».

I ragazzi intorno scoppiarono a ridere.

«Credo di avere buone possibilità con la nuova ragazza in casa vostra», disse Henry, che non era abituato a essere il bersaglio delle battute. «Elle, giusto? Se me la scopo, posso cancellare "povera" dalla lista». Si mise a ridere. «Magari posso farmi lei e Caro insieme: due piccioni con una fava».

Quando Henry parlava di Elle in quel modo, George era tentato di dargli un pugno in faccia, buttarlo a terra e dirgli in tono minaccioso: «Tieni le tue luride mani del cazzo lontane da lei». Perché da quando Elle si era trasferita da loro, a George era successo qualcosa. Gli sembrava che il rudere in stile georgiano in cui vivevano avesse preso vita. L'aria era carica di elettricità. Quella ragazza, con le sue canottiere a coste dalle cuciture di pizzo sfilacciate e l'eyeliner sbavato come se ci avesse dormito, non era affatto il suo tipo. Però aveva una risata contagiosa. Ogni volta che George tornava a casa dall'allenamento, cercava la borsa di Elle nell'ingresso per sapere se era in casa. Aveva cominciato a memorizzare i suoi orari: sapeva quando era al rifugio per animali dove lavorava come receptionist; sapeva quando aveva lezioni, esercitazioni; quando andava in mensa. Durante il ballo universitario Elle aveva lavorato al bar e George aveva trascorso tutto il tempo ad aiutarla raccogliendo i bicchieri. Per lei aveva persino sopportato le macchie di birra altrui sullo smoking. Non frequentava più la sala comune con Caro e Henry, né li guardava con invidia quando camminavano abbracciati. La gelosia di George si manifestava la mattina presto, quando si allontanava nel buio per andare agli allenamenti e lasciava Elle, che si era rivelata sorprendentemente studiosa e alle cinque del mattino era già di sotto a prepararsi il caffè, intenta a chiacchierare con Travis, che aveva sempre gli occhi rossi e gonfi dopo aver passato tutta la notte a fumare in salotto. George aveva iniziato a uscire sempre più tardi per fermarsi a bere una tazza di tè con Elle e Travis. Di solito non vedeva l'ora di andare in palestra, ma ora aveva cominciato a godersi quei momenti di calma e sonnolenza prima dell'alba.

Il giorno in cui fu annunciata la lista, tuttavia, mentre erano nella rimessa e Henry gli parlava di un rapporto a tre con Elle e Caro, George non gli diede un pugno. Non disse nulla. Non solo perché era il suo migliore amico, ma anche perché sapeva che non bisognava mai rivelare ai ragazzi della squadra ciò che si provava per una ragazza, soprattutto per una ragazza come Elle. I sentimenti erano debolezze. Ti rendevano vulnerabile, ed essere vulnerabili era una condanna a morte in quell'ambiente competitivo. Perciò si limitò a ridere insieme a Henry.

Le cose per George cambiarono il giorno in cui non rispettò una scadenza e fu convocato per un incontro con il suo tutor, Redders, un tipo che si sforzava di sembrare alla mano – con la sua sciarpa a righe e i calzini viola – e che si dimostrò molto comprensivo quando George gli spiegò che era stressato in quel momento perché mancava poco alle prove della Boat Race. Redders gli disse che comprendeva perfettamente la situazione, che lo stress era un problema che affliggeva tutti, che il corpo e il cervello sono progettati per sopportarne solo una certa quantità, ma che era comunque necessario che lui consegnasse il suo elaborato.

Quella sera, George stava disperatamente cercando di finire il lavoro che non aveva ancora consegnato per poi dormire un po' prima che suonasse la sveglia per l'allenamento, quando sentì Elle che saliva le scale, di ritorno da qualche posto in cui era stata, con indosso un enorme cappotto di pelliccia che ricordava una tigre e stivali di camoscio viola.

«Tutto bene?», gli chiese, sorpresa di trovarlo sveglio.

«Sì, tutto bene», rispose, ringraziando silenziosamente il Signore per la sua pessima gestione del tempo, mentre lei entrava nella stanza e si sedeva sul letto. George riusciva a malapena a muoversi ora che era così vicina; i suoi sensi all'erta percepivano l'odore di tabacco e di Chanel.

«Sai che fa male alla salute, vero?», disse lei, sfogliando i suoi libri di testo.

«Cosa?»

«Non divertirsi». Elle sorrise, mostrando i denti anteriori storti.

«Oh, io mi diverto», rispose scuotendo la testa.

Lei cominciò a slacciarsi gli stivali. «Se lo dici tu».

George era come ipnotizzato, incapace di concentrarsi su qualunque cosa eccetto gli stivali che cadevano a terra e le dita di lei che sbucavano dalle lunghe calze brillanti mentre se le toglieva. Quando Elle si sedette contro la testiera del letto e accavallò le gambe, George non riuscì a distogliere lo sguardo dai suoi piedi nudi e dalle unghie dipinte di un tenue color pesca.

Elle si guardò intorno nella stanza, osservò le medaglie, le foto della squadra. Poi la sua attenzione fu attratta dall'orario degli allenamenti appeso alla parete. Si chinò per esaminarlo. «Allora, se riesci a entrare in squadra che succede?», chiese, sciogliendosi i capelli e passandosi le mani tra le onde bionde.

George deglutì. Avrebbe voluto toccare quei fili dorati. «Succede che sarò un Blue».

«E poi...?»

«E poi cosa?»

«Insomma, tutto qui?», chiese Elle, con un tono confuso e beffardo al tempo stesso.

George quasi si schernì; di solito non era una cosa che doveva essere spiegata. «Sì, tutto qui. È un grande traguardo».

Lei annuì, poco convinta, mentre i suoi occhi brillavano di una luce maliziosa che sembrava deriderlo.

«È qualcosa di cui essere orgogliosi», proseguì George, per farle capire e giustificare decisioni che Elle sembrava sminuire con quel luccichio negli occhi. «Una cosa che ricorderò per il resto della vita. Che racconterò ai miei figli».

Elle si spostò sul bordo del letto e si abbracciò le gambe. Il suo profumo permeava la stanza. «Sembra *molto* importante».

George si sentì stupido.

Avrebbe voluto baciarla, farla sdraiare sul letto. «Senti, non importa». Scrollò le spalle, come se lei non potesse capire. «È solo una tradizione di famiglia».

Elle avvicinò i piedi alle dita di George finché non si toccarono. «E non vuoi deludere papà, vero?». Appoggiò il mento sulle ginocchia lasciando che i capelli le ricadessero sulle spalle, poi, lentamente, gli rivolse un sorriso beffardo.

George non rispose. Non aveva mai avuto a che fare con qualcuno che riusciva a essere così femminile e così insolente allo stesso tempo. Era completamente ipnotizzato dal modo civettuolo in cui inclinava la testa, dalla sua bocca a bocciolo di rosa e dal tessuto scintillante del vestito sotto il cappotto. Fuori cominciò a piovere. Non una leggera pioggerellina autunnale, ma il genere di acquazzone improvviso che allaga i marciapiedi e fa traboccare le grondaie.

«Vuoi che ti sveli un segreto?», chiese Elle.

George deglutì.

L'audio del film che Travis e Lily stavano guardando al piano di sotto filtrava attraverso le assi del pavimento e l'aria fredda e impregnata di pioggia penetrava attraverso gli infissi marci delle finestre.

George non riusciva a distogliere lo sguardo dalla pelle candida di Elle e dal suo corpo morbido.

Lei lo guardò da sotto le lunghe ciglia scure e sussurrò: «Non sono venuta qui per chiacchierare, Georgie». Poi, spostandosi sul bordo del letto, gli passò una mano intorno al collo e gli diede un bacio che sapeva di sigarette, di balsamo per labbra alla ciliegia e di settimane di pura e semplice lussuria.

George infilò le mani sotto il cappotto, le sfilò la pelliccia sintetica dalle spalle e fece scorrere le mani sul vestito lucido. Si strinse a lei, facendole scivolare un braccio dietro la schiena e bloccandola contro il suo corpo. Non era ancora abbastanza vicino; voleva consumarla tutta. Afferrò le spalline del vestito e le tirò via, poi fece lo stesso con le spalline del reggiseno palpando e strizzando la carne bianca del seno. Allontanò la bocca dalla sua e baciò e leccò la pelle fino al collo, al seno, mentre una mano annaspava per farsi strada attraverso il pizzo delle mutandine.

«George!». Sentì il suo nome, quasi urlato, in mezzo a quella nebbia famelica. Poi, all'improvviso, in tono più severo: «Georgie!» e George si fermò.

«Cosa?».

Elle lo allontanò, trattenendolo per le spalle. «Rallenta», disse con voce dolce e calma.

«Oh». George si ritrasse. Fu un duro colpo per il suo orgoglio constatare che lei non era preda della sua stessa eccitazione. «Okay». Nessun'altra ragazza si era mai lamentata prima e si era scopato l'intero alfabeto.

«Non metterti sulla difensiva», disse lei con quel suo esasperante mezzo sorriso.

«Non sono sulla difensiva». Improvvisamente George aveva

voglia di alzarsi dal letto, andare in palestra e iniziare a sollevare pesi.

Elle prese ad accarezzargli i capelli dietro la nuca. «Non è una gara».

«No, lo so, io…».

Lo interruppe baciandolo lentamente, poi si avvicinò per sfilargli la maglietta. «Abbiamo tutta la notte».

George pensò che il giorno dopo in realtà aveva l'allenamento, ma non disse nulla. E, a voler essere sinceri, quando si sdraiò sulla schiena e Elle si mise a cavalcioni su di lui, prendendosi tutto il tempo necessario per farsi strada lungo il suo corpo, dimenticò del tutto l'allenamento. E quando vennero insieme, con un'intensità che George non aveva mai neanche lontanamente sperimentato, il vetro appannato dalla pioggia, le dita fresche di Elle che gli scavavano solchi nella schiena, la bocca calda premuta contro la sua, il sapore di lei, la sensazione di lei, gli sembrò di non aver mai fatto sesso prima. Avrebbe voluto prolungare quel momento per l'eternità. Perdersi per sempre nell'estasi di lei.

La mattina dopo, George corse in palestra pedalando furiosamente. Ignorò diversi semafori rossi e arrivò senza fiato, esausto; si era svegliato tardi e aveva perso gran parte della sessione di allenamento. «Che cazzo di problema hai?», gli gridò l'allenatore, con il volto paonazzo per la rabbia: «Non c'è scusa che tenga! Nessuno salta gli allenamenti, soprattutto quando manca così poco alle selezioni». George stentava a credere alla direzione che stavano prendendo i suoi pensieri.

«Guardali negli occhi e spiega perché non sei venuto», disse l'allenatore indicando i suoi compagni di squadra. «Non a me, a loro! Avanti, dai!».

Ma George non ci riuscì. Perché invece di inginocchiarsi e implorare il loro perdono, riusciva a pensare solo a Elle.

«Pensi che ti vogliano sulla loro barca? Pensi che vogliano qualcuno che non ha la motivazione, qualcuno di cui non possono fidarsi? Tu lo vorresti?».

Il resto della squadra teneva gli occhi bassi.

George sentiva ancora l'odore di Elle sulla pelle.

«Rispondimi!», gridò l'allenatore, e quando il suo fiato caldo gli investì il viso, George visualizzò l'immagine dei capelli di Elle scompigliati sul cuscino.

«No, signore».

Era posseduto.

Così, quando sulla strada del ritorno Henry e J.B. gli chiesero ripetutamente dove fosse stato, George commise l'errore di vantarsi dicendo di aver fatto la migliore scopata della sua vita. Aveva infranto la regola più importante, quella di non ammettere ciò che provava davvero; ma non era riuscito a trattenersi. «È stato… Non riesco a descriverlo, è stato strabiliante». Si sentiva come se avesse vinto un premio che doveva assolutamente mostrare. I ragazzi apprezzarono. Lo stuzzicarono e lo incalzarono per tutta la strada del ritorno, poi si fermarono a comprare un paio di panini a testa e li mangiarono mentre pedalavano.

George giurò a sé stesso che non si sarebbe più distratto. Doveva concentrarsi. Ciononostante, quel pomeriggio era di nuovo nel letto di Elle.

CAPITOLO 9
CARO

Oggi

Caro era in cucina, intenta a caricare nervosamente la lavastoviglie. «Perché ho accettato?», mormorò. Quel biglietto sul suo futuro l'aveva completamente spiazzata. E all'improvviso tutto le parve enorme alla luce dello sguardo indagatore e del sorrisetto condiscendente di quella dannata Elle Andrews.

«Stai bene, Caro?», chiese Lily. Caro trasalì. Non l'aveva sentita entrare. «Deve essere stato difficile leggere quella lettera».

«Sì, sto bene», minimizzò Caro. «Lily, hai detto tu a Elle della cena?»

«No». Lily sembrava sorpresa. «Perché? È un problema?».

Caro non sapeva se crederle o meno. Non era mai riuscita a inquadrare bene Lily, l'innocentina che si mordicchiava sempre il labbro inferiore o la fissava con aria assente come una mucca in mezzo a un campo. Si ricompose, sbatté lo sportello della lavastoviglie e andò a controllare il tajine. Certo che era un problema. Vedere Elle che chiacchierava con George nell'ingresso, con la sua giacca di jeans piena di piume e paillettes e quel vestito rosso stretto e plissettato, la faceva sentire fuori luogo, eccessivamente formale in casa sua.

Quando erano a Oxford, se ne andava in giro per casa nel suo look bohémienne e riusciva sempre ad apparire perfetta e a suo agio senza doversi sforzare. I ragazzi le sbavavano dietro, persino Travis subiva il suo fascino. Stronzi. Caro li aveva avuti in pugno prima che arrivasse Elle.

«Allora, Lily, come vanno le cose?», chiese tornando in modalità "padrona di casa" mentre metteva a bollire l'acqua per il couscous. «Che altre novità ci sono a parte il libro? Sei ancora single?»

«Sono ancora single», rispose Lily rassegnata, scrollando le spalle. «Ho una gatta, Patty. L'ho adottata. È grassa come un ippopotamo e ha un occhio solo». Esaminò la fruttiera sull'isola della cucina e prese un limone ammuffito che evidentemente era sfuggito all'opera di pulizia di Caro. «Sono un po' preoccupata all'idea che nella lettera su di me ci sia scritto "vive da sola con un gatto". Sarebbe triste se l'aveste predetto, non trovi?».

Caro non la stava ascoltando. Le prese il limone dalle mani e lo gettò nel cestino. Lily aveva un talento unico nello scovare il frutto ammuffito nascosto sul fondo della ciotola. Tornò al suo couscous mentre pensava alla lettera e le tornarono alla mente immagini di lei e Henry. La coppia perfetta. Il re e la regina di Oxford. Cercò di non pensare a quello che sarebbe potuto essere. Alla vita che avrebbe potuto avere con lui. Ricordava quanto si sentiva orgogliosa quando entrava in una stanza al braccio di Henry, consapevole dell'invidia altrui. «I ragazzi migliori raramente sono i più belli, Caroline», le aveva detto sua madre. «È questo il problema degli uomini: la bellezza svanisce. Ma un buon cervello? Questo pagherà, te lo dico io. Punta agli avvocati e ai banchieri: non importa se sono brutti, passano la vita nei loro uffici e non li vedrai mai. Scegli con la testa, non con il cuore».

Caro ricordava il Natale del terzo anno, quando la madre era venuta a prenderla a Oxford con il suo nuovo marito Lionel, un banchiere poco attraente che aveva conosciuto online e scelto seguendo alla lettera le regole che predicava. A Lionel non piaceva sprecare benzina, quindi avrebbero approfittato del viaggio per far visita a una vecchia zia. Caro aveva chiesto a Henry di aspettare sul marciapiede con lei – a Lionel non piaceva dover suonare il campanello e attendere che qualcuno gli aprisse – solo perché sua madre potesse vederlo di sfuggita. Aveva fatto in modo che si trovassero di fronte all'auto mentre arrivava, fianco a fianco; Caro teneva stretta la mano di Henry per presentarlo alla madre in tutto il suo splendore fatto di fossette, capelli biondi e muscoli. Sapeva che avrebbe potuto dargli solo un casto bacio sulla guancia, se voleva risparmiarsi una ramanzina da parte di Lionel. Perché se da un lato Lionel era arrivato con vagonate di soldi, dall'altro uno dei suoi numerosi difetti era quello di appartenere a una chiesa che si definiva cristiana per poi inventarsi delle regole tutte sue. «I soldi hanno sempre delle condizioni, Caro», aveva affermato sua madre, dopo essersi pentita e convertita. E mentre lei riusciva ad annuire di fronte alle appassionate filippiche del marito sui peccati degli empi, pur senza distrarsi da *Coronation Street*, Caro le trovava insopportabili e finiva sempre per andarsene.

Quando si sistemò sul sedile posteriore dell'auto, mentre Henry la salutava con la mano, Caro incontrò gli occhi della madre nello specchietto retrovisore e le rivolse uno sguardo eloquente: "Ricco, sano e anche bello, mammina cara. Il pacchetto completo". La madre finse indifferenza, ma Caro notò la smorfia che fece nel sentire Lionel che sbuffava e si lamentava di quanto fosse pesante la valigia della figliastra. Quando Henry gliela tolse dalle mani e la posò senza fatica nel bagagliaio, fu chiaro a entrambe con chi avrebbero preferito andare a letto ogni sera.

Caro sospirò e pensò a suo marito Brian, il suo Lionel. L'unica cosa per cui spendeva volentieri era la casa, perché stavano arredando il loro "nido per la vita". A Caro sembrava di leggergli nella mente: "Lasciagliela arredare bene, così non vorrà più andarsene".

«Caro?», la chiamò Lily.

«Oh, scusami». Scosse la testa. «Cosa stavi dicendo? Qualcosa su qualche gatto grasso...». Su due piedi non riuscì a trovare una buona scusa per giustificare il fatto di essersi distratta. Oh be', in fin dei conti era solo Lily. «Non ti stavo ascoltando».

George entrò in cucina con l'aria stralunata e le guance in fiamme dopo l'incontro con Elle nell'ingresso. «Vuoi che porti in tavola altro vino, Caro?».

Caro ricordava il momento in cui tutti avevano scoperto che Elle e George andavano a letto insieme. Dio, persino Henry era stato geloso. Drizzava sempre le orecchie quando la porta della stanza accanto a quella di Caro si chiudeva, e si accigliava nel sentire i rumori che provenivano dall'altra parte del muro: risate selvagge ed esotiche e gemiti affannosi. Caro non era una puritana, ma tendeva a non fare troppo rumore durante il sesso; era troppo tesa, troppo ansiosa di compiacere. Tuttavia, quando si era resa conto che Henry sembrava attratto dai suoni provenienti dalla stanza accanto, Caro aveva fatto del suo meglio per adattarsi. George aveva detto a Henry che Elle aveva fatto la ceretta lì sotto, così anche Caro era andata a farsi depilare. A quanto pareva, Elle faceva i migliori pompini sotto la doccia, così Caro aveva iniziato a inginocchiarsi in bagno. Elle di qua, Elle di là. Perché era andata a vivere con loro? Naturalmente non poteva incolpare Elle perché la sua vita stava andando a rotoli, ma di certo poteva incolparla per aver elevato i suoi livelli di stress. Tenendola sempre sotto pressione. Impedendole di focalizzarsi sulle cose. Senza Elle, Caro sarebbe stata l'indiscussa ape regina. Avrebbe mantenuto la concentrazione e la fiducia in sé stessa. Quando, ad esempio, Henry l'aveva invitata alla festa di compleanno di quella stronza di sua madre, l'algida regina dei ghiacci Francesca Bellinger, vestita da capo a piedi con un Dior squisitamente sartoriale, l'aveva presa in disparte e, sorseggiando un bicchiere di Veuve Clicquot, aveva mormorato in tono disinvolto: «Ho sempre pensato che le donne siano molto simili ai cavalli. Puoi capire di che razza sono a un miglio di distanza. Non farti troppe illusioni, mia cara, ho capito il tuo gioco!». Caro avrebbe potuto scuotere i suoi splendidi capelli rossi e dire: «Non capisco proprio cosa stia insinuando». Invece, non era riuscita a nascondere lo shock e un'espressione colpevole, come se quella donna avesse ragione, come se fosse stata scoperta.

Lady Bellinger aveva alzato gli occhi al cielo e le aveva rivolto un sorriso senza emozioni, da sala riunioni.

Cercando una risposta che non la facesse apparire una cacciatrice di dote, Caro aveva detto: «Ci amiamo». Quando ci pensava, rabbrividiva ancora.

«Oh, vi amate!», aveva commentato beffarda la madre di Henry. «Credimi, signorina, non durerai. Non provarci nemmeno». Le aveva lanciato un'occhiata sprezzante, come se sapesse che il suo vestito, pur essendo firmato, era stato acquistato in saldo. «Il mio Henry è destinato a cose più grandi di te».

Detto questo, Francesca si era allontanata per raggiungere suo marito e gli aveva fatto scivolare il braccio intorno alla vita mentre Sir Charles raccontava le sue prodezze olimpiche a Henry e George, i quali ascoltavano estasiati ogni parola che uscisse dalla bocca di quell'eroico gigante gentile.

Prima di raggiungerli, Caro aveva dovuto fare tappa in bagno per darsi una rinfrescata e ricomporsi. Quando era tornata, si era aggrappata al braccio di Henry e aveva riso alle battute di suo padre in modo forse un po' troppo esaltato e stridulo, mentre cercava di evitare lo sguardo compiaciuto e sicuro di Lady Bellinger. «Ma come, non ti ho insegnato nulla?», avrebbe brontolato sua madre.

Nella cucina di casa sua, Caro si scottò la mano con il forno mentre controllava la tostatura delle mandorle per l'insalata. «Ahi!».

Lily saltò giù dallo sgabello da bar. «Ti sei fatta male?»

«Sto bene», rispose Caro un po' troppo bruscamente, e Lily indietreggiò.

«Va bene, ti aspetto in sala da pranzo».

All'altro capo del bancone, George stappò una bottiglia di Bordeaux mentre Caro si succhiava la bruciatura sul pollice. «Tutto bene, Caro?»

«Assolutamente sì. Sto benissimo grazie. E tu?»

«Anch'io», rispose lui. «Splendidamente».

CAPITOLO 10
LILY

Ieri
Primo trimestre del terzo anno

«Non ti ho mai vista così eccitata». Travis era sulla poltrona del soggiorno dove trascorreva la maggior parte del suo tempo, tanto da aver consumato con la testa parte del tessuto già logoro da cui ora fuoriusciva l'imbottitura.

«A Natale do sfogo ai miei entusiasmi più nascosti», disse Lily, chinandosi per prendere la sua cioccolata calda. «Dai, è Natale. Come fa a non piacerti? Ci sono i regali, gli alberi di Natale, *Mamma, ho perso l'aereo*».

«Odio il Natale, cazzo», sbuffò Travis, risistemandosi sulla poltrona e tirando fuori dalla tasca dei jeans il portatabacco. «E odio quel cazzo di *Mamma, ho perso l'aereo*».

«Nessuno odia *Mamma, ho perso l'aereo*». Lily guardò fuori dalla finestra. Era tutto bianco, le ringhiere erano coperte di brina da settimane. Travis continuava a lamentarsi del freddo, aveva requisito l'elegante stufa di George e se la teneva il più vicino possibile, ma Lily era contenta di doversi avvolgere in un pesante maglione. Tutto contribuiva alla magia del periodo natalizio. Finora l'attesa non l'aveva delusa. C'erano stati canti a lume di candela e torte salate nella cappella, e un ballo in maschera al quale ovviamente Travis non aveva voluto partecipare. Lily aveva dovuto andarci con Eliza Hattersley-Brown, perché la teoria secondo cui Caro e George la invitavano solo quando c'era Travis si era dimostrata fondata. L'unico evento a cui era riuscita a trascinare Travis era stata l'inaugurazione del gigantesco albero di Natale nel cortile, addobbato con luci scintillanti e palline rosse, che era stata seguita da un rinfresco a base di sidro nella sala comune. Travis aveva accettato solo perché il barista gli doveva dei soldi.

La maggior parte degli studenti era già tornata a casa per le vacanze. Elle era rimasta perché lavorava al rifugio, Travis perché non aveva un posto migliore dove stare e Caro stava partendo solo ora perché George e Henry sarebbero andati a Putney per la Trial VIIIs che, a giudicare dalla tensione che si respirava in casa, era una tappa fondamentale per determinare chi sarebbe finito nell'equipaggio della Blue Boat. Il padre di Lily era stato trattenuto perché il ghiaccio aveva congelato le tubature della fattoria e sarebbe venuto a prenderla nel pomeriggio. Erano giorni che era pronta a partire, con la valigia piena di regali.

«Oh mio Dio, credo che stia iniziando a nevicare!». Premette il viso contro il vetro freddo. Caro era fuori con Henry, in attesa che venissero a prenderla, incollata a lui come se fossero in mostra per il mondo.

«Okay, forse non odio *Mamma, ho perso l'aereo*», disse Travis, lisciando la cartina da rollare. «Ma odio la neve».

Elle entrò nella stanza e prontamente strappò la sigaretta dalle dita di Travis. «Adoro la neve», disse, accendendosela e buttandosi sul divano. Indossava un maglione turchese oversize e dei vecchi leggings neri, e Lily notò con una punta d'invidia che riusciva a sembrare comunque estremamente cool. «Potrei andare fuori a fare un pupazzo di neve».

Senza battere ciglio, Travis aveva iniziato a rollarsi un'altra sigaretta.

«Non riesco a immaginarti mentre fai un pupazzo di neve», le disse, guardandola di traverso.

Elle, con i capelli biondi raccolti in un nodo sulla testa, fece spallucce e aspirò una boccata dalla sigaretta. «No, nemmeno io a dire il vero. Non so cosa sto dicendo». Esplose in una risata profonda e roca e si sdraiò sul divano, con la faccia rivolta al soffitto, mentre soffiava anelli di fumo che si incastravano perfettamente l'uno nell'altro.

«A che ora parti, Elle?», chiese Lily, gelosa di quel piccolo rituale dal quale, in quanto non fumatrice, era esclusa.

«Oh, non lo so». Elle guardò l'orologio. «Devo controllare i treni».

«Dove andrai?», chiese Travis.

Lily sapeva dove ciascuno avrebbe trascorso il Natale perché aveva prestato attenzione mentre i suoi compagni le raccontavano le diverse tradizioni delle loro famiglie. C'era chi mangiava il tacchino, chi l'oca. Chi metteva ancora la calza nel camino (solo lei). Elle avrebbe trascorso il Natale con il nuovo fidanzato della madre.

«Il tipo non è male, in realtà. Non durerà, ma per il momento se la cavano bene», disse Elle, allungando le gambe e appoggiando sul tavolino i piedi avvolti nei calzini pelosi. «Vive sulla costa, a Dover o a Hastings, qualcosa del genere».

«Be' ti conviene scoprirlo prima di prendere il treno», commentò seccamente Travis.

«Grazie». Elle sollevò un sopracciglio.

Travis si passò la mano tra i capelli spettinati e si appoggiò allo schienale della poltrona. «Io rimarrò qui».

«Cosa?». Lily distolse lo sguardo dalla neve. «Credevo che andassi a casa».

«Sì... No». Travis soffiò via una boccata di fumo. «Rimarrò qui. Mio padre ha telefonato ieri sera per dirmi che andrà in crociera con Cristobel».

«E tua madre?», chiese Elle, scuotendo una lattina di Coca sul tavolo per accertarsi che fosse vuota prima di gettarci dentro la cenere. «Non puoi andare da lei?»

«No». Travis scosse la testa. «Vive a Maiorca. Giocherà a tennis tutto il giorno. E io faccio schifo a tennis», aggiunse ironico.

«Mia madre mi ha fatto prendere lezioni di tennis perché aveva sentito dire che aiutasse a gestire la timidezza. Non è servito. Però ho un buon rovescio».

Elle rise.

«A mia madre piace più il suo istruttore venticinquenne, André, che lo sport in sé», disse Travis.

Elle prese a esaminarsi una ciocca di capelli in cerca di doppie punte. «La vedi mai?»

«No, se posso evitarlo. Credo che nemmeno lei muoia dalla

voglia di vedermi. La faccio sentire vecchia. “Niente ricorda agli altri la tua età più di un figlio adolescente”», disse imitando il tono di una signora elegante. «Le ho detto che il Botox ci riesce altrettanto bene, ma non mi ha creduto».

Lily provò una fitta di tristezza. Se non si poteva mettere da parte il cinismo neanche a Natale, non c’era speranza. «Cosa farai tutto solo il giorno di Natale?»

«Mi sballerò». Travis sorrise, infilando le mani nei polsini del vecchio maglione bianco da pescatore. «Il Natale perfetto».

Lily si immaginò al tavolo della fattoria con i suoi due fratellini che strillavano eccitati per Babbo Natale, sua madre che preparava torte, i suoi fratelli maggiori costretti a staccarsi dall’Xbox per dare una mano. Come avrebbe fatto a godersi tutte quelle cose sapendo che Travis era rimasto lì da solo? Era consapevole che se si fosse trattato di un altro periodo dell’anno, di un’altra circostanza, non avrebbe avuto il coraggio di dirlo, ma c’era qualcosa nell’atmosfera natalizia che la spinse a osare: «Vieni da me». Nel momento in cui le parole le uscirono di bocca, arrossì come una barbabietola.

Sul divano, Elle sorrise come davanti a un film di Natale tutto famiglia e buoni sentimenti. Lily arrossì ancora di più.

«No, va bene così, grazie», disse Travis.

Elle sussultò. «Vergognati, Travis. Chi mai potrebbe rifiutare un invito a quello che immagino sarà il più bel Natale in famiglia di sempre? L’hai ascoltata mentre ne parlava? La gente vive feste natalizie come quelle di Lily solo nei libri. Io ci andrei».

Lily rabbrividì. Si era dilungata così tanto? Si sentiva come una bambina in una stanza piena di adulti, incapace di interpretare correttamente il tono con cui venivano pronunciate le parole. La stavano prendendo in giro? In vita sua non si era mai pentita così tanto di un invito. «No, davvero, non sei obbligato a venire. È stato sciocco da parte mia chiederlo», ritrattò, voltandosi di nuovo a guardare la neve con il viso premuto sul vetro, questa volta per raffreddare le guance in fiamme.

Alle sue spalle regnava il silenzio. Immaginò Travis che rivolgeva un muto rimprovero a Elle per aver forzato la mano.

Lily cercò di ostentare indifferenza. Dalla finestra vide Caro baciare Henry sulla guancia, mentre un vecchio con i baffi grigi dall'aspetto miserabile sollevava la sua valigia. Poi sentì Elle alzarsi e uscire dalla stanza.

«Scusa», disse voltandosi verso Travis, «non volevo metterti a disagio».

Lui scosse la testa. I capelli, lunghi e arruffati, gli ricaddero sugli occhi: avevano decisamente bisogno di una sistemata. «Non l'hai fatto. È solo che... non sono molto bravo con le famiglie degli altri».

«Nessuno è molto bravo con le famiglie degli altri».

«Scommetto che George lo è».

Lily fece una smorfia immaginando George nella sua fattoria. «Be', guarda, nella mia famiglia siamo così tanti che potresti tranquillamente mimetizzarti», disse. «È quello che faccio io. È probabile che tu riesca a cavartela senza che nessuno noti la tua presenza». Si interruppe quando vide il sorriso teso sul volto di lui. «Scusa, ora la smetto. È solo che non voglio che tu rimanga qui da solo. Forse sono egoista. Forse non voglio rovinarmi la giornata preoccupandomi per te». Afferrò di nuovo la cioccolata calda, perché si era resa conto all'improvviso di aver dato l'impressione di tenere troppo a lui.

Travis guardò il porta-tabacco, lo prese e se lo rigirò tra le mani. «Credo che sia la cosa più bella che mi abbiano mai detto».

«Credo che questo dica molto di più sulle persone che frequenti che su di me», rispose Lily. Travis si lasciò sfuggire una risatina. Poi la guardò attraverso la cortina di capelli e disse: «Okay, ci sto. Verrò».

Fu il Natale più magico della vita di Lily. Sua madre cucinò un tacchino e un'oca perché vennero anche i vicini. Lei e Travis aiutarono il padre a portare le pecore giù per il pendio nel bel mezzo di una tempesta, cercando di guidare il quad attraverso i cumuli di neve mentre il cane, Barney, non smetteva di tremare. Lily non aveva mai visto Travis immerso nella natura, con le guance bruciate dalla neve e infagottato per difendersi dal freddo.

Quando rientrarono, con le ciglia ghiacciate, Travis disse: «Non ho mai capito quella storia degli eschimesi che hanno centinaia di parole per indicare la neve. La neve è neve».

«Non ho mai capito quella faccenda dei fiocchi di neve che sono tutti diversi». Lily batté le mani per riscaldarsi. «Come è possibile che ci siano così tante forme?»

«Quante bugie ci raccontano sulla neve», disse Travis.

«Però è bella, vero?». Lily indicò le colline bianche che si ergevano davanti a loro e il bosco ai margini della fattoria, dove da bambina si perdeva per ore fino a quando qualcuno gridava il suo nome perché c'era bisogno di lei.

«Deve essere stato bello crescere qui», disse Travis, togliendosi la neve dagli occhi con il guanto.

Lei annuì.

«Ti invidio», disse lui. «Mi sarebbe piaciuto molto da bambino».

«Com'è stata la tua infanzia?»

«Ecco un'altra domanda da settimana delle matricole».

«Chiedere a qualcuno della sua infanzia non è come chiedergli qual è suo il biscotto preferito. È una cosa da terzo anno almeno», rispose Lily.

«Okay». Travis raccolse una manciata di neve e la modellò fino a formare una palla. «Direi che lo scopo principale della mia infanzia è stato quello di essere una risorsa utile per il divorzio dei miei genitori». Lanciò la palla di neve contro la parete del fienile. «A parte questo, mi hanno reso adulto quando mi hanno mandato in collegio a sei anni».

«Travis», disse Lily, «è una storia molto triste».

Travis la guardò e sorrise. «Lo so». Poi si chinò per raccogliere altra neve, indietreggiò di qualche passo e scagliò la palla direttamente verso di lei. Lily emise un gridolino di sorpresa, prima di passare al contrattacco. Quando uscirono i suoi fratelli, si scatenò una vera e propria guerra. Lily non aveva mai visto Travis comportarsi in modo così infantile e spontaneo. Non c'era un briciolo di spavalderia in lui. Si lasciò persino trascinare dai fratelli minori sul divano per guardare anime giapponesi accoccolati sotto una coperta con una cioccolata calda.

Durante i pasti, Lily sorprendeva la madre a guardarli cercando di nascondere un sorriso. Lily le lanciava delle occhiatacce perché si togliesse quell'espressione ebete dalla faccia. Quando Travis se ne accorgeva, sorrideva e abbassava lo sguardo sul piatto. Era doloroso e meraviglioso al tempo stesso.

Poi arrivò un messaggio.

Crociera interrotta per il maltempo. Ti aspettiamo a casa per Capodanno.

E Travis si trasformò sotto gli occhi di Lily. Era come se la luce dentro di lui, accesa dalla permanenza alla fattoria, si fosse spenta. Impallidì. Divenne silenzioso.

«Devo andare», disse.

Lily annuì. «Sì».

Erano l'uno di fronte all'altra, lei sentiva il calore del fuoco che ruggiva alle sue spalle.

Tutti gli altri erano in cucina.

Travis abbassò lo sguardo e i capelli gli ricaddero davanti agli occhi. «Grazie per avermi invitato», disse, tornando a guardarla. «È stato bello».

Si fissarono. Lily pensò stupidamente che lui stesse per baciarla. Si sporse persino per un secondo. Ma Travis non si mosse. Lei si tirò indietro abbastanza velocemente, ma era sicura che lui avesse notato il movimento.

«Vado a dirlo a tua madre», disse indicando la cucina. «Voglio ringraziala per l'ospitalità».

Lily lo seguì, rabbrividendo.

La mamma reagì com'era prevedibile. «O mio Dio, è un vero peccato. È stato così bello averti con noi. Tu vai con lui, Lil?»

«No», rispose in fretta Lily, imbarazzata dal fatto che sua madre avesse ipotizzato una cosa del genere.

Preso alla sprovvista, Travis disse: «Puoi venire, cioè, se vuoi».

«No, dovrei restare qui». L'intera famiglia di Lily stava assistendo alla scena; vide i suoi fratelli che si davano gomitate.

«Oh, non preoccuparti per noi, Lily. Vai, va' pure, per noi non c'è problema», la esortò sua madre.

«Lasciatele fare quello che vuole», disse suo padre.
«Di certo non vorrai venire dai miei», disse Travis.
«Oh, certo che lo vorrebbe!».
Lily pensò che avrebbe potuto davvero uccidere sua madre.
«Allora vieni, se vuoi», disse Travis. «Renderai le cose più sopportabili».

Quando lasciarono la calda atmosfera della fattoria coperta di neve, la mamma di Lily la strinse in un abbraccio, baciò Travis sulla guancia e disse: «Prenditi cura di lei».
«Lo farò, signora Enfield».
Sul treno si sedettero vicini. A volte le loro gambe si sfioravano, per caso o di proposito, Lily non avrebbe saputo dirlo. Travis diventava sempre più nervoso man mano che si avvicinavano a Londra.
Quando arrivarono a Paddington, ricevette un messaggio da George:

Sei in giro per Capodanno? Festa da Henry, vuoi venire?

Travis lo ignorò. «Vuole solo la coca per i suoi amici».
Lily si domandò se Travis avrebbe reagito allo stesso modo se il messaggio fosse arrivato quando erano ancora a casa dei suoi genitori. Le sembrava che stesse indossando un'armatura, che si stesse proteggendo con uno scudo di sarcasmo. Conosceva fin troppo bene quella sensazione; lei faceva la stessa cosa ogni volta che si avvicinava a Oxford.
Il taxi li lasciò davanti a una delle case georgiane a colonne bianche di Belgravia, di quelle che si vedono solo nei film, con un giardino privato. Un lusso che Lily poteva solo sognare.
Venne ad aprire il padre di Travis. «Devi tagliarti i capelli», disse, senza nemmeno un "ciao" o un abbraccio di benvenuto.
«Hai aperto tu la porta, papà?», rispose Travis senza esitazioni. «Non è da te».
«Ho dovuto dare la serata libera a William. Maledette leggi sul lavoro. E questa chi è?». L'uomo guardò Lily dall'alto in basso, e l'espressione sul suo viso non lasciò dubbi sul fatto che non la trovasse adeguata.
«Una ballerina di lap dance che ho rimorchiato ieri sera».

Lily distolse lo sguardo. Il padre di Travis lo fissò, con la faccia sudata e una smorfia maligna sulle labbra. I due si fronteggiarono in quell'atrio privo di carattere. Lily non riusciva a pensare ad altro che all'ottima cena di Capodanno che avrebbe preparato sua madre, al rum speziato e ai vicini che si sarebbero fermati a cantare *Auld Lang Syne*.

Dopo i giorni più belli della sua vita arrivarono i peggiori. Il padre di Travis non perdeva occasione per sminuire il figlio, punzecchiandolo in modo sgradevole. Per essere un uomo con così tanti soldi, dimostrava una totale assenza di gusto. Lily non riuscì a trovare un solo dettaglio originale in quella casa. I mobili erano spigolosi e scomodi, i quadri troppo vistosi, l'illuminazione fredda e poco accogliente. La cena di Capodanno fu un disastro. Lily cercò di fare una battuta ma, davanti al sogghigno feroce di Bernard, si ritirò nel suo guscio come una lumaca. Quando il cucciolo di Cristobel, la fidanzata di Bernard, abbaiò ai piedi di Lily, Bernard batté un pugno sul tavolo e gridò: «Strangolerò quel maledetto topo!». Cristobel scappò via in lacrime. Finirono per restare seduti in silenzio nell'enorme sala da pranzo, sotto le sfavillanti luci che pendevano dal soffitto, con il rumore delle posate sui piatti come unico sottofondo.

«Travis, ti ho trovato un lavoro in banca per Pasqua», disse Bernard, sorseggiando il suo vino bianco.

«No, grazie», rispose Travis.

«Come scusa?», esclamò Bernard, con il bicchiere appoggiato alle labbra carnose.

Lily si irrigidì, non era brava a gestire i conflitti.

«Ho detto no, grazie». Travis non alzò lo sguardo dal salmone stagionato. «Non voglio lavorare in banca».

«Lo farai, dannazione», disse suo padre, ricominciando a mangiare come se la conversazione fosse finita lì.

«No, non lo farò».

Bernard fece cadere forchetta e coltello. «Farai quel cazzo che ti dico di fare. Ti insegnerà a essere responsabile».

Travis gli lanciò un'occhiataccia.

«Sei uno stronzetto pigro, lo sai?».

Lily trasalì.

«Be', a me basta non essere come te, papà».

Ci fu un attimo di silenzio. Poi il volto di Bernard si fece paonazzo. «Vattene!», esclamò.

Travis si alzò e uscì dalla stanza, dando un colpetto sul braccio a Lily perché lo seguisse. Lei esitò un attimo, poi si alzò a sua volta e andò con lui. Non appena furono fuori, le sembrò di poter finalmente tornare a respirare.

Attraversarono la strada e si fermarono davanti al cancello del giardino privato.

«Ti farei entrare, ma non ho la chiave». Travis si appoggiò al cancello e si voltò a guardare il magnifico arco di case bianche. «Sei contenta di essere venuta?», chiese.

Lily rabbrividì sotto il nevischio gelido. «È stata la serata più bella della mia vita».

Travis rise; era la prima volta che il suo volto si addolciva quella sera. «Ti avevo avvertita».

«Lo so», disse lei. «Pensavo che stessi solo cercando di scoraggiarmi». Si interruppe. «Non che io intenda... Non in quel senso», disse troppo in fretta.

«Non affezionarti a me, Lily», disse Travis, nascondendo le mani nelle maniche.

Il nevischio si stava trasformando in neve. Enormi fiocchi cadevano dal cielo, offuscando la vista.

«Perché no?», chiese.

Travis calpestò il bordo di una pozzanghera ghiacciata, mandandola in frantumi. «Perché non mi importerà mai abbastanza. È come se fossi vuoto, Lily, incapace di provare sentimenti».

«Non è vero». Anche lei batté il piede, frantumando il ghiaccio in pezzi ancora più piccoli. «Nessuno è vuoto».

«Sì, se si è cresciuti in un posto come questo», rispose lui indicando la casa. «Non puoi amare se non sei mai stato amato. Distruzione spietata. È tutto ciò che so fare», aggiunse con un sorriso ironico.

Lily continuava a rompere il ghiaccio con il piede. Le lacrimavano gli occhi per il freddo. «Non ti credo».

«Non cercare il buono in me», le disse Travis, facendo un passo verso di lei.

«Non posso farne a meno», rispose, guardandolo attraverso le ciocche di capelli bagnate. Poi allungò la mano e raccolse un fiocco di neve dal suo maglione. «Guarda. Non c'è un altro fiocco di neve come questo».

Travis le prese il dito e se lo avvicinò al viso per esaminarlo. «Pensavo avessimo stabilito che è una stronzata».

«Ognuno è diverso, Travis. Non sei uguale a lui».

La neve continuava a depositarsi sulle loro guance e sulle loro dita unite. Lily raccolse tutto il suo coraggio, si avvicinò e, delicatamente, dolcemente, sfiorò le labbra di lui. Lo sentì cedere. Per un secondo percepì la scintilla e il formicolio che aveva sognato. Ma poi Travis si tirò indietro.

«Non farlo», disse. «Non finirà bene».

CAPITOLO 11
LILY

Oggi

Piatto principale: tajine di agnello in stile Ottolenghi con albicocche, harissa e olive, servito su un letto di couscous con insalata di cavolo (opzione vegana: tajine di ceci con funghi e zucca violina)

Caro irruppe in sala da pranzo reggendo la sua tajine come se fosse Gesù Bambino. «L'abbiamo presa in Marocco», spiegò, posando con orgoglio il piatto conico al centro del tavolo. «Ce la siamo fatta spedire insieme a un paio di tappeti. Fanno di tutto per te, è fantastico. È molto turistico, ma alla fine siamo riusciti a trovare qualche posto fuori dalle solite rotte». Iniziò a distribuire il couscous nei piatti degli ospiti senza mai smettere di parlare, di tenersi occupata, nell'evidente tentativo di animare la serata. Di non concedere a nessuno lo spazio e l'opportunità per rovinarla.

Lily, tuttavia, non era lì per scambiare futili chiacchiere. Il suo obiettivo era scoprire come si sentiva in loro compagnia. Voleva approfondire e tornare al momento in cui tutto era iniziato. Era persino riuscita a far aggiungere un posto a tavola per Elle. Ma adesso cosa avrebbe dovuto fare? Si domandò se fosse il caso di allontanarsi un momento per chiamare la sua analista dal bagno.

La prima volta che era andata in terapia, Lily era scappata dalla sala d'attesa prima ancora di iniziare la seduta. La dottoressa l'aveva chiamata per chiedere il motivo della sua fuga e Lily si era pentita di aver risposto al telefono.

«Mi dica, Lily. È a casa sua, è al sicuro. Mi parli solo cinque minuti e mi dica perché è venuta a trovarmi».

Lily si era guardata intorno, osservando le piante in vaso, la gatta addormentata sulla sedia, la tazza sul tavolo. «In realtà volevo andare dal dentista».

C'era stata una pausa. «Molto divertente, Lily».

«Non volevo essere divertente, è vero. Devo farmi togliere il dente del giudizio».

«Le capita spesso di usare l'umorismo come meccanismo di difesa, Lily?»

«Sempre», aveva risposto, sorpresa che qualcuno potesse leggere così chiaramente dentro di lei attraverso la linea telefonica.

La dottoressa aveva lasciato che il silenzio si trascinasse a lungo, tanto che a Lily era venuto il sospetto che avesse riattaccato. Quando non era più riuscita a sopportarlo, aveva detto: «Ho iniziato ad avere degli attacchi di panico». Lily osava a malapena a ricordare il festival letterario di Zurigo, quando era rimasta paralizzata sul palco, con tutte le sue slide del libro pronte sul grande schermo, ma con la bocca incapace di formulare parole e frasi, mentre la mente correva a un milione di chilometri all'ora ed era convinta di stare per morire. Alla fine era intervenuto il presentatore: «Facciamo cinque minuti di pausa?». Quando il suo agente le aveva suggerito di parlarne con un professionista, Lily aveva minimizzato. Era solo stanca. Ma poi erano arrivati gli incubi. Si svegliava senza voce, con il respiro affannoso, le lenzuola intrise di sudore e il sapore della paura in bocca.

Nella sala da pranzo di Caro, Travis sollevò il coperchio della piccola casseruola Le Creuset che conteneva la sua porzione di ceci e zucca e chiese: «Quanto tempo sei stata in Marocco, Caro? Ho passato tre mesi a Marrakesh in un ashram ed è stato fantastico».

Caro si servì una porzione di insalata di cavolo. «Oh, solo un pomeriggio in realtà, siamo arrivati in barca dal sud della Spagna. Ma ci siamo fatti un'idea del posto. Mi piacerebbe tornarci».

«Il miglior couscous che abbia mai mangiato», commentò George a bocca piena.

«Dovresti provare quello che fanno a Marrakesh», disse Travis.

Caro, che evidentemente non gradiva sentir paragonare il

suo couscous a quello dei marocchini, cambiò argomento. «Leggiamo un'altra lettera?», chiese, e prima che qualcuno avesse il tempo di rispondere ne afferrò una dalla pila e strappò il nastro adesivo. «Lily, è la tua!».

Lily fece un respiro profondo. Aveva temuto quel momento da quando Travis era apparso con le lettere. Non voleva sapere che idea si erano fatti gli altri del suo futuro. Immaginava l'autore della lettera, chiunque fosse, che fissava il foglio chiedendosi "E questa chi è?".

«Okay». Caro bevve un sorso di vino, si tamponò la bocca con un tovagliolo e iniziò a leggere. «"*Sarà:* archeologa. Studiando molto e senza lamentarsi, Lily raggiungerà i vertici della sua professione"». Caro la guardò oltre il bordo della lettera. «Be', in un certo senso l'hai fatto».

Lily avrebbe voluto nascondersi dietro il tovagliolo.

«"*Vivrà*: quando non sarà in giro alla ricerca di fossili, Lily tornerà alla fattoria e vivrà circondata da galline e mucche"».

Lily sentiva sempre più caldo e le formicolavano le punte delle dita.

«"Avrà un sacco di figli. Tanti piccoli bifolchi che assomiglieranno a lei"... Oh, che cosa scortese!», commentò Caro. «"E un marito contadino che riderà alle sue terribili battute e sopporterà i suoi pessimi gusti in fatto di film"». Caro girò il foglio per vedere se c'era qualcosa sul retro. «Ecco. Non è la più fantasiosa delle previsioni, ma almeno non ci sono gatti, eh, Lily?».

Lily era troppo concentrata a controllare il respiro per sorridere alla battutina di Caro. Non voleva che la gente la guardasse. Sbatteva troppo le palpebre, un fastidioso tic che si manifestava quando iniziava a farsi prendere dal panico. Fece per prendere un po' d'acqua, ma la mano le tremava così tanto che dovette posarla di nuovo in grembo. Cercò di ricordare i consigli della sua analista. È *solo ansia, Lily, parlaci, riconoscila, dille che sai che c'è.*

Dall'altra parte del tavolo, George aveva iniziato a manifestare il suo apprezzamento per le albicocche nel tajine di agnello. Il momento di Lily sotto i riflettori era già finito, ma lei continuava a sentire le parole e gli sguardi su di lei.

«Servitevi ancora», disse Caro. «Soprattutto tu, Travis. Si ghiaccerà l'inferno prima che i miei figli assaggino un cece».

Elle, che stava giocherellando con il cibo muovendo ritmicamente il ginocchio sotto il tavolo, chiese: «Quanti anni hanno i tuoi figli, Caro?»

«Non lo so», rispose lei, sbuffando. «Ho perso il conto».

Lily lanciò uno sguardo al foglio che Caro aveva appena letto, quello che tracciava il suo idilliaco futuro alla fattoria. Di nuovo si fece sentire la voce dell'analista: *Non ci sono strade alternative, Lily. C'è solo quello che c'è.* Il suo studio aveva sempre lo stesso odore. Lily si era guardata intorno in cerca un profumatore per ambienti, ma non l'aveva trovato. Passava molto tempo a osservare le cose in quello studio, riempiendo i silenzi che l'analista lasciava fermentare finché Lily non cedeva e si decideva a parlare. Come quella volta che le aveva chiesto: «Parlami della tua infanzia, Lily».

«È stata bella. Ero felice. Ho molti fratelli. Credo di essere la tipica figlia di mezzo di bravi genitori. Sì. Be', i miei fratelli hanno tutti dei figli ora: sette femmine e due maschi. È una generazione al femminile».

«E cosa pensi dei tuoi nipoti?»

«Li adoro. Potrei mangiarmeli a colazione».

Silenzio. Niente. Nemmeno un sorriso educato. Solo quello sguardo incoraggiante, finché Lily non era stata costretta ad ammettere: «Sono gelosa. A volte sono gelosa dei miei fratelli, che si sono sistemati, hanno dei figli e sono felici. Io però ho il mio lavoro. Il mio libro, che ha avuto molto successo. E la mia gatta. Non ha avuto successo, ma le voglio bene lo stesso. Quindi in realtà sto bene, sono felice».

Quella era stata la prima volta in cui la dottoressa le aveva detto: «Lily, va bene provare dei sentimenti. Anche l'invidia».

Al momento, Lily aveva solo bisogno di allontanarsi dal tavolo per un po'. Avrebbe voluto appallottolare quel pezzo di carta e lanciarlo dall'altra parte della stanza. Era tutto troppo intenso. L'harissa nell'agnello era troppo piccante. Sentiva la presenza di Travis accanto a sé più forte di prima, il suo odore, la sua vicinanza. Desiderava guardarlo, contemplare il profilo della sua mascella, i suoi capelli, il lobo dell'orecchio.

Bevve un sorso d'acqua, ma non riuscì a dissimulare il tremolio mentre posava il bicchiere. Le cadde il tovagliolo, si chinò a raccoglierlo e le salì il sangue alla testa. Non voleva essere lì; non le interessava scoprire come si sentiva quando era con quelle persone. Anzi, non voleva provare proprio nulla. Venire alla cena era stata un'idea terribile. Si rialzò, stordita, e vacillò sulla sedia.

Travis allungò un braccio verso di lei. «Stai per svenire?».

Lily gli afferrò la mano per stabilizzarsi. «No. Non credo».

«Lily, stai bene? È stato il cibo?», chiese Caro.

«No, ho solo bisogno di un po' d'aria».

Elle e George si alzarono per aiutarla. Lily fece un gesto per tranquillizzarli. Non voleva fare scenate, ma all'improvviso le sembrava che la camicia fosse troppo stretta. «Ora mi passa».

«Vengo con te», disse Travis.

«Hai bisogno di qualcosa?», chiese Caro. «Stai prendendo qualche farmaco?»

«Assolutamente no», rispose Lily con una piccola risata. «Ho solo bisogno di un po' d'aria».

Gli altri la seguirono con lo sguardo mentre Travis la conduceva fuori dalla stanza. La sorresse mentre si dirigevano in cucina e poi verso le porte a soffietto. Con tutta probabilità avrebbe potuto farcela da sola, ma la sensazione del braccio di Travis intorno alla vita era piuttosto seducente.

«Un bel colpo di teatro», disse Travis quando furono usciti.

Lily si accomodò su una delle sedie da giardino di Caro, godendosi una boccata d'aria fresca. «L'intenzione era quella. Ho pensato che la serata avesse bisogno di un po' di pepe».

«Per me va bene», disse Travis, appoggiandosi comodamente allo schienale. «Una buona scusa per andarsene. Sono d'accordo con i suoi figli, non sopporto i ceci. E neanche l'indivia, se è per questo».

«Hai gusti particolarmente difficili per un vegano», disse lei, sentendo il panico che piano piano cominciava a scemare.

«Lo so». Si passò la mano sui capelli rasati. «Sono ghiotto di McPlant».

Lily rise. Ecco il Travis che conosceva.

«Mi mancava la tua risata», disse lui.

«Smettila».

«Dico sul serio».

Lily si appoggiò allo schienale, sbottonò i polsini della camicia a fiori e arrotolò le maniche. «Non riesco a credere che sia successo. Che vergogna. Ho solo bisogno di respirare un po'».

«Okay, respira con me». Travis inspirò profondamento dal naso, con lo sguardo fisso su Lily. «Lo faccio per lavoro».

Lily sapeva come respirare correttamente, lo aveva imparato grazie a un'app. Aveva fatto tutto il possibile per cercare di affrontare gli attacchi di panico da sola. «Travis, non posso stare qui a respirare con te, è troppo strano».

«Provaci», la esortò Travis. Lily finse di seguire il suo respiro, ma in realtà stava esaminando ogni aspetto di lui. L'accenno di barba sul viso, le vene in evidenza sui muscoli delle braccia, i vari disegni tatuati sulla pelle. Era lui, ma non era lui. Riconosceva le mani e le dita dalle unghie corte che teneva appoggiate sul tavolo, ma metà delle cose che diceva non avevano nulla a che fare con il Travis che Lily conosceva. Avrebbe voluto allungare una mano e strappargli la pelle per far emergere la vera versione di lui.

Travis alzò le spalle, espirò e chiese: «Allora, ti vedi con qualcuno?»

«Anche questo fa parte degli esercizi di respirazione?».

Nel prato si accesero gli irrigatori e l'improvviso rat-a-tat-tat li fece sobbalzare. «Oh, mio Dio», rise Travis. «Irrigatori con il timer: è proprio una cosa da Caro».

Lily guardava gli ugelli muoversi avanti e indietro, avanti e indietro, senza sosta. Per un attimo valutò l'idea di parlargli di Peter, un ragazzo della sua libreria di fiducia con cui aveva preso un caffè ed era uscita un paio di volte, per fingere che la sua vita fosse più interessante o per farlo ingelosire. Ma le sembrava che parlare in quel momento del libraio Peter avrebbe infangato qualcosa che le era piaciuto davvero. Inoltre, non sarebbe servito a nulla perché Travis non era un tipo geloso.

«Non mi vedo con nessuno», disse, mettendo una mano su quella di lui per sostenersi. «Tu?»

«Nessuno di importante». Una falena volò dritta nella fiamma di una candela e poi si bloccò nella cera. «Ho pensato molto a te».

«No, non è vero».

«Sì, invece».

Lily sentì un formicolio caldo risalirle lungo tutto il corpo. «Davvero?».

Travis annuì.

«Hai avuto molto tempo per pensare».

A Lily venne di nuovo in mente la sua analista e quei silenzi che continuavano ad allungarsi.

Possiamo parlare di relazioni, Lily?

No!

Adesso avrebbe solo voluto precipitarsi nello studio bianco e spoglio e dire: «Sono seduta qui con lui, ho riso alle sue battute, e ora? Non so cosa significhi...».

Travis inclinò la testa e la studiò. Cosa vedeva il suo occhio di guaritore spirituale?

«Come sta la tua famiglia?», le chiese.

«Oh bene, al solito, sempre indaffarati. E la tua?»

«Disfunzionale come sempre. Mio padre mi prende in giro per quello che faccio. Non voleva farmi entrare in casa quando ha visto il tatuaggio».

«Non lo avrei fatto neanche io».

Travis rise. «In realtà ti piace».

Lily si avvicinò per guardarlo meglio. «È sicuramente molto audace».

Lui si appoggiò allo schienale della sedia e allungò le gambe: caviglie abbronzate e niente calzini. «In realtà, credo che mio padre stia ancora aspettando delle scuse per l'imbarazzo che gli ho procurato quando sono stato arrestato».

Lily si chiese se Travis tirasse fuori il suo arresto ogni volta che poteva oppure se fosse un onore riservato a lei. Lo immaginò mentre ne parlava nei suoi discorsi motivazionali, spiegando come aveva toccato il fondo e come, in prigione, era stato salvato dal potere curativo del respiro. Non lo descriveva certo come una semplice condanna a due anni con la condizionale per possesso di droghe a scopo di spaccio, e di sicuro non raccontava che il giudice lo aveva definito un moccioso viziato, egoista ed estremamente ingenuo.

Gli irrigatori si fermarono. Lily guardò l'erba immersa in torrenti d'acqua. «Hai scoperto chi ha chiamato la polizia?»

«No», rispose lui, scrutandola da dietro le folte ciglia.

Lily ricordava che una volta, molto tempo prima, gli aveva chiesto se avesse paura di essere beccato a spacciare, e Travis aveva riso. «Alla polizia non interessano i ragazzi come me. Vogliono i pesci grossi, quelli che gestiscono il traffico». Lily non aveva mai visto nessuno più spaventato di lui quando la polizia aveva sfondato la porta.

«Ma non ha importanza», aggiunse lui stiracchiandosi e flettendo i bicipiti dietro la testa. Mi ha cambiato la vita. Mi sono fatto un centinaio di fottute ore di lavori socialmente utili ripulendo un pezzo di terra incolta di cui credo non abbiano mai fatto nulla e me ne sono andato. È stata la cosa migliore che mi potesse capitare. Mi ha fatto uscire da quella spirale di negatività».

Lily lo guardò per cercare di capire se dicesse sul serio quando parlava di "spirale di negatività" e se stesse mentendo quando diceva che l'arresto era stata una cosa positiva. Tutto ciò che riuscì a cogliere sul suo volto fu una calma neutralità. Gli irrigatori ricominciarono, incessanti, come mitragliatrici in sottofondo.

«Chiunque sia stato mi ha fatto un favore», disse Travis. «Mi ha reso la persona che sono ora».

CAPITOLO 12
GEORGE

Ieri
Secondo trimestre del terzo anno

George stava vivendo una doppia vita come il dottor Jekyll e Mr. Hyde. Quando non era in barca, passava ogni minuto libero con Elle. Vedeva sempre meno i suoi amici. Lei lo portava in posti in cui non aveva mai messo piede prima: al Picturehouse, dove guardavano film sottotitolati su gruppi rock armeni; al teatro immersivo, dove a George scappava da ridere, ma Elle, fedele al ruolo, rifiutava di dargli corda. Avevano fatto il bagno di mezzanotte nudi nel fiume. «Se avessi visto quello che ho visto io lì dentro, non ci nuoteresti», aveva detto lui, indicando l'acqua torbida e gelida. Elle lo aveva ignorato e si era tuffata, e George non era riuscito a resistere alla sua nudità. Aveva persino ritrovato il piacere dello studio: apriva volentieri il libro di geografia solo per potersi sedere accanto a Elle e studiare nella relativa tranquillità della sua stanza arredata in modo spartano, con i vestiti appesi al muro, le sciarpe che coprivano gli specchi e un paio di poster di film in bianco e nero. Ogni volta che George si annoiava, Elle, con gli occhiali sulla punta del naso, lo zittiva e lo invitava a concentrarsi di nuovo sui libri, strappandogli una risata. Per la prima volta si rese conto che la sensazione sconosciuta che stava provando era pura e appagata felicità. La vita era bella.

Al rientro dalle vacanze di Natale, si presentò da lei con una scatolina maldestramente incartata. «Questo è per te».

Colta di sorpresa, Elle sollevò lo sguardo dalla valigia che stava disfacendo e in un primo momento rise, poi però si accorse che la faccia di George era estremamente seria. «Oh Georgie, io non ti ho preso niente», disse. A George tremavano le mani, era nervosissimo. Nella scatolina c'era una collana, niente di speciale; sapeva che lei non avrebbe voluto niente di troppo sofisticato. La commessa aveva cercato di vendergli un grosso ciondolo scintillante, ma lui aveva optato per un semplice catenina d'oro con un piccolo pendente rotondo.

«Georgie, la adoro!», esclamò Elle, prendendo la catenina per indossarla immediatamente. «È il più bel regalo che abbia mai ricevuto».

George annuì, incapace di parlare. Provava un misto di amore e istupidimento.

«Grazie!», disse Elle, poi lo baciò.

«Mi sei mancata», riuscì a dire lui. Era un eufemismo. In realtà aveva trascorso tutte le notti al campo di allenamento sognando lei, la sua pelle vellutata, i morbidi riccioli, i due incisivi superiori leggermente inclinati verso l'interno, il modo in cui le piccole rughe intorno alla sua bocca si accentuavano quando rideva. Stare lontano da lei era stata un'agonia.

Elle lo strinse forte, poi si ritrasse, lo guardò negli occhi, aggrottò leggermente le sopracciglia e disse: «Anche tu mi sei mancato, sai?». Poi si mise a ridere. «E a me non manca mai nessuno».

Quelle parole colpirono il cuore di George come una freccia d'oro.

Elle si allontanò e tornò a disfare le valigie, come se avesse bisogno di un po' di tempo per pensare a ciò che aveva appena detto, e George si sdraiò sul letto con il cuore che batteva all'impazzata perché il regalo le era piaciuto. «Il Natale è andato bene?», chiese, cercando di mascherare la sua eccitazione infantile per averla fatta felice.

Elle interruppe ciò che stava facendo e portò una mano al medaglione che le pendeva dal collo, poi si sdraiò accanto a lui, su un fianco, con la mano infilata sotto il cuscino.

«La mia vita non è come la tua, George», disse. «Non ci sono enormi alberi di Natale e canti intorno al pianoforte».

Avrebbe voluto dirle che lui e la sua famiglia non cantavano intorno al pianoforte da quando aveva dieci anni, ma l'istinto gli suggerì di tacere.

«Ho una madre molto impegnativa e ho avuto una serie lunghissima di patrigni, alcuni simpatici e altri meno. L'attuale appartiene a quest'ultima categoria, quindi non sono rimasta a lungo. Sono stata a casa di mia madre con mia sorella e mio fratello, poi li ho lasciati e me ne sono andata».

George pensò alla sterile formalità del suo Natale. «Sono quasi invidioso».

«Non esserlo».

George non poteva farne a meno; la sua immaginazione metteva su un piedistallo tutto ciò che riguardava Elle. «Scommetto che la tua vita è molto più interessante della mia».

«Georgie, la mia vita è completamente diversa dalla tua», rispose lei, giocherellando con il medaglione. «Non sono paragonabili».

George si accigliò. «Non credo che sia del tutto vero».

«Georgie», disse Elle, mettendosi a sedere, quasi come se compatisse la sua ingenuità, «la vita ti ha sempre sorriso. Io ho dovuto lottare per ogni singola cosa che ho ottenuto».

Lui fece per protestare, ma ci ripensò e spinse più a fondo nella tasca il nuovo orologio svizzero che portava al polso.

«Ecco perché mi arrabbio così tanto quando non fai il tuo dovere», aggiunse Elle con impeto, mentre un ciuffo di capelli le ricadeva su un occhio. «Perché ho dovuto impegnarmi a fondo per arrivare qui. Non ho un padre ricco che fa donazioni al circolo di canottaggio».

George arrossì. Da un lato si sentiva vergognosamente privilegiato ed era consapevole della propria posizione di vantaggio, dall'altro trovava irresistibile la controparte esotica rappresentata da Elle. Era come se avesse catturato una farfalla.

«Ma», proseguì Elle, «se c'è una cosa buona che va riconosciuta a mia madre è il fatto di non aver mai sminuito il valore dell'istruzione. Lei ha rinunciato alla sua occasione per via di mio padre e se ne è sempre pentita. Mi diceva: "Tirati fuori da questo posto, non fare i miei stessi errori". Inoltre, quando era sobria, ci faceva lavorare sodo. Quindi, anche se le sue scelte in fatto di uomini sono spesso opinabili, immagino di doverla ringraziare almeno per qualcosa».

George tese la mano per sfiorare il ciondolo che le ricadeva tra i seni. Era inebriante vederlo su di lei, come un marchio di proprietà. «Non mi avevi mai parlato davvero della tua vita prima d'ora».

Elle rimase in silenzio, sembrò rendersi conto che era vero e tornò improvvisamente sulla difensiva. «Be', non dirlo a nessuno», disse, dandogli un pugno sul braccio.

George la strinse, inspirando il profumo dei suoi capelli. «Mi sembra il più bel regalo di Natale che potessi mai ricevere».

Il padre di George aveva un motto che ripeteva spesso ai figli fin da quando erano piccoli: *il relax genera debolezza*. Lo diceva quando arrancavano nella natura selvaggia, con gli zaini sulle spalle e i talloni pieni di vesciche, per poi montare le tende sotto la pioggia battente. «Andiamo, ragazzi, non si è mai visto un leone che se ne sta a poltrire in un hotel a cinque stelle». Lo diceva quando si lamentavano delle camere del collegio, dei materassi duri e dei bulli feroci. Lo usava persino per giustificare il suo metodo educativo: ogni colpo di cinghia era accompagnato da una sorta di discorso motivazionale. «L'autodisciplina, la grinta e la forza di volontà ti garantiranno un posto nel mondo».

Senza dubbio avrebbe avuto qualcosa da ridire se avesse visto George spegnere la sveglia mattutina per crogiolarsi altri cinque minuti nel letto paradisiaco di Elle. E forse avrebbe avuto ragione.

Quel giorno il sole splendeva luminoso, ma le foglie erano ancora coperte da uno spesso strato di brina e il ghiaccio iniziava a formare delle crepe sul bordo del fiume.

«Oggi Henry non ci sarà», disse l'allenatore.

«Perché? Dov'è?», chiese George.

«Ha delle questioni familiari da affrontare».

George si accigliò, ricordando le chiamate perse di Henry, che aveva ignorato mentre era con Elle.

J.B. Watson, in piedi accanto a lui, si chinò per sussurrargli all'orecchio: «Suo padre ha il cancro».

«Merda, non è possibile!». George pensò al padre di Henry, alto, imponente, un campione. L'eroe di Henry. L'eroe di tutti loro.

«Dato che Henry non c'è», proseguì l'allenatore, «lo sostituirà Boris».

Boris Fazal era un ragazzo del primo anno che lavorava in mensa ed era stato reclutato grazie alle braccia eccezionalmente lunghe. Era grosso e forte, ma secondo George la sua tecnica era un disastro.

A quel punto, quasi tutti i membri della Blue Boat erano stati selezionati. La nomina ufficiale dell'equipaggio era solo una formalità. George si era aggiudicato il posto numero quattro – quello della forza motrice, come suo padre amava dire agli amici al telefono – e Henry il numero due, quello che sostiene il colpo. Il padre di George era particolarmente soddisfatto che fosse stato Henry e non suo figlio a finire in quello che era comunemente conosciuto come il "sedile eiettabile". Se fosse stato il contrario, non avrebbe potuto vantarsi così tanto del figlio.

Purtroppo, mentre George si infiacchiva con Elle, evidentemente Boris si era sottoposto a ore di allenamento supplementari perché durante l'uscita di quel giorno la barca volò con Boris a bordo. La differenza era così sorprendente che non poteva essere ignorata. Tornati sulla terraferma, gli allenatori si rannicchiarono accanto alle barche per proteggersi dal vento gelido, mentre i canottieri li osservavano in silenzio al riparo della rimessa.

George desiderava tornare nel letto di Elle; non riusciva ad affrontare l'umiliazione e il turbamento di ciò che stava per accadere. Klaus si congratulava con Boris per la prestazione e gli dava pacche sulle spalle, mentre George si sentiva sempre più in ansia. Henry e George erano molto simili. Se battevi uno, battevi anche l'altro. George poteva anche essere al sedile numero quattro, ma non era stupido e sapeva che il suo posto sulla barca poteva essere messo in discussione tanto quanto quello di Henry. Sapeva benissimo quello che l'allenatore stava per dirgli a chiare lettere: «Vai a casa e riposati. Preparati per le prove di questo fine settimana».

A George tremavano le mani. Si era rilassato troppo.

Quando arrivò a casa, andò direttamente nella stanza di Elle, gelida a causa degli spifferi che filtravano dalle finestre malandate. La trovò seduta alla scrivania con i guanti senza dita e un berretto che le copriva i riccioli selvaggi. Quando le raccontò ciò che era successo, non ci furono abbracci o parole di solidarietà, non erano nel suo stile. «Lascia perdere, Georgie», disse semplicemente. «Sarà quello che deve essere: è il bello della vita».

Ma George non poteva lasciar perdere. «Devo vincere».

Elle gli si avvicinò e lo costrinse a girare il viso per guardarla. Aveva le dita gelate. «Non *devi* fare nulla».

George si sentì vacillare, il solo sguardo di lei era una tentazione sufficiente. L'offerta di un'opzione diversa. Il ricordo di quella mattina a letto: il calore, la soddisfazione, il richiamo di una vita differente. Una vita in cui i punti di vista lo sorprendevano, lo sfidavano, gli facevano considerare alternative che non aveva mai preso in considerazione in precedenza. Una vita in cui la persona che sarebbe diventato non era determinata dal contesto in cui era nato.

Ma poi immaginò di portare in acqua la barca di riserva il giorno della gara contro Cambridge, e vide l'espressione di delusione e disgusto sul volto di suo padre; sentì l'umiliazione. E non riuscì a sopportarlo. Un uomo migliore di lui forse ci sarebbe riuscito, ma non George. Non importava quanto avesse lavorato, non importava quanti film di gruppi rock armeni avesse visto: *vincere* era il vero grande amore di ogni Kingsley. Il successo era nei suoi geni e non poteva essere lui a spezzare la catena. George guardò il sorriso di Elle e disse: «*Devo* essere su quella barca».

CAPITOLO 13
GEORGE

Oggi

George non era più riuscito a concentrarsi dal momento in cui Elle si era presentata alla cena senza essere invitata. Ora si trovava da solo con lei nella sala da pranzo. Caro era andata ad armeggiare con il cibo che aveva iniziato a raffreddarsi mentre aspettavano che Travis e Lily tornassero.

«Dimmi, George, procede bene la vita matrimoniale?», gli chiese Elle con il suo sorriso ironico e inebriante.

Sul tavolo la fiamma delle candele tremolava.

George era terrorizzato dalla vicinanza di Elle, dal potere che aveva su di lui, seduta lì, magnifica e disinvolta nel suo striminzito abito rosso. Era come avere una bomba a orologeria all'altro capo del tavolo.

«Sì, sì, molto bene», rispose, tracannando il vino. «Il piccolo Raffy ci tiene parecchio impegnati».

Le cose che Elle sapeva su di lui avrebbero potuto distruggere la sua vita, rovinare tutto ciò che aveva di più caro, e questo naturalmente lo terrorizzava, ma in un certo qual modo lo eccitava anche. Lo faceva sentire adrenalinico come un adolescente. Quando la guardava, con i suoi abiti succinti, i movimenti disinvolti, i capelli disordinati ma irresistibili, sentiva crescere dentro di sé il desiderio di toccarla. C'era davvero stato un tempo in cui aveva avuto il diritto di toccarla quando voleva? Di accarezzarla, di stringerla… Aveva il cervello in fibrillazione. George amava moltissimo sua moglie, ma non riusciva a ricordare l'ultima volta che aveva desiderato davvero fare sesso con lei. Non solo per sfogarsi, ma spinto da una reale e disperata passione. Era come se il desiderio fosse andato perso in mezzo a tutte le incombenze legate alla nascita del bambino. Visite mediche, app, vaccinazioni… Adorava Raffy, avrebbe dato la vita per lui, ma a volte aveva l'impressione di averlo già fatto. Qualche giorno prima, George aveva incrociato una prostituta sul portone di un palazzo di Soho ed era stato tentato di fermarsi. Per l'emozione di farlo. Per il brivido. Ma quando lei l'aveva invitato ad avvicinarsi, negli occhi di quella giovane donna George aveva visto la bambina che era stata un tempo. Era un genitore ormai. E questo rovinava tutto, anche il sesso con una puttana. Si era allontanato come se non l'avesse vista, rientrando nel suo ruolo di affascinante uomo d'affari.

Ora, seduto di fronte a Elle – spaventato e affascinato in egual misura – stava ricevendo la scossa che desiderava.

«Hai quello che tutti vogliono, Georgie», disse Elle mentre faceva scorrere le lunghe dita sottili sullo stelo del bicchiere. George non riusciva a distogliere lo sguardo da quelle unghie rosso sangue. «Una moglie. Una famiglia. Soldi».

«Sì, sì, suppongo di sì». Si chiese se Elle fosse in grado di leggergli nel pensiero. Si sentiva come ipnotizzato. «Sono parecchio sotto pressione», si ritrovò a dire. «Non che non sia in grado di gestirla, naturalmente, ma è una pressione notevole». Non riusciva a toglierle gli occhi di dosso. «Tu sei sempre stata così libera».

«Come fai a sapere che sono libera?»

«Lo so e basta».

«Può darsi». Non lo contraddisse. Gli posò la mano fredda sulle dita. George riusciva a malapena a respirare. Girò la mano in modo che i palmi si sfiorassero ed Elle fece scorrere il dito lungo la sua linea della vita. Niente gli era mai sembrato tanto erotico quanto quel gesto.

Sentirono che Caro stava tornando dalla cucina.

Elle si sporse leggermente, la scollatura del vestito scivolò giù e lui dovette fare uno sforzo per non fissarle le tette. «Possiamo sgattaiolare in bagno e fare sesso, se vuoi».

George per poco non soffocò. Non se l'aspettava. Caro si stava avvicinando. Anche Travis e Lily evidentemente stavano tornando, perché udì Caro chiedere a Lily se si sentiva bene. Elle lo fissava dritto negli occhi. George non sapeva dove guardare. Avrebbe voluto afferrarla e trascinarla fuori da lì, ma allo stesso tempo pensava a sua moglie, Audrey, e al piccolo Raffy. Era un padre di famiglia. «Non posso».

Elle scrollò le spalle e si allontanò.

«Dicevi sul serio?», chiese George.

Elle sorrise. «Non lo saprai mai».

Caro aveva riscaldato il tajine nel microonde. «Ecco, prendetene ancora, è bello caldo!», disse, indicando la pietanza, che aveva assunto una consistenza gelatinosa. Lily si sedette e declinò l'offerta con un cenno del capo. George giocherellava con il cibo nel piatto. Aveva perso completamente l'appetito. Riusciva a pensare solo a Elle. Immaginava di prenderla per mano e portarla nel bagno del piano di sotto per sollevare quel vestito rosso elasticizzato e sentire le sue gambe avvinghiate attorno al corpo mentre affondava le dita nei suoi capelli di seta. Tutto il suo corpo lo desiderava.

Lo schermo del telefono lampeggiò segnalando l'arrivo di un messaggio di Audrey.

Penso che Raffy abbia la febbre ma il termometro è rotto! Dovevi prendere le batterie!!!

Era la scusa perfetta per andarsene. Si sarebbe alzato tavolo, avrebbe ringraziato Caro per la bella serata e spiegato che purtroppo doveva tornare a casa dal suo bambino malato.

Ma non se ne andò. Non poteva andarsene. Invece girò il telefono senza aprire WhatsApp, in modo che Audrey non sapesse che aveva letto il messaggio.

«Allora Caro», stava dicendo Elle, mentre la sua mano sotto il tavolo tracciava dei disegni sulla coscia di George, «come sei finita con Brian Carmichael?».

Caro ignorò la domanda, sollevò un cucchiaio di couscous e disse: «Chi ne vuole ancora?»

«Non ne posso più», rispose George. «Però è delizioso». Il suo piatto era mezzo pieno.

Elle però non era disposta a farsi liquidare così facilmente. «Sul serio, cos'è successo?», insistette, a voce più alta questa volta. «Non vi avrei mai immaginati insieme».

Lily e Travis si scambiarono uno sguardo. Era evidente che Caro si stava arrabbiando. George avrebbe voluto intervenire per impedire una lite: era nel suo interesse, non solo in quello di Caro, che Elle non si agitasse. La mano di Elle però continuava a risalire la sua coscia, quindi era già abbastanza impegnato a ricordarsi di respirare.

CAPITOLO 14
ELLE

Ieri
Secondo trimestre del terzo anno

La casa era vuota. Esattamente come piaceva a Elle. Più tardi era di turno al rifugio per animali e doveva finire un saggio. Aveva fatto un bagno per togliersi di dosso il freddo pungente dell'esterno e si era infilata un paio di leggings e un maglione comodo. Poi, con il viso pulito, i capelli raccolti, gli occhiali, si era messa all'opera. Il riscaldamento era acceso al massimo e la condensa appannava i vetri delle finestre.

Era così concentrata su quello che stava facendo che non sentì entrare nessuno, finché una voce dalla soglia disse: «Non sapevo che fossi così studiosa».

Elle alzò lo sguardo. Era Henry Bellinger.

«Cosa ci fai qui?»

«Stavo cercando Caro».

«Come sei entrato?»

«Ho ancora la chiave».

Se Elle non fosse stata così infastidita dal fatto che Henry avesse tenuto la chiave e potesse entrare liberamente in casa loro, si sarebbe soffermata a considerare quanto fosse bello. Una bellezza forse un po' troppo classica per i suoi gusti – a lei piacevano le particolarità – ma era quanto di più vicino alla perfezione si potesse immaginare. Lineamenti regolari, naso dritto, occhi luminosi. Sembrava un modello.

Entrò nella stanza si sedette sul letto di Elle. Lei avrebbe preferito che se ne andasse: aveva un saggio da scrivere.

«Ti dispiace se mi siedo?»

«Sembra che tu l'abbia già fatto», rispose.

Henry sorrise, mostrando le fossette. «Scusa».

«Non preoccuparti». Era difficile arrabbiarsi con lui. La stupiva sempre il modo in cui gli uomini attraenti riuscissero a farla franca. La vita di Henry doveva essere così semplice, con tutte quelle donne che lo adulavano in continuazione. Elle aveva notato che persino in mensa riusciva a ottenere porzioni extralarge. «Solo una pentola intera per me, Doris», scherzava Henry. «A proposito, sei molto carina oggi, se posso permettermi». «Oh Henry, che mascalzone sei!».

Uno dei fidanzati della madre di Elle, Cyril, che assomigliava a Richard Gere, era capace di sbattere la testa della madre contro il tavolo e un minuto dopo ballare con lei in salotto. Se la cavava sempre grazie al suo sorriso affascinante.

«Non abbiamo mai scambiato quattro chiacchiere come si deve, non credi?», chiese Henry.

Elle capì che non sarebbe riuscita a scrivere il suo saggio. Posò la penna e si girò sulla sedia. «Di cosa vorresti parlare?».

Lui scoppiò in una risata spontanea e profonda, contagiosa. Elle non poté trattenere un sorriso. Si chiese cosa trovasse in Caro, con la sua fragilità e la sua evidente mancanza di senso dell'umorismo.

«Ho avuto una giornata di merda». Henry si sdraiò sul letto, allungò le gambe ma educatamente si preoccupò di lasciare le scarpe da ginnastica oltre il bordo. «È comodo. Bei cuscini».

«Grazie». Elle si rigirò la penna tra le dita. «Perché hai avuto una giornata di merda?»

«Mio padre sta morendo». Lo disse al soffitto, in un tono quasi superficiale.

«Oh no». Elle si alzò in piedi. «Mi dispiace molto». Poi tornò a sedersi. Cosa le era saltato in mente? Non conosceva Henry abbastanza bene per poterlo abbracciare. «Dev'essere dura».

«Non me ne parlare. E ora c'è anche tutta quella faccenda della Boat Race. Se non gareggio… Vorrei solo che mi vedesse».

Perché quei ragazzi credevano che le loro prodezze in acqua fossero tanto importanti? «Penso che dovresti concentrarti su tuo padre», disse Elle.

«È quello che sto facendo». Si sollevò sui gomiti. «Vedermi gareggiare lo renderebbe felice. Voglio solo che sia felice». Gli si incrinò la voce. «Merda, mi dispiace. Cazzo, io non piango mai». Si passò i palmi delle mani sugli occhi. «Mi dispiace».

«Non devi scusarti». Era strano pensare che Henry Bellinger fosse lì nella sua stanza, con un'aria vulnerabile, quando di solito si comportava come un leader in qualsiasi situazione, affascinante e divertente con tutti quelli che incontrava. Pensò che gli avrebbe fatto bene piangere più spesso.

Henry scosse la testa, come se stesse cercando di scrollarsi di dosso l'emozione, e si mise a sedere sul bordo del letto. «Cazzo, è difficile».

Elle annuì.

Henry appoggiò i gomiti sulle ginocchia. «Mi sento come un bambino». Deglutì. «Ho paura. Mi sembra una cosa troppo grande per me».

«So cosa intendi». Non gli disse che si era sentita così quando Eryk, il fidanzato di sua madre che preferiva in assoluto, se n'era andato perché la situazione era diventata troppo pesante per lui. Elle si era aggrappata al suo cappotto per trattenerlo e si era rifiutata di lasciarlo andare; poi aveva dovuto chiamare i soccorsi mentre cercava di fermare l'emorragia che si era procurata sua madre tagliandosi i polsi.

Henry serrò le palpebre. «Scusami». Si alzò e si avvicinò alla scrivania. «Cosa stai studiando?»

«Zoologia».

«Accidenti. Ragazza intelligente».

«Qui sono tutti intelligenti».

Henry la stava guardando. «Sei diversa senza trucco. Sembri una bambina».

«Non sono sicura che sia un complimento», si schernì lei. D'istinto allontanò la sedia, per proteggere il suo spazio.

«Lo è invece. È una cosa buona. Sei bella con il viso pulito. Molto bella».

«Meno minacciosa», disse Elle aggrottando le sopracciglia.

«Calma, tigre». Henry alzò le mani per difendersi. «Era un complimento, giuro. Sei bellissima».

Elle decise di lasciar perdere. Solo un secondo prima quel ragazzo stava piangendo, non voleva apparire troppo scontrosa.

Poi, all'improvviso, Henry iniziò a massaggiarle le spalle. Quel gesto così strano e inappropriato la fece quasi scoppiare a ridere. «Cosa stai facendo?», chiese, allontanandosi di scatto.

«Sembravi un po' tesa», rispose Henry. Pareva confuso dalla sua reazione. Ci riprovò, mettendole ancora le mani sulle spalle.

«Non mi toccare». Elle si allontanò di nuovo.

«Wow, calmati. Volevo solo essere gentile».

Il sorriso ferito e scioccato con cui pronunciò quelle parole le fece venire il dubbio di aver avuto una reazione esagerata. «Non ho bisogno di un massaggio, tutto qui», disse, cercando di sdrammatizzare e di apparire disinvolta. «E comunque dovrei proprio scrivere questo saggio».

Henry non si mosse. Il suo odore, la sua presenza si fecero improvvisamente più opprimenti.

«Che c'è?»

«Niente».

Quando Elle si voltò per tornare al suo portatile, sentì un dito che le scivolava sul collo. «Cazzo». Questa volta saltò in piedi. «Ora puoi anche andartene!».

«Dai, Elle». Sembrava infastidito, offeso dalla sua reazione. «Smettiamola di fingere».

«Vattene!». Gli indicò la porta, rendendosi conto in quel momento di non avere vie di fuga: non poteva aggirarlo perché la scrivania, la sedia e l'armadio la imprigionavano. Un minuto prima non ci aveva nemmeno pensato, del resto era solo Henry.

«Sappiamo tutti che ti piace, Elle». Si avvicinò ancora di più, mettendola alle strette come una pecorella smarrita. Lei cercò di schivarlo abbassandosi di lato, ma la mano di lui scattò fulminea a trattenerla.

«Toglimi quelle cazzo di mani di dosso». Gli colpì il polso, ma le dita strinsero ancora più forte.

Henry rise, ma le fossette erano meno accattivanti ora. «Ho l'impressione che ti piaccia così».

Elle cercò di liberare il braccio, ma la stretta di Henry era troppo salda; era mille volte più forte di lei, e non si stava neanche impegnando. «Non succederà». Sembrava ancora tutto uno scherzo surreale; lui alzò le mani e si allontanò. Elle gridò il nome di Caro.

«Non c'è nessuno qui», le ricordò Henry. «Dai, George continua a ripetere che con te ha fatto il miglior sesso della sua vita. Ma stai con la persona sbagliata, George non può insegnarti nulla».

«Vuoi uscire da questa cazzo di camera?». Gli diede uno spintone sul petto, ma non servì a nulla. Allora cercò di dargli un calcio, ma Henry la schivò con una smorfia divertita.

«Non è questo il modo di trattare un ospite». Sorrise.

Elle continuava a lottare e a dimenarsi, e a lui piaceva, poteva leggerglielo negli occhi.

«Sei una cagna selvatica». Continuava a muoversi mentre lei resisteva. Le aveva bloccato le braccia lungo i fianchi, la spingeva indietro con il petto mentre la schiacciava con tutta la sua forza. Tutto quell'allenamento con i pesi aveva dato i suoi frutti. L'aveva messa all'angolo, spingendola contro l'armadio. Elle teneva uno spray al peperoncino nella borsa, ma era fuori portata vicino alla porta. «E Caro?», chiese, continuando a guardarsi freneticamente intorno in cerca di qualcosa con cui colpirlo.

«E George?», replicò lui, come se entrambi volessero la stessa cosa.

A Elle venne in mente quello che le aveva detto sua madre una volta: «Non fare resistenza, serve solo a peggiorare la situazione. Lascia che facciano ciò che vogliono».

«Lasciami!». Scalciò di nuovo, cercando di liberare le braccia. Lei non era sua madre.

Henry la strinse ancora di più, le mani come una morsa. Le maniglie dell'armadio le premevano contro la schiena. «Sei divertente». Le sorrise e lei percepì l'aroma del caffè nel suo alito. «Vieni». Cominciò a baciarle e succhiarle il collo. «Ho bisogno di tirarmi su. Ho bisogno di qualcosa che mi aiuti a dimenticare».

Ora, con il peso di Henry addosso, le maniglie dell'armadio le scavavano la pelle. Sentì la scia della sua saliva mentre le passava la lingua sull'orecchio e strinse i denti, mentre continuava a dimenarsi, contorcersi e scalciare. Era uscita da situazioni peggiori e non avrebbe permesso a quel bastardo borioso e viziato di fare di lei ciò che voleva. Cercò di calmarsi. Henry la teneva ferma con una mano, mentre con l'altra le stringeva dolorosamente il seno. "Pensa a chi è lui", ricordò a sé stessa. "Non farti prendere dal panico".

Vide il computer. L'incavo del cuscino a cui si era appoggiato. Henry si stava sbottonando i pantaloni. Poi la sua mano si spostò sui leggings e prese a strattonarli per infilare le dita all'interno. Elle trasalì. Henry tirò indietro la testa e la guardò: voleva vedere l'espressione del suo viso. Lei cercò di controllare il respiro e lo guardò negli occhi con un sorriso tranquillo e disinvolto.

«Ti piace», disse Henry, spingendosi contro di lei.

Elle lo fissò con aria imperturbabile e disse: «Hai qualcosa tra i denti».

«Cosa?». Nel momento in cui Henry allentò la presa, Elle gli conficcò le dita negli occhi, proprio come le aveva insegnato il signor Lardy, il minuscolo insegnante di autodifesa del liceo. Lui indietreggiò di scatto. «Che cazzo fai?». Si portò le mani agli occhi.

Elle afferrò la sedia e riuscì a sollevarla dal pavimento e a scagliarla contro di lui. Henry era troppo forte perché potesse metterlo fuori combattimento, ma la forza del colpo fu sufficiente a farlo barcollare di lato per recuperare l'equilibrio.

«Sei una fottuta psicopatica», gridò. Cercò di afferrarle il braccio, ma mancò di poco il tessuto del maglione, mentre lei correva verso la porta, verso il suo zaino, dove teneva lo spray al peperoncino. Henry le si fiondò addosso e l'afferrò con rabbia, senza alcuna traccia di divertimento ora. Ma Elle era riuscita a prendere lo spray, così si girò, glielo puntò in faccia e disse: «Allontanati da me, stronzo, o giuro che ti acceco».

Henry la lasciò andare. Fece un passo indietro, deglutendo.

Elle respirava a fatica. Era pronta a farsi sotto di nuovo. Era pronta a tutto.

Lui la guardò e a lei parve di scorgere gli ingranaggi del cervello in movimento.

Ma poi scoppiò a ridere. Aveva un'aria distaccata e perplessa, come se l'intera faccenda fosse stata enormemente esagerata. «Okay, calmati». Si strofinò gli occhi e sbatté le palpebre. «Cazzo». Poi li spalancò. Espirò. «È pazzesco. Credo che tu mi abbia già accecato».

A Elle batteva forte il cuore. Sentiva ancora la pressione delle mani su di lei, il livido pulsante sulla schiena causato dalle maniglie dell'armadio, l'elastico dei leggings abbassato sui fianchi.

«Esci dalla mia stanza, cazzo».

Henry si stava sistemando la patta. «Sei pazza. Cosa c'è che non va in te?».

Elle non disse nulla, si limitò a tenere sollevata la bomboletta di spray al peperoncino nell'eventualità che lui la caricasse come un toro. Le mani ora tremavano meno. Non voleva dargli la soddisfazione di capire quanto fosse spaventata.

Ridendo ancora, Henry raddrizzò la sedia che gli aveva lanciato contro. «Avresti potuto dirmi di no e basta». Se la stava prendendo comoda, sistemandosi il maglione semplice di ottima fattura e controllandosi i denti allo specchio.

Elle sapeva che la vanità era il suo punto debole.

«Devi uscire subito dalla mia stanza», disse con robotica autorevolezza. Il suo cuore stava rallentando. Sentiva il ticchettio dell'orologio sulla parete. La stanza sembrava troppo normale. Henry era troppo disinvolto, come se non fosse successo nulla. Avrebbe voluto pugnalarlo a morte, avrebbe voluto accecarlo, avrebbe voluto che urlasse furioso, invece di assumere quel paternalistico atteggiamento accondiscendente. Avrebbe voluto che la polizia facesse irruzione e lo ammanettasse. Ma non era così che funzionava. Lo sapeva bene. Si immaginava il processo. «*Mi dica, signorina Andrews, cosa sostiene che abbia fatto il mio cliente?*» «*Mi ha spinta contro l'armadio*». Era ridicolo. I costosi avvocati avrebbero scavato nel passato della sua famiglia, usando espressioni come "estremamente vulnerabile", "zona disagiata" e "tre figli da tre padri diversi", e poi avrebbero passato in rassegna la vita di Henry

Bellinger, figlio di un eroe nazionale vincitore di cinque medaglie d'oro olimpiche, a cui era stata appena diagnosticata una malattia potenzialmente letale. Henry, il viscido bastardo, avrebbe conquistato l'opinione pubblica con il suo bel visino con le fossette sulla prima pagina del «Sun».

Elle si guardò intorno nella sua stanza del tutto ordinaria. Due persone normali. Un giorno come un altro. «Dammi la chiave», disse.

Henry si voltò a guardarla con quegli occhi gentili e leggermente allungati. «Non te la prendere. Mi stavo solo divertendo un po'. Mi piaci molto».

Si avvicinò e lei sollevò la bomboletta. «Stai lontano».

«Okay, okay».

Tutto in lui la disgustava. Il suo odore, il suo aspetto, il suo sorriso. La sua pacata disinvoltura. Deglutì, cercando di ricacciare indietro la nausea. Quello stronzo non avrebbe avuto la meglio su di lei. «Dammi la chiave», ripeté.

Henry gettò la chiave sul letto. Si passò una mano tra i capelli e, per un attimo, sembrò ferito dalla situazione, poi si voltò verso di lei e disse: «Mi dispiace se… ho interpretato male i segnali».

La porta d'ingresso al piano di sotto si aprì e sentirono entrare Caro e George. «Oddio, non preoccuparti», disse Caro mentre salivano le scale. «C'è una tizia del primo anno che mi scrive gli elaborati quando non ho tempo. E non si fa pagare tanto… Henry, che ci fai qui?». Caro si fermò bruscamente sul pianerottolo quando vide Henry ed Elle in camera da letto.

Henry si girò di scatto, con un brillante sorriso a trentadue denti. «Sono venuto a trovarti».

Uscì con disinvoltura dalla stanza di Elle e prese il viso di Caro tra le mani per baciarla.

George guardava Elle, che aveva abbassato la mano e infilato lo spray al peperoncino nella manica del maglione. «Elle?»

«Sì?»

«Cosa sta succedendo?»

«Niente», rispose lei sistemandosi i capelli.

Accanto a George, Caro sembrava stizzita. Guardò Henry. «Cosa ti è successo agli occhi?».

Henry scosse la testa. «Sono solo sconvolto». Si strofinò gli occhi. «Per mio padre».

«Oh, tesoro». Caro lo abbracciò.

Elle aveva bisogno di aria. Non riusciva a tenere a bada il tremito provocato dall'adrenalina. Aveva già respinto le avances degli ex di sua madre, quindi perché l'approccio di Henry l'aveva turbata così tanto? Afferrò la borsa. «Devo andare in biblioteca».

George sembrava confuso. «Non dovevi lavorare?».

Elle non rispose; i tre si fusero in un unico essere davanti a lei. Mentre si faceva strada tra loro, Henry disse: «Grazie per la chiacchierata. Lo apprezzo molto».

Elle lo guardò incredula. Ecco cos'era che la irritava tanto: quella pigra supponenza, quella presuntuosa spavalderia, la facilità con la quale riusciva a esercitare il suo fascino. Questo era il suo territorio, ed era perfettamente a suo agio. Non aveva dovuto lottare con le unghie e con i denti per arrivare fin lì e ritagliarsi la sua nicchia; la sua appartenenza a quel mondo era scontata e indiscutibile. Prendeva ciò che voleva dalla vita e sapeva esattamente quando poteva farla franca. Quel potere lo avrebbe seguito ovunque fosse andato. Elle si precipitò giù per le scale, tremando di rabbia. George la seguì.

«Elle? Cosa stai facendo? Perché te ne vai?». Le afferrò il braccio. Lei si girò di scatto e si liberò dalla stretta.

«Scusami!». George indietreggiò.

Quando lo guardò, riuscì a vedere solo Henry. Gli stessi ingiusti privilegi. Tutte le loro patetiche stronzate sul canottaggio, le loro liste umilianti, le loro battute presuntuose. Cercò di ammorbidire l'espressione del viso; non poteva permettere che il veleno infettasse il suo rapporto con George. Sapeva che avrebbe dovuto stare lontana da tutti loro perché era quello che aveva sempre detto a sua madre, ma non poteva farlo. Le piaceva stare lì. Meritava di stare lì. Aveva lavorato duramente per arrivarci. George l'aveva conquistata con la sua esuberante ingenuità, la sua adorazione da cucciolo, il suo stupore per ciò che lei poteva mostrargli, insegnargli. Si era abituata al suo amore. Era diventata dipendente dal modo in cui lui la vedeva. Forse era anche un po' innamorata di lui.

«Faccio solo un salto in biblioteca», disse, cercando di usare un tono neutro. «Non ci metterò molto». E, in quei brevi secondi, recuperò la padronanza di sé. Era abbastanza forte. Aveva affrontato situazioni peggiori.

George non sembrava convinto. La guardava accigliato e sembrava sospettare che lei gli stesse nascondendo qualcosa. «Vuoi che venga con te?»

«No, non preoccuparti». Bevve un sorso d'acqua dalla borraccia che teneva nella borsa e raddrizzò le spalle. Sorrise. «Va tutto bene».

«Okay, ci vediamo dopo», disse allora George, e le diede un bacio sulla guancia.

Elle dovette sforzarsi di non indietreggiare. «Sì».

Poi, riluttante a lasciarla andare, George l'abbracciò. Elle sentì le lacrime salirle agli occhi. Non voleva essere toccata, ma allo stesso tempo c'era una parte di lei pronta a crollare tra le sue braccia. Per un attimo strinse gli occhi, chiedendosi se fosse il caso di cedere, ma quando li aprì si vide riflessa nello specchio dell'ingresso. E odiò il lampo di paura sul suo volto. Fece un respiro profondo, guardò negli occhi il suo riflesso e pensò che Henry Bellinger avrebbe rimpianto quel cazzo di giorno.

«Devo andare», disse, allontanandosi da George.

Lui annuì, rassicurato ma ancora confuso da quanto era appena accaduto.

Fuori, l'aria gelida le schiarì la mente all'istante. La paura si trasformò in furia rovente, mentre si accaniva sul marciapiede. Attraversò la strada senza guardare e per poco non fu investita da una bicicletta. «Scusi, scusi», mormorò facendo un passo indietro. Si fermò un momento e si appoggiò alle pietre color miele di un edificio vicino; osservò i comignoli decorati, i gargoyle onniveggenti, le vetrate della chiesa in fondo a una strada stretta, e cercò di recuperare la lucidità. La sua mente continuava a mostrarle scenari alternativi. Era furiosa per non avergli spruzzato in faccia lo spray al peperoncino, per non avergli spaccato la testa con la lampada. Si rimproverava di non avergli fatto davvero del male quando se ne era presentata l'occasione. Ma sapeva che sarebbe stato impossibile. La combinazione tra la paura che aveva provato e la forza di Henry l'avrebbe comunque spinta a scappare invece di combattere, e poi lui avrebbe normalizzato la situazione facendole credere che si fosse trattato di un equivoco. Elle fissò i gargoyle sopra di lei, i loro occhi di pietra e la bocca aperta in un urlo silenzioso. Strinse i pugni e la sua espressione si indurì: Henry avrebbe pagato per ciò che le aveva fatto. Non aveva mai odiato nessuno come odiava Henry Bellinger in quel momento.

Elle era a due strade di distanza da casa, quando sentì il rumore di tacchi alti che correvano sul marciapiede.

«Elle! Fermati!». Era Caro, senza fiato. «Che succede? Cosa è successo lassù?».

Elle si fermò. Era sincera la preoccupazione che vedeva sotto tutto quel trucco? Le sembrò persino di riconoscere del panico.

Ma poi, senza aspettare che lei rispondesse, Caro sbottò: «Non so cosa hai fatto, ma tieni giù le mani da lui, okay? Henry è mio!».

Elle quasi scoppiò a ridere. Naturalmente, Caro si preoccupava solo di sé stessa. Arricciò il labbro e disse: «È tutto tuo, cazzo».

CAPITOLO 15
LILY

Oggi

Seduta in silenzio al tavolo da pranzo, Lily stava soffrendo. Avrebbe voluto intervenire e cambiare argomento mentre Elle tormentava Caro sul suo matrimonio. Vedeva tutto, sentiva ogni cosa. Tutti quegli ego che dovevano essere placati. Li sentiva sulla pelle come ragni. Ma doveva accontentarsi di restare a guardare mentre tutto si sgretolava intorno a lei. Come era solita dire al pubblico che la ascoltava durante i discorsi del suo tour di presentazione: «La verità si nasconde sempre dietro le apparenze».

Aveva la netta sensazione che Elle stesse tramando qualcosa. Muoveva gli occhi da una parte all'altra, continuava a toccarsi i capelli e a tamburellare le dita sul tavolo.

Mentre si affannava a servire il suo tajine gelatinoso, Caro si muoveva a scatti e sembrava sul punto di esplodere. Forse non si era ancora ripresa dopo aver ricevuto la crostata al limone di Sainsbury. Lily aveva programmato di preparare qualcosa con le sue mani, ma alla fine era rimasta a letto in pigiama, incapace di fare qualunque cosa mentre il suo cervello immaginava tutti i possibili scenari che si sarebbero potuti verificare durante la serata.

Di fronte a lei, George era chiaramente teso. Stava bevendo troppo e faceva gesti nervosi ogni volta che Elle apriva bocca. Caro gli stava riempiendo nuovamente il piatto di couscous anche se lui aveva detto di essere sazio.

Solo Travis manteneva la calma. Se ne stava seduto accanto a lei, tranquillo e distaccato. Testimonial vivente della mindfulness che praticava.

Lily diede un'occhiata alla pila di lettere e, vedendo il nome di Travis in cima, disse: «Forse potremmo leggere la prossima lettera», ma nessuno la ascoltò. Una volta aveva sentito dire che lo status di una persona è determinato dalla frequenza con cui gli altri si interrompono quando prende la parola.

Si schiarì la gola. «Vogliamo leggere un'altra lettera?», ripeté a voce più alta.

Dalla parte opposta del tavolo, Caro alzò lo sguardo. «Sì, apriamo un'altra lettera. Forza, leggiamo un'altra lettera», disse, facendo propria l'idea di Lily. Si avvicinò alla pila. «Travis!», lesse con un grande sorriso, come se avesse in mano tutti i segreti della sua vita.

Travis si appoggiò allo schienale, con le mani in tasca e la maglietta nera tesa sul petto. «Be', sarà interessante scoprire cosa c'è scritto», disse, sollevando il mento con aria arrogante, il tatuaggio sul collo che si estendeva in tutta la sua lunghezza.

«Okay, ecco qua». Caro strappò il nastro adesivo. «*Sarà*: Travis non riuscirà a resistere al richiamo dei soldi della sua famiglia. Non appena avrà finito gli studi a Oxford, si metterà in riga e finirà a lavorare per papà...».

Travis scosse la testa, con la bocca aperta per lo sdegno. «Chi l'ha scritto? Elle, sei stata tu?».

Prima che Elle potesse rispondere, intervenne Caro: «Non si può dire!».

«Be', sono tutte stronzate».

«Oh Travis, non essere sciocco», lo rimproverò Caro, con il tono che avrebbe usato con uno dei suoi figli. «È divertente».

«Esilarante», sbuffò lui, incrociando le braccia sul petto e rivelando così le frecce tatuate sulla pelle abbronzata degli avambracci. «Non posso credere che abbiate pensato questo di me».

Lily notò i muscoli tesi sul collo di Travis. Sapeva quanto lui odiasse tutto questo. Stava per tendere una mano e accarezzargli il braccio per rassicurarlo, ma si fermò in tempo e cominciò a giocherellare con la forchetta.

Il cambiamento di Travis, tuttavia, aveva attirato l'attenzione di Elle, che si chinò in avanti, si passò un dito sulla mascella pallida e disse: «Allora non hai preso i suoi soldi, Trav?»

«Neanche un centesimo. In Tibet ho rinunciato a tutti i miei beni», rispose lui, serio e distaccato. «Non mi manca nulla e nessuno ha potere su di me. Sono in pace con me stesso».

«Cristo, io impazzirei solo con me stesso e senza beni», intervenne George, nell'evidente tentativo di riportare la conversazione su toni leggeri.

Ma Elle puntò su di lui gli occhi rapaci, appoggiò il mento sulla mano e disse: «Quindi non ti piace stare da solo con i tuoi pensieri, Georgie?».

George deglutì. «No...». Cercò di ridere, ma riuscì solo a produrre un suono debole e forzato. «È solo che amo molto la mia BMW».

Una risata educata risuonò intorno al tavolo.

Elle assaporò per qualche secondo l'imbarazzo di George prima di riportare l'attenzione su Travis. «Quindi stai dicendo che quando il tuo vecchio tirerà le cuoia tu non prenderai un centesimo?»

«Non so nemmeno se ci sarà qualcosa da prendere», disse Travis, con le braccia ancora incrociate sul petto. «Il bastardo probabilmente mi ha escluso dal testamento. Ma come ho detto, i beni materiali non significano nulla per me. Il consumismo si basa sul desiderio, non sul bisogno».

«Continua a ripetertelo, Trav», lo prese in giro Elle.

Caro batté una mano sul tavolo facendo sobbalzare Lily. «Per favore, possiamo evitare di interrompere la lettura delle lettere?».

Elle si appoggiò languidamente allo schienale, soddisfatta di aver turbato la quiete e di aver fatto innervosire Caro.

Lily si morse il labbro. E attese. Si rese conto che desiderava vedere Travis perdere la calma.

Caro lisciò il velluto del vestito e riprese a leggere: «Travis vivrà con i suoi milioni nel lusso di un paradiso fiscale...».

«Non ho bisogno di sentire altro», la interruppe Travis. «Basta così».

«Devo finire di leggere, Travis», obiettò Caro.

«No, non devi», rispose lui, alzandosi e allungando un braccio oltre Lily per strappare la lettera a Caro.

Lily trasalì sentendo il suo aroma di limoni e sudore. Le venne la pelle d'oca. Dentro di sé, nel profondo, avvertiva un'eccitazione inaspettata nel vederlo sconvolto, un piacevole brivido nel vederlo arrabbiato, con le emozioni a fior di pelle. Avrebbe voluto alzarsi in piedi e gridargli: «Ah, ecco il vero te!».

«Non sono altro che un mucchio di stronzate!», esclamò Travis, facendo a pezzi la lettera e infilandola nella tasca dei pantaloni cargo.

«Molto zen», commentò Elle.

Lily rimase in silenzio, crogiolandosi nell'euforia del momento; forse tutto ciò che aveva sempre voluto era smascherarlo e dimostrare che Travis aveva dei sentimenti, nascosti da qualche parte.

CAPITOLO 16
LILY

Ieri
Secondo trimestre del terzo anno

Dopo il disastroso Capodanno, non c'era niente che Lily desiderasse meno che dover tornare a Oxford in treno con Travis. Aveva cercato di baciarlo e quel ricordo le faceva ancora accapponare la pelle. Lui aveva continuato a comportarsi come se non fosse successo nulla; sembrava che il suo unico obiettivo fosse allontanarsi dal padre. Quando aveva annunciato che sarebbe tornato a Oxford, Lily avrebbe voluto rifugiarsi di corsa alla fattoria, ma poi i suoi genitori avrebbero intuito che il viaggio era stato un disastro e si sarebbero preoccupati, così aveva deciso di andare con lui.

«Non metterti a cincischiare questo trimestre, hai capito?», disse il padre di Travis quando arrivò il taxi per Paddington.

«Sai, ogni volta che mi chiedi di fare qualcosa, mi viene voglia di fare l'esatto contrario».

A Lily sembrava di veder litigare i suoi fratelli minori. Quando Travis salì sul taxi, borbottando: «È proprio uno stronzo», lei disse: «Non ti ha sfiorato il pensiero che stai facendo il suo gioco in questo modo?»

«In che modo?», chiese lui, impassibile come se fosse realmente ignaro di tutto; Lily però sapeva che le cose non stavano così.

«Lascia perdere». Era troppo stanca e scoraggiata per proseguire quella conversazione. Avrebbe dovuto dirgli che per essere una persona di successo ci voleva più coraggio di quanto ne servisse per essere una costante fonte di irritazione; che lei sapeva che sotto quella maschera da duro c'era un ragazzo spaventato; che il suo atteggiamento petulante era l'unico modo che conosceva per attirare l'attenzione di suo padre.

Non avrebbe mai dato voce a quei pensieri davanti a Travis. Tuttavia Lily sapeva che c'erano altri modi per comunicare e, mentre se ne stavano seduti fianco a fianco in silenzio nel taxi, era quasi certa che ognuno di quei pensieri si irradiasse dal suo corpo rigido.

Non parlarono durante il viaggio di ritorno. Né lo fecero quando il treno arrivò a Oxford e la trovarono coperta da una coltre di neve così spessa da sembrare avvolta nell'ovatta; e neanche quando attraversarono il centro, passando davanti alle vetrine illuminate, tra gli edifici con la neve in precario equilibrio sugli intricati intagli dei tetti gotici e sotto le delicate guglie ricoperte di ghiaccio che brillavano sotto il sole del tardo pomeriggio.

Quando arrivarono a casa, Lily andò dritta in camera sua. Non pianse; non piangeva mai. Accese il vecchio termoventilatore, si sedette alla scrivania e si diede da fare. Il lavoro le riempì la mente come un palloncino, schiacciando tutto il resto negli angoli. Sua madre le avrebbe detto: «Lily, sono certa che ti aiuterebbe tirar fuori tutte queste emozioni», ma lei preferiva tenersele dentro e spingerle più a fondo possibile. Era più simile a suo padre, che se ne stava fuori nei campi dall'alba al tramonto. Lo aveva visto mostrare una qualche emozione solo quando c'era stata un'epidemia di afta epizootica che lo aveva costretto ad abbattere tutto il bestiame. I suoi animali non avevano nulla che non andasse, ma quelli della fattoria accanto erano infetti. Suo padre era rimasto sveglio tutta la notte a guardare la pira che bruciava, con la puzza di morte che permeava l'aria. Al mattino, Lily l'aveva visto dalla finestra della sua camera da letto mentre, piegato in due, vomitava vicino al fienile. Per una settimana non aveva parlato con nessuno. Di tanto in tanto, quando la situazione diventava insostenibile, anche Lily stava fisicamente male, ma di solito il lavoro rappresentava una valida soluzione ai suoi problemi.

Passò una settimana prima che Travis bussasse alla sua porta. Lei aveva cercato di evitarlo il più possibile nascondendosi in biblioteca o, quando era in camera sua, tenendo la porta ben chiusa. Ascoltava tutti i rumori della casa. Il ritorno degli altri dalle vacanze. Travis che si alzava dal letto quando suonava il campanello e borbottava per il freddo. George che strepitava e si lamentava per la sua stupida regata. Lily riusciva a riconoscerli tutti dal rumore dei passi. Caro si fermava sempre sul pianerottolo per controllare il trucco. Elle ogni tanto passava a chiederle se voleva una tazza di tè. Quando sentì bussare però, Lily sapeva già che dall'altra parte della porta c'era Travis. Era certa che prima o poi sarebbe venuto a cercarla. Era come i gatti randagi della fattoria. Bastava far finta di niente e prima o poi finivano per mangiarti dal palmo della mano.

«Sono io», annunciò, come se lei non lo sapesse, come se non avesse aspettato quella visita per giorni. «Sto andando in un posto che credo possa piacerti».

Lily alzò gli occhi al cielo. Era quanto di più vicino a delle scuse potesse mai sperare di ottenere da lui. Aprì appena appena la porta. «Dove?»

«Vedrai», disse lui. Lily dovette constatare, con un certo disappunto, che averlo di fronte non la lasciava indifferente. I suoi capelli, ancora un po' troppo lunghi. La barba di tre giorni. Una sigaretta dietro l'orecchio. Le occhiaie. Il maglione di lana verde con i polsini sfilacciati. Tutte le sensazioni connesse al bacio che aveva bandito dalla sua mente si riversarono su di lei in un colpo solo come un'onda anomala. Abbassò lo sguardo per evitare i suoi occhi.

«Allora, vuoi venire?», le chiese.

«No».

«Se te lo chiedo per favore?», insistette lui ridendo.

Lily sospirò. «Se proprio devo».

«Farà freddo», la avvertì.

L'idea che si preoccupasse per lei la fece sorridere. Prese il cappotto da dietro la porta.

«Okay, andiamo».

Lily dovette fare uno sforzo per apparire distaccata e non saltellargli dietro.

Fuori si gelava. Un vento gelido le sferzava le guance e le faceva lacrimare gli occhi. Le biciclette congelate erano diventate un tutt'uno con le ringhiere. Un tubo che perdeva aveva riversato sul marciapiede un fiume di ghiaccio. Accanto a lei, Travis si sollevò il bavero del cappotto. «Condizioni meteo perfette», scherzò, guardandola con gli occhi socchiusi per proteggersi dal vento. «Hai intenzione di rivolgermi la parola?»

«Solo in caso di emergenza».

Travis annuì, con un certo compiacimento, le parve.

Si diressero verso gli edifici universitari anziché allontanarsi dal college. Attraversarono il cortile, che brillava di brina, passando davanti ai cespugli di rose spogli, alle finestre ad arco della sala da pranzo, ai tabelloni che pubblicizzavano un concerto di musica barocca a lume di candela su cui Travis non poté fare a meno di ironizzare, finché non giunsero a uno dei sentieri che portavano al dormitorio crollato a causa di una voragine proprio quando stavano per iniziare il secondo anno. Lily dentro di sé aveva gioito quando aveva saputo che solo Henry aveva chiesto di lasciare la casa. Tutti avevano dei motivi per restare: George non voleva aggiungere la distrazione di un trasloco allo stress della regata; Travis era rimasto perché era pigro e la sistemazione era particolarmente comoda per i suoi traffici; Caro, perché temeva di essere mandata in una delle stanze che avevano frettolosamente preparato nella parte più lontana della città per far fronte alla mancanza di alloggi; Lily, semplicemente perché erano rimasti tutti, ma soprattutto per Travis.

Travis si fermò accanto alla recinzione di sicurezza che circondava l'edificio, gettò la sigaretta sull'erba ghiacciata e disse: «Eccoci, qui dentro».

«Non possiamo entrare».

«Pensavo avessi deciso di parlarmi solo in caso di emergenza», disse Travis sorridendo.

«"Vietato l'ingresso ai non autorizzati"», lesse Lily, «"Struttura pericolante. Pericolo di morte"». Guardò Travis. «Credo che questa possa essere considerata un'emergenza».

Travis rise. «Andrà tutto bene, te lo assicuro. L'ho fatto un sacco di volte». Si infilò in un varco nella recinzione, mentre la giacca gli si impigliava, poi le fece cenno di seguirlo. «Il cartello serve solo a scoraggiare la gente».

Lily scosse la testa; mai avrebbe pensato di prendere in considerazione un'idea del genere. Se l'avessero scoperta, avrebbe messo a rischio la sua carriera accademica. Ma quando lui le rivolse quel suo sorriso rassicurante e audace al tempo stesso, Lily lo seguì, perché era Travis e si accorse di non poterne fare a meno.

Si fecero strada tra i detriti del cantiere, tra le cataste di legno incrostate di ghiaccio e i giganteschi sacchi di sabbia. Si infilarono sotto le impalcature e ignorarono diversi altri cartelli di divieto per arrampicarsi attraverso il telaio appena costruito di una finestra del piano inferiore. Nel buio e tra le raffiche di vento, sembrava di essere in una casa stregata. Lily era combattuta tra il terrore e il dubbio che si trattasse di un appuntamento.

All'interno, il soffitto era sostenuto da un labirinto di puntelli d'acciaio. Travis aveva portato una torcia e il fascio di luce scivolava su scale, fili e cumuli di macerie. «Bello, eh?»

«Ho paura che mi cada qualcosa in testa», disse Lily.

Travis alzò gli occhi al cielo. «Possiamo salire fino all'ultimo piano: c'è un buco nel tetto da cui si possono vedere le stelle».

Lily trattenne un sorriso mentre lo seguiva su per la scala ricostruita solo in parte. Era la cosa più romantica che le avesse mai detto. Sembrava davvero un appuntamento. Si chiese se Travis avesse ripensato al loro breve quasi-bacio. Si era reso conto che lei era l'unica in grado di sciogliere il gelo che aveva nel cuore?

«Travis?», disse una voce quando raggiunsero il pianerottolo. I travetti erano sostenuti ovunque da impalcature. Lily procedeva instabile sulle assi del pavimento che scricchiolavano sotto i suoi piedi.

«Ehi». Travis fece un cenno a un paio di ragazzi che si aggiravano nell'ombra vestiti di tutto punto come se dovessero partecipare a un evento formale. Erano impacciati e chiaramente a disagio, ma facevano del loro meglio per non darlo a vedere. Paragonato a loro, Travis sembrava un boss mafioso.

Lily si sentì travolgere dalla delusione: l'aveva coinvolta in un racket.

«Torno subito», le disse, poi la lasciò impalata in cima alle scale e scomparve con i ragazzi in una delle stanze sul pianerottolo.

Lily si appoggiò al muro tremando. Avrebbe voluto non essere lì, o meglio, avrebbe voluto che quei ragazzi non fossero lì e che Travis l'avesse portata a vedere le stelle. Era una patetica sciocca sentimentale. Restare lì da sola era una giusta punizione per la sua idiozia.

Ci misero secoli. Lily avrebbe voluto andarsene, ma non se ne sarebbe mai andata. Cercò di distrarsi dal freddo guardandosi intorno con la torcia del telefono. Sotto uno strato di polvere nell'angolo trovò un vecchio poster del club di speleologia, vestigia degli studenti che avevano vissuto lì. Suo padre vedendolo avrebbe detto: «Perché non dicono semplicemente "esplorazione delle grotte"?» e lei avrebbe risposto: «È solo una questione semantica, papà». «Cos'è la semantica?», avrebbe chiesto lui. E Lily si sarebbe guardata intorno per assicurarsi che nessuno l'avesse sentito. Per questo non voleva mai che venissero a trovarla a Oxford. La vergogna faceva fare cose strane. Era la vergogna a tenerla inchiodata su quel pianerottolo: aveva osato pensare di essere il motivo principale per cui erano lì quando, in realtà, era solo un accessorio. Una persona come Elle se ne sarebbe andata.

Faceva un freddo cane. Finalmente i tre apparvero nel buio della porta. I ragazzi ridevano cercando di apparire disinvolti, mentre con le mani guantate tiravano su i colletti dei loro eleganti cappotti neri, indossati su scarpe lucide del tutto fuori luogo in mezzo a quella polvere. Travis, con una sigaretta in bocca, si infilò un mazzetto di banconote da venti nella tasca posteriore dei jeans mentre li guardava allontanarsi.

«Grazie, Travis», disse uno di loro.

Lui rispose con un cenno del capo.

Lily tenne gli occhi fissi sul pavimento per tutto il tempo.

«Mi dispiace», disse Travis.

Avrebbe voluto dirgli che non andava bene per niente, ma la delusione che provava era così profonda che non credeva di riuscire a parlare. Avrebbe voluto tornare nella sua stanza, al momento esatto prima che Travis bussasse alla sua porta, quando aveva ancora delle aspettative.

«Devo andare, mi sono appena ricordata che devo finire un saggio», disse. Travis sembrò sorpreso, ma Lily non gli diede la possibilità di replicare. Si voltò e corse giù per le scale.

Era arrivata al quarto gradino quando, nella fretta, fece un passo falso e perse l'equilibrio. Mentre cadeva all'indietro, cercò di afferrare la ringhiera dell'impalcatura temporanea, ma la mancò e cominciò a rimbalzare giù per le scale, sbattendo la testa e la spalla contro i gradini. Sentì Travis urlare mentre atterrava, contusa e sgraziata, in un mucchietto dolorante, chiedendosi se fosse morta.

Un secondo dopo Travis era accovacciato accanto a lei. «Cazzo, Lily! Stai bene? Chiamo un'ambulanza?».

Lily si scostò i capelli dal viso, si guardò intorno stordita e si accertò di avere ancora la padronanza di tutti gli arti. La caviglia le pulsava, la testa le faceva male, i palmi delle mani erano feriti e sanguinavano. «Sto bene», disse, scossa e imbarazzata.

Travis emise un sospiro. «Cazzo, pensavo che saresti morta», disse, sedendosi sul pavimento accanto a lei.

Lily fece una smorfia mentre cercava di muovere la caviglia. Tentò di ignorare i vari dolori che le rimbalzavano nel corpo. Non voleva che Travis vedesse il sangue sulle sue mani.

«Credevo davvero che saresti morta», ripeté. «Mio Dio, io…».

Lily lo guardò, tesa, non sapendo cosa dire, voleva solo smettere di essere al centro di tutte quelle attenzioni. «Be', almeno adesso posso parlarti: questa è senz'altro un'emergenza». Cercò di sorridere, ma faceva male.

«Lily, mi dispiace tanto», disse Travis scostandosi i capelli troppo lunghi dal viso. E poi fece l'ultima cosa al mondo che Lily si sarebbe aspettata: le prese il viso tra le mani e la baciò. Fu il tipo di bacio che lei aveva sognato da quando lo conosceva. Caldo, appassionato, gentile. Se fosse morta in quel momento, sarebbe morta felice. Quando si ritrasse, tenendole ancora il viso tra le mani, Travis appoggiò la fronte sulla sua e disse: «Sono davvero felice che tu non sia morta».

«Anch'io», rispose Lily.

«Immagino che tu non abbia più voglia di salire sul tetto, vero?».

In quel momento sarebbe andata anche sulla luna, se lui

glielo avesse chiesto, ma non era sicura di riuscire a camminare. Dovette mostrargli la caviglia e Travis fece una smorfia vedendo quanto era gonfia, poi si voltò e le disse: «Ti porterò sulle spalle».

«Dici sul serio?»

«Sono più forte di quanto sembri, Lily».

«Non so bene come prenderla», disse lei, sentendosi improvvisamente in imbarazzo.

«Stai rovinando il momento. Forza, salta su».

Alla fine riuscì a portarla solo fino al piano successivo, per il resto zoppicò, aggrappandosi al braccio di Travis come se fosse una stampella, ma non pensò tanto al dolore quanto al fatto che lui l'avesse definito "il momento".

«Lì c'è la stanza con vista», le disse, indicando l'estremità del corridoio all'ultimo piano.

All'interno, la stanza era un percorso a ostacoli tra le impalcature ma, come le aveva promesso, se ci si posizionava nella cornice ancora incompleta del nuovo abbaino e si guardava in alto, oltre le luci scintillanti della città, gli alberi spogli, i tetti coperti di neve, le guglie e le cupole, si vedevano solo un milione di stelle nel cielo blu scuro.

Travis sparì nel corridoio e tornò carico di vecchi imballaggi che aveva recuperato dal cantiere. Li ammucchiò sul pavimento sotto la finestra e disse: «Sdraiati».

«Travis, io...». Lily si sentiva improvvisamente nervosa all'idea di sdraiarsi su un letto di fortuna insieme a lui.

Travis sorrise. «È solo per guardare il cielo».

Si sdraiò, ma era troppo eccitata per rilassarsi. Lui si sistemò accanto a lei, le passò un braccio intorno al collo e la strinse a sé. «Per tenerti al caldo», disse, e quando lei si abbandonò, con la guancia premuta contro la morbida lana del suo maglione, le sembrò di sentire un bacio sui capelli.

«Travis», gli disse, «cosa stiamo facendo? Che cosa significa tutto questo?»

«Non lo so esattamente», rispose lui, senza distogliere gli occhi dal cielo. «Vediamo come va, che ne dici?»

«Sì», disse Lily. «Prendiamola con calma».

«La calma è il mio forte, Lily».

Lei rise e si concesse di rilassarsi un po' tra le sue braccia.

Travis la strinse più forte. «Abbiamo tutto il tempo del mondo».

Rimasero lì sdraiati per un'eternità. Le dita delle mani e dei piedi le si intorpidirono, ma a Lily non importava, perché il suo cuore pieno di speranza la teneva al caldo. Ignorò il dolore alla caviglia. Non avrebbe voluto andarsene mai più. Avrebbe voluto rimanere cristallizzata in quel momento per il resto della sua vita, senza nessun altro, senza aspettative, senza delusioni. Solo Lily e Travis. E le stelle.

CAPITOLO 17
CARO

Oggi

Caro avrebbe voluto sparecchiare e proseguire la serata, ma George stava ancora piluccando educatamente la seconda porzione di couscous che lei gli aveva voluto assolutamente servire mentre, in preda al panico, cercava di schivare le domande di Elle su come aveva conosciuto Brian. Non che Caro morisse dalla voglia di servire il dessert. In circostanze normali, avrebbe salvato la serata con un sontuoso budino, ma Lily le aveva precluso questa possibilità con la sua scadente torta al limone di Sainsbury. Mentre gliela porgeva, Caro aveva cercato di ricordare se le erano rimasti dei nidi di meringa dal barbecue estivo, perché nel caso avrebbe potuto aggiungere dei lamponi surgelati, montare un po' di panna e ottenere un Eton Mess da servire come accompagnamento. A chi non piace l'Eton Mess? Ora, però, voleva solo che la serata finisse. Travis aveva strappato la lettera come uno scolaretto petulante. Ed Elle continuava a fare domande del cavolo sul dannato Brian.

A chi interessava parlare di Brian? Di certo non a Caro. Passava la maggior parte della vita facendo del suo meglio per ignorarlo e per concentrarsi sui bambini. Fosse stato per lei, avrebbe avuto un altro centinaio di figli su cui riversare tutte le energie, ma il suo corpo non avrebbe retto, non dopo l'arrivo dei gemelli. Ma, santo cielo, non c'era niente di più bello che tenere tra le braccia un fagottino morbido e profumato che consumava ogni secondo di vita che aveva da offrire.

«Brian deve passarsela bene», commentò Elle, osservando l'arredamento con quel suo sguardo che, in qualche modo, faceva apparire tutto vistoso e ostentato. «Tu non lavori, vero Caro?»

«No», rispose lei. Il solo tono della voce di Elle bastava a irritarla. *Non permetterle di urtarti i nervi.* L'ultima persona al mondo con cui avrebbe voluto parlare del fatto che lavorasse o meno era Elle, la signorina Basto-a-me-stessa. Era troppo complicato. Caro non poteva spiegare che, se avesse lavorato, non sarebbe potuta andare a prendere i bambini a scuola, non avrebbe potuto preparare i loro pranzi, fare volontariato per i loro club, essere presidente dell'associazione genitori-insegnanti, sedersi al tavolo della cucina con i più piccoli per aiutarli a studiare le tabelline o cercare di convincere Ed e Bethany a ripassare mentre salivano le scale incollati ai telefoni. I suoi figli erano l'unica cosa che dava un senso alla sua vita.

«Hai conosciuto Brian quando eri a Zurigo, vero?», chiese Lily, allineando il cucchiaio e la forchetta del dessert.

Caro avrebbe voluto urlare: *Possiamo smettere di parlare di Brian?* Invece sorseggiò il suo vino bianco e rispose: «Sì, la Svizzera è meravigliosa. Molto costosa, certo, ma lo stile di vita è incredibile. C'è tanto da fare: escursioni, nuoto… E le migliori stazioni sciistiche sono letteralmente a un paio d'ore di distanza. Abbiamo anche creato un bel gruppo di amici».

«Trovo la vita da straniero residente davvero strana», disse Travis scuotendo la testa, con disapprovazione. «Come si fa a vivere in un posto in cui non si ha alcun ruolo politico o culturale?».

«Be', religione e politica dovrebbero essere argomenti da evitare alle cene, no?», disse Caro, nel tentativo di svicolare e passare oltre.

«Sì, è molto più divertente parlare di te, Caro», disse Elle, con un insopportabile tono melenso. «Cosa ti ha portata lì?». Si sporse in avanti come se fosse davvero molto interessata. «Come hai conosciuto Brian?».

Sta zitta! Sta zitta! «Ho ricevuto un'offerta di lavoro che non potevo rifiutare. Marketing per un grande magazzino di lusso. Roba di qualità. Sai, il meglio del meglio». Caro era consapevole che, presa in contropiede, tendeva a calcare un po' troppo la mano.

«Davvero?», disse Elle, sgranando gli occhi in un'espressione maliziosa mentre ciocche di capelli le cadevano libere intorno al viso. «Sembra *fantastico*».

Caro socchiuse gli occhi; non capiva dove Elle volesse andare a parare. «Sì, lo è stato. È stato fantastico. Era il lavoro perfetto per me. Me lo hanno offerto e non ho potuto rifiutare».

Elle fece scorrere il dito sul bordo del bicchiere e si fermò quando sentì il vetro che strideva. «Quindi non te ne sei andata perché eri incinta?»

«Come, scusa?», chiese Caro, sputando il vino per la sorpresa.

«Forse questo potrebbe entrare nella lista degli argomenti tabù insieme alla religione e alla politica», commentò Travis dall'altra parte del tavolo.

Elle si appoggiò comodamente allo schienale della sedia, con il bicchiere di vino tra le dita. «Ero solo curiosa, perché quando sono salita di sopra e ho visto tua figlia che usciva...».

«Cosa stavi facendo al piano di sopra?». Caro si sentì avvampare. Non voleva che quella donna curiosasse in casa sua.

Elle ignorò la domanda. «È molto bella, proprio come te, Caro. Ma è più grande di quanto mi aspettassi. E poi, nella sua stanza, mi è capitato di notare una felpa sportiva con la scritta U15 sulla schiena. Devi averla avuta molto presto dopo aver lasciato Oxford. Mi ha fatto pensare, ecco tutto».

Travis, affascinato da quell'accusa, si sporse in avanti, picchiettandosi il labbro con un dito abbronzato.

«Dici sul serio?». Caro era furibonda, il suo cervello ribolliva di indignazione moralista. Lanciò a Elle uno sguardo di fuoco. «Come ti permetti? Che razza di persona entra in casa di qualcuno e lo accusa di... Non so, di cosa mi stai accusando? Di avere avuto un figlio illegittimo da Henry? L'avresti detto se Brian fosse qui?». Caro sentiva le sue parole soffocate dalla rabbia. «Come ti permetti?»

«Mi sembra... un colpo un po' basso, Elle», balbettò George accanto a lei.

«Era solo una domanda». Elle scrollò le spalle, impassibile, e una spallina del vestito le scivolò lungo il braccio. «Mi sembrava una spiegazione plausibile».

All'altro capo del tavolo, Lily guardava ovunque tranne che al conflitto in corso. I suoi occhi erano fissi su una stampa calligrafica nera e oro che Bethany aveva regalato a Caro per il suo compleanno e che recitava: «Andremo a ballare. Tutto andrà bene».

Caro strinse il tovagliolo nel pugno. Ne aveva abbastanza. «Il motivo per cui ho sposato Brian non è affar tuo. Ti dirò però che quello a cui ti riferisci è stato uno dei momenti più difficili della mia vita. La mia figlia maggiore Bethany è nata prematura e con la polmonite. Le sue speranze di sopravvivenza erano inferiori al 50 per cento e ho passato quasi due mesi in ospedale con lei attaccata a macchine e tubi di ogni tipo. È stato terribile». Caro faticava a respirare dal naso e a trattenere le lacrime che affioravano ogni volta che parlava del trauma della nascita di Bethany. «Terribile. Il momento peggiore della mia vita». Almeno Elle ebbe la decenza di mostrarsi un po' imbarazzata. «Quindi, la prossima volta che ti viene voglia di lanciare una delle tue frecciatine per attirare l'attenzione, prova a pensare a cos'altro potrebbe essere successo». Caro gettò il tovagliolo sul tavolo, spinse indietro la sedia e uscì di corsa dalla stanza.

CAPITOLO 18
GEORGE

Ieri
Secondo trimestre del terzo anno

Quel giorno George Kingsley e Henry Bellinger avrebbero gareggiato per contendersi l'ultimo posto sulla Blue Boat di Oxford che avrebbe sfidato Cambridge nella Boat Race. Migliori amici, acerrimi nemici. Nei due anni precedenti nessuno dei due era riuscito a conquistare un posto sulla barca di punta, ma avevano un'ultima possibilità di realizzare il loro sogno e quel giorno si sarebbero affrontati in un testa a testa.

La pioggia colpiva l'acqua come un martello che batte il ferro e George non era mai stato così eccitato.

Nello spogliatoio Henry si stava cambiando la maglietta per indossarne una asciutta prima di entrare in acqua. «Buona fortuna, amico».

«Buona fortuna anche a te», rispose George, annuendo, e si avviò verso la porta, con le gambe che gli tremavano per l'adrenalina.

«George», lo chiamò Henry.

«Sì?».

Henry scosse la testa. «Niente».

Ma George capì che aveva qualcosa da dire. «Cosa c'è?»

«No, davvero, non è niente». Henry aveva gli occhi rossi. Sembrava che non avesse dormito o che stesse per scoppiare a piangere.

«Che succede?», chiese George, rientrando nella stanza umida che odorava di sudore.

«Non è niente. È solo...». Henry prese fiato. «Ho parlato

con mia madre stamattina. Pensano che a mio padre restino poche settimane. Tutto qui».

«Oh, amico, mi dispiace davvero». George appoggiò una mano sulla spalla di Henry.

«Sto bene», disse Henry, ma gli tremò il mento.

George non riusciva a immaginare Henry che piangeva.

«Cazzo», esclamò Henry, sedendosi con la testa tra le mani. «Non so cosa fare. È un casino».

«Ti passerà quando sarai in acqua».

Henry scosse la testa. «No. So che perderò».

Non stava esagerando, il suo era un timore fondato. Sebbene i due fossero tutto sommato alla pari, nei giorni di gara George tirava fuori una grinta che, se sostenuta da una buona forma fisica, poteva permettergli di battere Henry.

George non vedeva l'ora di uscire. Non voleva affrontare quella conversazione lì, in piedi, in mezzo all'equipaggiamento bagnato, con l'odore acre di sudore stantio che gli chiudeva la gola. La squadra stava per mettere in acqua la barca. «Dobbiamo andare, amico».

Henry annuì ma non si mosse. Sopra le loro teste una delle luci tremolò.

«Vieni», insistette George con un cenno.

«Faresti una cosa per me?», chiese Henry.

«Cosa?»

«Mi faresti vincere?».

A George sfuggì una risata. «Dici sul serio?»

«Mi dispiace dovertelo chiedere», disse Henry stringendo gli occhi. «So che non dovrei. So che non è giusto, ma mio padre sta morendo e vedermi su quella barca è tutto ciò che ha sempre desiderato».

George sentì tutto il suo corpo irrigidirsi. «Non posso, Henry. Sai com'è. Questo è il mio...». Non riusciva a trovare le parole. «È tutto».

«Lo so, e in altre circostanze non te lo chiederei mai, ma sta morendo, George. Sta morendo, cazzo». Le lacrime gli rigavano le guance. Era un tipo robusto, imponente, ma quando piangeva sembrava un bambino.

George non sapeva se rimanere fermo e mostrarsi indignato

o mettergli una mano sulla spalla sperando che si asciugasse le lacrime e si scusasse.

Ma quando Henry alzò lo sguardo, con grande sorpresa di George, disse: «Elle ha capito».

George si irrigidì. Elle. Perché la stava tirando in ballo?

Dal giorno in cui aveva sorpreso Henry nella camera da letto di Elle, George si era sentito insicuro. E da allora lei si comportava in modo strano. Era distante, assente. Le sue parole non trovavano riscontro nei suoi occhi. Non ascoltava più con la stessa attenzione di un tempo, spesso era distratta quando le parlava. Come se i suoi sentimenti per George fossero cambiati. Più lui si preoccupava della gara, più lei si arrabbiava. Per metterla alla prova o forse semplicemente per disperazione, quella mattina le aveva detto di amarla. Era da tempo che voleva dirglielo.

Lei era rimasta immobile. Il rumore della pioggia aveva riempito il silenzio. Poi si era voltata verso di lui, gli aveva accarezzato la guancia e aveva detto: «Buona fortuna, George».

A George era caduto il mondo addosso. Era stato come ricevere uno schiaffo in pieno viso.

«Grazie», aveva risposto annuendo. Poi aveva ripreso fiato e stava raccogliendo le forze per uscire dalla stanza prima che la delusione prendesse il sopravvento.

Elle era rimasta a guardare, con il mascara sbavato sotto gli occhi e le guance pallide. Poi si era alzata a sedere, stringendo forte il piumone per proteggersi dal freddo. «Non amerò mai nessuno, Georgie».

«Perché no?», aveva chiesto, scuotendo la testa, con voce pietosa e infantile.

«Perché sono fatta così».

«No. È solo autoprotezione. So che sei stata ferita in passato, ma io non ti farò del male».

Elle si era accesa una sigaretta con movimenti languidi, i capelli raccolti in un disordinato chignon biondo. «Georgie, alla fine tutti ti deludono».

«No», aveva obiettato lui con fermezza. «Io non lo farò».

Lei si era voltata. La pioggia batteva contro il vetro. George avrebbe voluto tornare a letto con lei, seppellire il viso nella sua pelle. Lei lo baciò sulla spalla. «In bocca al lupo per la gara».

George non poteva sopportare l'idea di perdere Elle. Tantomeno per Henry Bellinger. Eppure, seduto in quello spogliatoio che puzzava di sudore, Henry insinuava che Elle appoggiasse l'idea di farlo vincere. Lo faceva perché era sotto l'incantesimo di Henry o perché era davvero la cosa giusta da fare?

O si trattava di un gioco psicologico? George non sarebbe stato affatto sorpreso: Henry era particolarmente bravo a manipolare le persone.

George fissò il pavimento dello spogliatoio, sconcertato. Non riusciva a immaginare di perdere la gara di proposito. Cosa avrebbe detto suo padre? E suo nonno? Qual era la cosa giusta da fare? Doveva lasciar vincere un amico il cui padre stava morendo? Dimenticare le sue ambizioni? Non gli sarebbe mai passato per la testa prima. Ma cosa avrebbe voluto Elle? Che privilegiasse i sacrifici rispetto agli interessi personali? O era lei la più interessata di tutti?

O Dio, era così confuso. Si sentiva sulle spalle il peso enorme dell'ingiustizia. Avrebbe voluto gridare. Spaccare il muro. «Henry, io... non lo so. Mi dispiace».

Henry alzò una mano. «No, non preoccuparti. *A me* dispiace. Non avrei mai dovuto chiederlo». Si asciugò gli occhi con la maglietta umida che si era appena tolto, poi si alzò e afferrò la spalla di George. «Non avrei dovuto dire nulla. Non avrei dovuto anteporre l'amicizia alla competizione. Mi dispiace. Buona fortuna, amico». Fece un bel respiro. «Forza, facciamolo».

Uscirono di corsa sotto la pioggia battente. «George, andiamo!», gridò Klaus.

Nella testa di George i pensieri si rincorrevano. I capelli gli si erano appiccicati alla testa e sembrava un topo annegato. La spietata determinazione era stata sostituita dal desiderio di infilarsi sotto il morbido piumone bianco di Elle. Guardò Henry e si chiese se lui al suo posto gli avrebbe fatto la stessa richiesta.

Le prove si susseguirono senza sosta. George sentiva i muscoli bruciare e il sapore ferroso del sangue gli riempiva la bocca. Il suo corpo lottava contro la mancanza di concentrazione, ma il cervello continuava a intervenire, ricordandogli quanto tutto gli facesse male. Alla fine l'allenatore li richiamò: «Basta così. Tornate, ragazzi».

Quando arrivarono i risultati, George era troppo esausto per alzare lo sguardo dalla panchina dello spogliatoio.

Henry Bellinger aveva strappato a George Kingsley l'ultimo posto sulla Blue Boat per poco più di un secondo.

George non era sicuro di riuscire a respirare. C'erano delle scintille ai margini del suo campo visivo. Gli sembrava che il mondo fosse finito.

Henry si sedette accanto a lui e gli diede una forte pacca sulla schiena. «Mi dispiace, amico. Bella gara».

George fissò con orrore il pavimento.

«Scusa se ti ho chiesto di farmi vincere», aggiunse Henry, stringendo leggermente la spalla di George. «Sono contento che sia stata una gara corretta. Rende tutto più reale».

George non rispose, si limitò a prendere la borsa e a fuggire via. Non gli importava che cosa avrebbero potuto pensare gli altri.

Stava ancora piovendo. Cascate d'acqua a non finire. Sul letto, Elle fumava e guardava George prendere a calci il comodino. Una tazza cadde sul pavimento frantumandosi in mille frammenti di ceramica scadente che sporcarono il tappeto.

«Argh. Cazzo!». I calci al tavolino non avevano in alcun modo alleviato la furia di George. Per un attimo si sentì in imbarazzo quando Elle spense la sigaretta e si alzò silenziosamente dal letto per raccogliere i cocci della tazza. Si chinò ad aiutarla. «Mi dispiace».

Elle si arrampicò di nuovo sul letto, con le lunghe gambe bianche sotto di sé. «Hai intenzione di rompere qualcos'altro?», chiese guardandosi intorno. «Perché se è così, dimmelo subito che metto al riparo le cose più preziose».

George si sentì uno stupido. Si avvicinò e andò a rannicchiarsi sul letto, e lei gli mise una mano sulla testa. Si sentiva come un bambino piccolo, nudo e disperato. «Cosa farò adesso?», chiese, serrando gli occhi con forza.

Elle armeggiò con l'accendino, girandolo e rigirandolo sul comodino. «Sai che gli animali di solito non competono tra loro? Soprattutto quando pensano di perdere. Succede anche ai cervi. Non combattono perché lo considerano uno spreco di energia…».

George si alzò e riprese a camminare avanti e indietro nella stanza. «Non vedo cos'abbia a che fare questo con me».

Lei lo fissò, spettinata e bellissima, calma.

«Be', se mi lasci finire…».

George si sdraiò supino sul letto e fissò il soffitto.

«Allora, cosa fanno gli animali?»

«Quando non vogliono combattere?», disse lei. «Be', si adattano. Trovano un altro modo. C'è una lucertola, per esempio, che ha sviluppato zampe appiccicose per potersi arrampicare in cima all'albero ogni volta che una lucertola più grande invade il suo territorio. Oppure ci sono pipistrelli che accettano di mangiare cibi diversi l'uno dall'altro in modo da non entrare in competizione. È incredibile quello che fanno gli animali».

«I piedi appiccicosi non mi aiuteranno a ottenere un posto su quella barca». George strinse i pugni. «Non posso credere che Henry mi abbia chiesto di fargli vincere la gara e poi, dopo, si sia comportato da stronzo compiaciuto. Tutto altezzoso». George non riusciva a controllare il senso di impotenza, di ingiustizia. Si sentiva ingannato e manipolato. «Lo odio, cazzo».

Elle distese le gambe e si spostò sul letto in modo che si trovassero fianco a fianco. «Forse dovresti ucciderlo», disse.

«Elle!». George indietreggiò. «Non puoi dire cose del genere».

«È quello che fanno i suricati per sbarazzarsi della concorrenza. Le femmine mangiano i piccoli degli altri suricati».

George fece una smorfia di disgusto. «Be', per fortuna non sono un suricato».

Elle rise, prese un cuscino per appoggiarci la testa e ci fece scivolare il braccio sotto per mettersi comoda.

Erano faccia a faccia. George poteva vedere le macchie blu scuro nei suoi occhi, ogni singolo ciglio, le piccole lentiggini che le macchiavano il naso come uno spuzzo di vernice. «Sai che ho temuto che ci fosse qualcosa tra te e Henry?», disse. «Per via del fatto che era in camera tua quel giorno. Prima della gara mi ha detto che pensavi che avrei dovuto lasciarlo vincere».

Elle lo fissò. Ormai la conosceva abbastanza bene da sapere che stava decidendo se dirgli o meno qualcosa.

«Cosa c'è?», le chiese, temendo che stesse per ammettere la relazione. Non voleva che lei rispondesse. Voleva attirarla a sé, soffocarla contro il suo petto in modo che non potesse parlare.

Elle si leccò il labbro inferiore. «Ci ha provato», disse. «L'altra sera».

George trattenne il respiro. «Ma non è successo nulla?».

Elle scosse la testa. «Non è successo nulla».

George si abbandonò all'indietro sui cuscini. Fissò il soffitto ed emise un sospiro che sembrò togliergli un enorme peso dal cuore. «Grazie a Dio». Espirò di nuovo, mentre riordinava i pensieri. Il sollievo divenne indignazione. «Maledetto Henry! Come si permette?», sbottò, alzandosi a sedere, furioso. Quando guardò Elle, però, vide che lei era calma e imperscrutabile come sempre e lo assalì il dubbio che avesse mentito. «Sei sicura che non sia successo nulla?»

«Sicurissima, Georgie». Elle arricciò il labbro, improvvisamente imbronciata, come un'adolescente. «Ti garantisco che non c'è assolutamente nulla tra me e Henry Bellinger».

George provò un brivido di piacere per l'intensità della sua reazione e le accarezzò i capelli. «Non posso credere che ci abbia provato. Che stronzo». Eppure era del tutto credibile: Henry era totalmente privo di scrupoli.

Lei gli prese la mano e gli baciò il palmo. George avrebbe voluto che Henry li vedesse, avrebbe voluto prenderlo per la gola, sbatterlo contro il muro e urlargli in faccia: «È mia!». Invece si girò sul letto in modo da trovarsi proprio accanto a lei, inspirò la sua pelle e il suo profumo, e sospirò. «Be', ora voglio ucciderlo davvero».

Elle sorrise.

«Anche se so che era solo uno scherzo. Non lo uccideremo».

Lei sollevò una delle sue perfette sopracciglia.

«Voglio dire, è ridicolo», ribadì George, perché ora che il seme era piantato doveva ammettere che c'era qualcosa di stranamente esaltante nell'idea di cancellare dalla faccia della terra quel viscido bastardo. E pensare che George lo venerava.

Elle sorrise di nuovo. Era così vicina che i loro nasi quasi si toccavano. «Georgie, a me non puoi darla a bere. So esattamente quello che stai pensando».

«No, non è vero».

Lei gli accarezzò la guancia con un dito. «Sì, invece».

Il giorno dopo, durante l'allenamento, George non riusciva a guardare negli occhi Henry e si sentì umiliato quando lui disse: «Non posso parlare con te, Georgie boy, Klaus insiste sul fatto che noi della squadra dobbiamo formare un gruppo compatto». George guardò gli otto primi vogatori e il timoniere serrare i ranghi, improvvisamente più grandi della somma delle loro parti, un'élite arrogante. Avrebbe voluto strapparsi la pelle dal corpo per la rabbia e l'invidia.

Non aveva mai provato nulla di così intenso; dal giorno alla notte la sua adorazione per Henry si era trasformata in un odio totalizzante. In acqua, con la squadra sostitutiva, ogni movimento di George fu stizzoso e risentito. Fuori dall'acqua, rimase a testa bassa durante un colloquio a tu per tu con l'assistente dell'allenatore, perché alle riserve non era concesso confrontarsi con l'allenatore in persona. «Ti capisco, George, so cosa si prova a non arrivare in cima. Capisco quello che stai passando».

George fissò l'assistente inorridito. Osservò le sue labbra sottili mentre sciorinava un cliché dopo l'altro. I capelli radi. La pancia che tendeva il tessuto della giacca impermeabile. Non poteva finire come lui. Non era quello il suo destino, non avrebbe passato una vita a fare il secondo.

Quella notte George si sdraiò tra le lenzuola di flanella di Elle, morbide come la coperta di un bambino. La finestra era aperta e l'aria profumava di pioggia fresca. Elle, avvolta in una sciarpa rossa, stava leggendo alcuni articoli alla luce di una piccola lampada.

George la guardò. Le sue labbra si muovevano mentre leggeva. Elle dovette sentirsi osservata, perché smise di leggere e si voltò verso di lui. «Tutto bene?», chiese.

George annuì.

Elle aggrottò la fronte e mise da parte i fogli. «Cosa c'è che non va, Georgie?».

George fissò i suoi occhi blu; non aveva idea di cosa ci fosse dietro quegli occhi, nel profondo. Sapeva solo che lei era diversa da tutte le altre persone che conosceva e che ben poche cose potevano sorprenderla. «Devo sbarazzarmi di Henry», disse.

Elle inclinò la testa. Un ampio sorriso le si dipinse sul volto mentre si avvicinava e si sedeva accanto a lui. «Sai, immaginavo che avresti detto una cosa del genere, Georgie».

«Davvero?».

Lei annuì. «Ecco perché ho riflettuto un po' sulla questione. Non si sa mai».

Lui si accigliò, temendo di scoprire ciò che le stava passando per la testa. «Su quale questione esattamente?».

Elle tirò fuori una sigaretta dal pacchetto. «Sul modo per sbarazzarsi di Henry. Solo per la gara naturalmente».

George si alzò a sedere e si lisciò i capelli, subito incuriosito. «Continua».

Elle gettò la cenere in un vecchio posacenere a forma di conchiglia che aveva appoggiato sulle lenzuola. «Hai mai sentito parlare della xilazina?»

«No».

«È un sedativo a uso veterinario. Si usa per i bovini e i cavalli, ma anche per i cani e i gatti prima di abbatterli. Posso procurarmela al rifugio dove lavoro».

«Okay...».

«L'impiego negli esseri umani non è consentito, ma questo non impedisce alla gente di assumerla: la mischiano con la cocaina e l'eroina per fare lo speedball. Da sola, però, fa addormentare le persone. Da quello che ho letto, gli effetti possono durare fino a *settantadue ore*, Georgie».

George sentì il cuore battergli sempre più forte. Le pupille di Elle si erano dilatate. Si chiese se lo fossero anche le sue. «È pericolosa?».

Elle tirò una boccata dalla sigaretta e soffiò via il fumo, allontanandolo con la mano. «Se si sbaglia il dosaggio sì, ma non sbaglieremo».

A George formicolavano le mani. Strinse i pugni. Non riusciva a credere alla fortuna di avere una ragazza astuta e piena di risorse come Elle. «E che succede se Henry si sveglia?»

«Si sentirà di merda», rispose Elle. «Che dorma per un sacco di tempo o meno, qualsiasi cosa accada, quando si sveglierà si sentirà malissimo. Non sarà mai in grado di gareggiare. La xilazina provoca vuoti di memoria e perdita di conoscenza. La chiamano la droga degli zombie, Georgie. Le persone che la assumono vanno completamente fuori di testa».

«Ma poi scopriranno che gliel'abbiamo data noi». All'improvviso George non era più tanto entusiasta dell'idea.

Elle scosse la testa. «Georgie, non fanno test per questo. La mescoliamo con qualcosa. Henry assume qualcosa che tu sappia?»

«Solo il Valium a volte, per dormire». Quasi tutti prendevano qualcosa quando erano troppo nervosi. George preferiva la melatonina, che suo padre si procurava negli Stati Uniti quando era là per lavoro. J.B. Watson era fedele al Nytol.

«Be', è perfetto! Tutti penseranno che stava solo cercando di farsi una bella dormita prima della gara».

Dalla finestra entravano i suoni della città: i freni delle biciclette, una lattina che rotolava mossa dal vento, passi che risuonavano sul marciapiede. La luna faceva capolino tra le nuvole scure che annunciavano pioggia. «Come posso evitare che la gente pensi che io c'entri qualcosa? Non credi che sembrerebbe tutto troppo conveniente per me?»

«Che importa? Possono pensare quello che vogliono. Non saranno in grado di provarlo. E poi, tecnicamente, perché dovresti drogare un amico?». Elle si stiracchiò e sbadigliò. «Perché non un altro membro della squadra?».

George restò in silenzio per un attimo. «Già, perché non un altro membro della squadra?». Sebbene volesse vendicarsi di Henry, sarebbe stato molto meno ovvio far fuori Boris o addirittura Klaus.

«Credo che Henry ti fornirebbe un alibi migliore», disse Elle, tirandosi indietro i capelli per legarli con un elastico che aveva intorno al polso. «È una cosa piuttosto schifosa da fare a un amico».

Adesso a George sembrava ridicolo aver pensato che a Elle piacesse Henry. «Sì», annuì. Gli pareva altrettanto inimmaginabile che fino a poco tempo prima avesse considerato Henry il suo migliore amico. «Hai ragione. È meno ovvio. Ma che cosa succederà quando non si sveglierà al mattino?».

Elle soffiò un anello di fumo, poi un altro. «Tutti penseranno che sia malato».

«E se facessero il test?»

«Chi dovrebbe farlo?». Elle spense la sigaretta e sbadigliò di nuovo.

«Le autorità».

«Quali autorità?», rise lei. «È solo un ragazzo che si sveglia sentendosi di merda. Nella peggiore delle ipotesi, Georgie, se gli faranno delle analisi troveranno il Valium. Non sarà in grado di provare che non l'ha preso di sua iniziativa. E a quel punto la gara sarà già finita da un pezzo». Si accese un'altra sigaretta e si rilassò contro la testiera del letto. «Se puntasse il dito contro di te, potresti sempre dire che sta cercando di incastrarti per i suoi errori. Non sareste più amici. Ma non credo che arriverebbe a tanto. Sembrerà solo che si sia preso un'influenza». Elle era il pragmatismo fatto persona, con i capelli legati e senza trucco, mentre George si sentiva eccitato come un bambino.

«E quando glielo daremo?»

«Be', questa è la parte più complicata», disse lei corrugando la fronte. «L'ideale sarebbe un'iniezione. Penso che dovremo mettergliela nel bicchiere, e dovremo farlo il più tardi possibile per assicurarci che vada KO al momento giusto».

«Ci inventeremo qualcosa». George cercava di trattenere il sorriso. «Sei un genio, Elle».

«Non l'abbiamo ancora fatto», disse lei scrollando le spalle.

«Sì, ma», George si chinò in avanti, le prese il viso tra le mani e la baciò sulle labbra, «lo faremo. E sarà fantastico». Gettò la testa indietro, guardò il soffitto e sorrise. «Sei così intelligente». Poi tornò a guardarla. «Parteciperò alla gara».

«Parteciperai alla gara. Se tutto va secondo i piani», lo avvertì.

«*Se* tutto va secondo i piani». George rifletté per un attimo. «Ora che ci penso, abbiamo entrambi la stessa borraccia per l'acqua. La regalavano con una confezione da sei di Heineken. Sono le nostre borracce fortunate. So che sembra ridicolo, ma... Be', comunque, forse potrei andare a trovarlo nella sua stanza, scambiare le borracce e poi scambiarle di nuovo, o qualcosa del genere».

«No», disse Elle accigliata. «Perché la gente ti vedrebbe e saprebbe che sei stato nella sua stanza la sera prima. È una pessima idea».

«Oh».

«Lascia che mi occupi io dei dettagli, Georgie».

«Giusto, sì, okay», rispose lui annuendo.

Elle alzò gli occhi al cielo.

George sorrise. Avrebbe voluto alzare il pugno in aria, ma non lo avrebbe mai fatto davanti a Elle. Non riusciva a crederci. Non avrebbe mai avuto il coraggio di fare una cosa del genere senza Elle, eppure ora gli sembrava la scelta più ovvia. Un gioco. Un modo per ribattere con un rovescio la palla che Henry gli aveva lanciato. Per vendicarsi.

Si sdraiò sul letto, con le mani dietro la testa, e sentì di nuovo fluire nel corpo la gioia di vivere. «Ti amo più di quanto riesca a esprimere, Elle Andrews».

Quando lei si alzò e disse «Devo tornare al mio saggio», a George sembrò di cogliere qualcosa di nuovo nel suo sguardo timido e si permise di sperare di averla conquistata. Il piano li aveva avvicinati, li univa contro il mondo. E questo lo esaltava.

Prima di tornare a sedersi, le chiese: «Non è possibile che, sai, lo uccida o cose del genere?»

«No», rispose Elle dalla scrivania.

«Fantastico. Meraviglioso. Sei un genio».

CAPITOLO 19
CARO

Oggi

Caro voleva che Elle se ne andasse da casa sua. Si fermò un momento davanti allo specchio dell'ingresso per ricomporsi: raddrizzò i bottoncini del vestito, sistemò i braccialetti e sollevò il mento con fare altezzoso, cercando di convincersi di essere al di sopra di tutto.

George fece capolino dalla sala da pranzo e le si avvicinò. «Stai bene, Caro?».

Si voltò verso di lui con le braccia incrociate sul petto. «George, ho sposato Brian per la sicurezza, non lo nego. Abbiamo una specie di accordo». Fece una risatina amara. «O almeno, io ce l'ho, non so se lui ne è consapevole».

George annuì convinto, come se avesse capito perfettamente. «Non devi darmi spiegazioni, Caro».

«Ma voglio farlo», disse lei, intenzionata ad allontanarlo da Elle per portarlo dalla sua parte. «Ho sposato Brian per non dover mai più affrontare la mancanza di sicurezza che ho conosciuto da bambina. Mia madre ha sopportato Lionel perché io potessi trascorrere le vacanze nel maledetto Galles del Nord, avere sempre succo d'arancia a disposizione e vivere in una villetta degli anni Trenta». Al ricordo Caro alzò gli occhi al cielo. «Sapevi che non volevo andare a Oxford? Volevo fare l'attrice, ma mia madre non ne volle sapere. "Sarai la prima della famiglia ad andare all'università, Caroline". Assunse un orribile tutor che veniva a casa mia praticamente ogni sera per assicurarsi che non solo entrassi all'università, George, ma che entrassi a *Oxford*». Si interruppe un momento. La compassione che leggeva nello sguardo di George le fece temere di aver rivelato troppo. «Be', quando ci siamo laureati, non avevo nulla. Henry se n'era andato e non avevo una famiglia amorevole da cui tornare. Mia madre e Lionel avevano la loro vita, non mi volevano in casa. Ho uno zio che vive in Svizzera e mi ha trovato un lavoro. Lionel ha pagato il biglietto aereo. Lì ho incontrato per caso Brian, ed è venuto fuori che aveva un ottimo lavoro in banca. È sempre stato, come dire... Mi ha sempre ammirata molto, ecco. E questo è tutto, né più né meno». Guardò il soffitto e poi tornò a fissare George. «Non mi farò aggredire da Elle in casa mia, George».

«No, no, capisco perfettamente. È solo che lei...».

Caro lo interruppe, non intendeva sentirlo borbottare una qualche improbabile difesa di Elle. «George, pensi di poterle chiedere di andarsene?».

George sembrava riluttante. «Ignorala, Caro. Non farci caso», disse. «Non abbassarti al suo livello. Non ne vale la pena».

Urgh. Era così debole.

«Bene», sospirò Caro. Era sola, come sempre.

Si sistemò i capelli, controllò rapidamente il trucco e tornò in sala da pranzo. Lily stava sparecchiando, Elle si aggirava per la stanza, prendendo, esaminando e rimettendo a posto gli oggetti sulla credenza.

Travis stava dicendo: «È bastato avanzare il sospetto che fosse figlia di Henry e subito si è giocata la carta della bambina malata. Se non è karma negativo questo...».

«Scusami?». Caro si fermò di botto.

Travis si immobilizzò, con la bocca semiaperta e l'espressione colpevole.

«Niente, stavo solo dicendo...».

«Ho sentito quello che stavi dicendo», sibilò Caro.

All'altra estremità del tavolo, Lily continuava a impilare i piatti in silenzio, cercando di non farsi coinvolgere.

«Non hai idea di quello che ho passato!». Caro sentì montare la rabbia di fronte alle stronzate karmiche di Travis, che se ne stava lì, impassibile e distaccato, con i suoi tatuaggi, la sua abbronzatura e senza la minima preoccupazione al mondo.

«Tutti abbiamo passato momenti difficili, Caro», disse, con

un tono irritante e paternalistico. «È il modo in cui scegliamo di affrontarli che fa la differenza».

Dall'altra parte della stanza, Elle osservava affascinata, tenendo tra le mani uno dei delicati candelabri di cristallo di Caro.

«È per questo genere di commenti compiaciuti che la gente ti paga?», esclamò Caro con una risata nasale.

Travis chiuse gli occhi, come se stesse cercando di elevarsi al di sopra di quella meschina discussione da giardino d'infanzia recitando mentalmente un mantra. «Okay», disse alzando una mano e rivelando il tatuaggio di una freccia che correva lungo l'avambraccio dal gomito al polso. «Credo che ci siano troppe emozioni nella stanza. Facciamo una pausa».

«Troppe emozioni?», lo schernì Caro. Percepiva lo sguardo degli altri su di sé. Non avrebbe accettato di essere bollata come quella incapace di controllare le emozioni. «Te le do io le "troppe emozioni"! Sai perché mia figlia non riusciva a respirare quando è nata, Travis? Perché avevo la clamidia, che può causare la polmonite nei bambini in utero. E sai da chi l'ho presa? Da te! È colpa tua se mia figlia stava per morire».

Travis fece un passo indietro.

Elle rimise il candelabro al suo posto con molta attenzione.

Lily smise di impilare i piatti, con le guance rosse come lamponi.

Caro provò un immediato senso di soddisfazione per la ferita inferta. "Abbiamo tutti delle frecce al nostro cazzo di arco, Travis", pensò.

Dall'altra parte del tavolo, Travis si prese un momento per ricomporsi in silenzio. Appariva spiazzato, a Caro pareva quasi di vedere gli ingranaggi in movimento nel suo cervello. E anche in quello di Lily. Entrambi stavano ripercorrendo mentalmente la cronologia. Caro incrociò le braccia e serrò le labbra. Avrebbe voluto guardare la bionda, impassibile e spocchiosa Elle con un sopracciglio alzato come per dire "Questa da me non te l'aspettavi eh?".

Poi Travis appoggiò le mani sul tavolo, i muscoli delle braccia tesi, e disse: «Non ho avuto la clamidia. Io non c'entro niente».

«No? Ne sei sicuro?», disse Caro guardandolo in tralice.

«Aspettate un attimo», intervenne Elle, con la voce venata di incredulità. «Fatemi capire, tu e Travis avevate una relazione?»

«Non avevamo una vera e propria relazione», rispose Caro, sistemandosi i capelli, «ma di tanto in tanto facevamo sesso, sì. So che anche Henry non era un santo», aggiunse, lanciando un'occhiata severa a Elle.

«Perché guardi me?», chiese lei sospettosa.

Lily intanto fissava assorta la pila di piatti sporchi sul tavolo. Caro provò un fugace piacere nel notare che Travis cercava senza successo di stabilire un contatto visivo con lei. Così avrebbe imparato a giudicarla.

Poi Elle si avvicinò al tavolo, con l'abito rosso che risaliva un po' le cosce a ogni passo. «Quindi potrebbe essere figlia di Travis?».

Caro sbatté la mano sul tavolo. «È figlia di Brian!».

«Però accusarmi di averti trasmesso una malattia venerea non è un problema, giusto?». Travis era visibilmente furioso. Aveva le labbra tese, la mascella serrata e lo sguardo fisso su Caro. «Non sei la persona che vuoi far credere. A quanto ricordo, abbiamo sempre usato una protezione. Non hai idea di chi te l'abbia passata. Volevi solo tirare fuori l'argomento per attaccare me. E Lily».

Caro fece spallucce. «All'inizio non usavamo protezioni». In realtà avrebbe voluto dire: *Sì, è proprio così, bastardo borioso, volevo attaccarti e ci sono riuscita. Non pensare di potermi giudicare senza conseguenze!*

Il sesso con Travis era sempre stato il suo piccolo segreto. L'antidoto per tutte le volte in cui tornava a casa dopo aver dovuto vestire i panni di Caro la Perfetta per Henry; per tutte le volte in cui aveva dovuto schivare le domande delle ragazze del canottaggio su quale scuola avesse frequentato, mentre cercava di tenere gli occhi di Henry lontani dalle ragazze della squadra di ginnastica, che si ubriacavano con mezzo bicchiere di sherry; per tutte le volte in cui era stata costretta a setacciare per ore gli scaffali dei grandi magazzini TK Maxx in cerca di abiti firmati a un prezzo accessibile. Il suo Barbour l'aveva preso in un negozio di beneficenza – sette sterline! – per il fine settimana in cui Henry l'aveva portata a una finta caccia con alcuni compagni di corso («In realtà è una caccia vera, ma non ditelo agli attivisti!»). In quell'occasione aveva anche dovuto millantare una lesione alla schiena subita da bambina per giustificare il fatto di non poter andare a cavallo, mentre tutte le Thomasina e le Kiki trotterellavano sui loro palomini.

Nella sua vita attuale uno dei passatempi preferiti di Caro era fare un salto da TK Maxx per controllare quali griffe avessero in magazzino e poi, quando andava a prendere i bambini a scuola o in palestra, cercare di individuare chi le indossava, chi non era così ricco come diceva di essere, chi spacciava le occasioni per articoli da boutique a prezzo pieno, come aveva dovuto fare lei a Oxford. Era una piccola cosa che le dava un brivido. Forse avrebbe dovuto trovarsi un lavoro, forse aveva troppo tempo a disposizione.

Ma all'epoca tenere il passo con la Caro che stava al fianco di Henry – la perfetta reginetta per il re – era stato estenuante. E lei era già esausta per le lotte quotidiane contro tutti quei colti professori di Oxford, che provenivano dallo stesso ambiente blasonato dei suoi compagni di corso. Erano necessarie grandi dosi di sicurezza e resilienza per tenere testa agli altri se non si conoscevano i codici sociali, se non si possedeva la cieca fiducia in sé stessi che viene inculcata fin dalla nascita. Camminare in quelle sacre sale, attraversare i prati curati, indossare l'abito giusto per cene di tre portate con ingredienti mai sentiti, sapere con quale mano passare il vino… tutto questo contribuiva a tenerla costantemente in tensione. Caro faceva del suo meglio per rimanere a galla, lottando, annaspando, combattendo ogni singolo giorno.

Quando la pressione minacciava di schiacciarla, Caro mollava tutto e tornava a casa da sola, in fretta, a testa bassa, lungo le strade acciottolate, tra gli edifici di pietra gialla che si ergevano intorno a lei opprimenti e perfetti. Andava dritta in camera sua, indossava il pigiama di Primark, si legava i capelli in uno chignon e, a seconda dell'umore, se ne stava in camera a sgobbare e a ingozzarsi di biscotti Maryland oppure andava a trovare Travis. Che, bontà sua, era quasi sempre in casa.

Caro ricordava il giorno in cui aveva sorpreso Henry ed Elle insieme nella stanza di lei. Era determinata a non farsi prendere in giro. Quando tutti se ne erano andati, si era precipitata nella stanza di Travis. «Forza, facciamolo», aveva detto, tirando su la gonna prima ancora che lui avesse modo di alzarsi dal letto. Ricordava esattamente come si era sentita in quel momento: arrabbiata e umiliata.

Poi Travis aveva detto: «Non credo di poterlo fare».

«Come scusa? Cosa vuol dire che non pensi di poterlo fare? Cosa c'è che non va in te?». Non aveva tempo per le discussioni, così si era avvicinata al letto e si era messa a cavalcioni su Travis, che cercava di alzarsi.

Lui, però, aveva avuto l'ardire di metterle una mano sullo stomaco nel tentativo di fermarla. «È solo che non credo dovremmo farlo».

«Perché no?». Nessuno respingeva mai Caro.

«Così, è solo… sai…». Travis sembrava in difficoltà. «Io e Lily…». Era imbarazzato, non riusciva a dirlo.

«Tu e Lily cosa?», era sbottata.

«Lo sai».

«Oh, per l'amor del cielo, Travis, non è il momento di farsi venire scrupoli di coscienza. Non mi interessa la tua piccola storia d'amore».

«Non è una storia d'amore», aveva protestato lui, strofinandosi gli occhi gonfi.

Caro sapeva esattamente quali corde toccare con Travis. «Va bene, quello che è. Puoi stare tranquillo, non dirò nulla alla tua ragazza».

«Non è la mia ragazza», aveva ribattuto Travis. «Non abbiamo ancora fatto nulla».

Caro aveva sfoderato un sorriso malizioso. «Be', sfoga la tua frustrazione su di me». Con un piccolo schiaffo si era liberata della mano che la teneva a distanza e gli era montata sopra. «Forza, mettiamoci al lavoro».

Fare sesso con Henry Bellinger per Caro significava contorcersi in qualunque posizione lui volesse, presentarsi sempre al meglio, assicurarsi di arricciare le labbra e di emettere i suoni giusti. Quando era con Travis non le importava nulla. Era sesso sudato e veloce, in una stanza che puzzava di erba e di lenzuola sporche, e Caro non si faceva mai una doccia prima.

Gli scavava solchi lungo la schiena con le unghie, gemeva, si lasciava andare. A lui non importava. E poi, mentre lo facevano, poteva parlargli e dirgli cose come: «Credo che quella puttana di Elle si sia scopata Henry, e ora lui vuole fare una cosa a tre. A chi pensi che dovrei chiedere? Puoi sbrigarti un po'? Devo andare a lezione».

Dopo erano coperti di sudore ed esausti. Travis si accendeva una canna e lei si concedeva un paio di boccate prima di andare in bagno per farsi una doccia, cambiarsi e tornare a vestire i panni della rispettabile Caro oxfordiana.

Ora, però, a Travis importava. Era diventato un moralista. La guardava dall'altra parte del tavolo da pranzo come se avesse condiviso un sordido segreto di cui lui non faceva parte. E più di ogni altra cosa, si rese conto Caro, ciò che lei voleva era distruggere quella facciata da bravo ragazzo che aveva rinunciato ai beni materiali. Lei aveva fatto tanti sforzi, rinunciato a tante parti di sé.... Ed ecco Travis, che si era tranquillamente allontanato da tutto ciò per cui lei aveva lottato. *Questo,* pensava, era il lusso del privilegio: la possibilità di rinunciare a qualcosa solo perché l'avevi sperimentato. Limitarsi a vegetare mentre persone come lei cercavano di farsi strada con le unghie e con i denti per ottenere solo un assaggio di quello stile di vita al quale loro avevano rinunciato con tanta leggerezza.

Di fronte a Caro, Lily continuava a tenere lo sguardo fisso sul tavolo, le braccia strette lungo i fianchi, le spalle curve, come se cercasse di occupare il minor spazio possibile. Quando fece per prendere i piatti rimasti, Elle se ne accorse e si affrettò a toglierli per obbligarla ad alzare lo sguardo.

Caro era pronta ad affrontare qualsiasi cosa Travis avesse da dire. Voleva sentirlo. Voleva combattere. Ma lui assunse un'espressione triste e disse: «Provo solo compassione per te». La rabbia di Caro si sgonfiò all'istante. Poi Travis lasciò la stanza e, uscendo, passò davanti a Lily e le toccò un braccio. «Ho bisogno di una boccata d'aria».

CAPITOLO 20
GEORGE

Ieri
Secondo trimestre del terzo anno

Elle non aveva avuto problemi a procurarsi la xilazina.

«E non se n'è accorto nessuno?», chiese George quando lei scese dalla bici e tirò fuori dalla borsa la boccetta, con un po' troppa disinvoltura per i suoi gusti. L'aveva aspettata in una strada secondaria dopo essere uscito dalla palestra.

«Certo che no. Ne hanno a secchiate di questa roba. Con il caos che regna lì dentro, c'è da stupirsi che qualcuno non abbia già rubato *tutte* le medicine. È incredibile la quantità di persone che lasciano le loro gatte libere di vagare e restare incinte… è così irresponsabile, e abbiamo tutti questi gattini malati…».

George di solito la interrompeva quando si lanciava in uno dei suoi monologhi sul benessere dei gatti, ma al momento era più preoccupato che qualcuno notasse la boccetta. Le spinse la mano nella borsa mentre controllava che non ci fosse nessuno in giro.

Stentava ancora a credere che stesse accadendo davvero; si sentiva come un bambino che preparava uno scherzo. Elle, invece, era molto seria e cercava di mettere a punto il piano mentre camminavano fianco a fianco, spingendo le biciclette. «Travis dice che è facile intrufolarsi nell'edificio inagibile. Da lì, grazie alle impalcature, si può raggiungere il parapetto della finestra di Henry». La stanza di Henry, ovviamente, godeva di una vista sulla città ed era dotata di un balcone di fortuna il cui parapetto era unito alle tegole del tetto. «Dovrai trovare il modo di lasciarla aperta quando sarai lì con lui il giorno prima della gara».

George ridacchiò.

«Perché ridi?»

«È emozionante. È come se fossimo in un film o qualcosa del genere».

Elle aggrottò la fronte e si fermò. «Non è eccitante, George. È una cosa seria, non possiamo commettere errori».

«Mi dispiace». Imbarazzato, George diede un piccolo strattone al suo manubrio per incitarla a ripartire. Attraversarono in silenzio il Magdalen Bridge, passando accanto ai turisti sulle chiatte e agli alberi che si riflettevano nell'acqua. Poi George disse: «In realtà non saremo a Oxford. L'intera squadra si trasferisce a Putney il giorno prima della gara».

«Oh, Gesù Cristo! George!».

«Scusa», disse lui con aria colpevole.

Elle si fermò bruscamente sotto un castagno e disse: «Be', come farò a intrufolarmi in una casa a Putney?».

George scrollò le spalle. «Non lo so».

Lei chiuse gli occhi per un attimo, incredula. George aspettò, sentendosi uno sciocco per non averne parlato prima. Si chiedeva se il suo sogno di partecipare alla Boat Race stesse per infrangersi davanti ai suoi occhi. Ma poi, dopo aver fatto un respiro profondo per calmarsi, con grande sollievo di George Elle ricominciò a spingere la bicicletta. «Okay. Che tipo di casa è?»

«Sono case molto belle, in realtà», rispose George. «Stile vittoriano, grandi giardini. La proprietaria cucina per noi, ci fa il bucato e l'anno scorso suo figlio ha giocato con noi alla PlayStation».

Elle gli lanciò un'occhiata, sollevando un sopracciglio di fronte a quel lusso. «Voi. Sembra che vi crediate tutti degli dèi».

«Lo siamo, in un certo senso».

Elle scosse la testa. «No, non lo siete».

Il piano, alla fine, prevedeva di approfittare di una nuova strategia messa in atto dall'allenatore in via sperimentale. La sera prima della gara, invece di radunare l'intero equipaggio intorno a un tavolo per una cena a base di carboidrati e il tradizionale bicchiere di Porto, voleva che ogni atleta si preparasse in base a un piano psicologico personalizzato. Ad alcuni piaceva stare da soli, isolandosi completamente dal mondo. Altri preferivano stare in compagnia. J.B., Henry e altri due compagni di squadra erano giocatori e si sfogavano con la PlayStation.

Per il suo piano, George si sarebbe servito di *Call of Duty*. Più precisamente, di un nuovo capitolo della serie che sarebbe uscito solo alla fine dell'anno. A meno che, ovviamente, tuo padre non fosse Douglas Kingsley e non avesse tentacoli che si estendevano in ogni ramo dell'industria commerciale.

Tramite il padre, George era riuscito a mettere le mani su uno dei prototipi del gioco. La sera prima della gara, inviò un messaggio a J.B., che odiava dover gestire l'ansia e avrebbe volentieri spalancato le porte della casa in cui alloggiava la squadra a chiunque si fosse presentato con un bottino tanto succulento.

Tre membri della squadra di riserva, tra cui George, furono fatti entrare e accompagnati di nascosto al piano superiore per non allarmare il volubile Klaus, che stava facendo un bagno rilassante. J.B. condivideva la stanza con Henry, il quale era seduto sul letto davanti a un enorme televisore a parete, in attesa di immergersi in un violento inseguimento del nemico sullo schermo. Accanto a sé, sul tappeto, c'era la sua borraccia portafortuna. La stessa che aveva anche George. Quando aveva proposto lo scambio, Elle aveva bocciato l'idea con disprezzo e quel ricordo lo fece sentire ancor più trionfante quando riuscì a sostituire la borraccia di Henry con la sua.

Ma il momento di trionfo durò poco. George desiderava così tanto che Henry bevesse che non riusciva a concentrarsi su nient'altro. Ma Henry era così preso dal gioco che non si avvicinò alla borraccia nemmeno una volta. George era tentato di dire: «Idratatevi, ragazzi!», ma si rendeva conto che sarebbe sembrato strano, dal momento che non faceva mai commenti del genere.

L'incantesimo di *Call of Duty* si spezzò improvvisamente quando J.B. sbadigliò e disse: «Credo di aver bisogno di dormire». George sapeva che dovevano andarsene. «Sì, dovremmo andare», disse, esitante, irritato, consapevole di dover scambiare di nuovo le borracce prima di uscire. «Vado a pisciare», disse, per guadagnare un po' di tempo.

In piedi nel bagno, mentre cercava di pensare a un modo per costringere Henry a bere, George sentiva la paura attanagliargli le viscere. E se non avesse funzionato? Se il giorno dopo fosse finito comunque a competere in quella che suo padre definiva "la gara dei perdenti"? Ma poi si rese conto che era ovvio, che il piano non poteva funzionare. Cosa gli era saltato in mente? Come aveva potuto anche solo pensare di farlo? Era una vera follia.

Improvvisamente desiderava con tutto sé stesso l'ordine e la disciplina della scuola, le cene della domenica a casa dei genitori. Oh, come avrebbe voluto tornare a essere il vecchio George che non faceva domande, si limitava a fare quello che gli veniva detto e si sedeva al posto che gli veniva assegnato.

Dovette appoggiare la testa sulle piastrelle fresche del bagno per riuscire a respirare normalmente. "Calmati, testa di cazzo. Calmati. Prendi la borraccia e vattene. È finita". Era quasi un sollievo porre fine a quella follia che aveva avuto il sopravvento su di lui. Non era così che si comportava un Kingsley. "Affronta il fatto che hai perso il tuo posto".

George tornò in camera da letto sentendosi un po' più padrone di sé, e si trovò di fronte Henry che tracannava acqua dalla borraccia Heineken. L'unico vago accenno al fatto che qualcosa non andasse era l'espressione sul suo volto mentre rimetteva il tappo. «Quest'acqua sa di merda».

Per un attimo George rimase paralizzato. Era un bene o un male? Poi sentì Elle nella sua mente che diceva: «Prendi la borraccia!». Quella fu la parte più facile; aveva gettato lo zaino e il maglione accanto al posto dove era seduto Henry, così, mentre raccoglieva le sue cose, scambiò le borracce talmente in fretta che non ebbe neanche il tempo di pensare: "Cazzo, ho appena avvelenato il mio amico".

CAPITOLO 21
LILY

Oggi

Fuori, sulla veranda, era rimasto uno dei bicchieri da cocktail. Una vespa era annegata nell'alcol e Lily osservava il suo corpo galleggiare mentre Travis parlava.

«Mi dispiace molto», disse. «So che è successo molto tempo fa, ma mi sembra che tu abbia appena scoperto che ti ho tradita».

Lily non riusciva a distogliere lo sguardo dalla vespa. «Mi hai tradita infatti», disse. Era un dato di fatto. Una volta la sua analista le aveva detto: «Ti piacciono i fatti, vero, Lily?». E Lily aveva risposto: «È una domanda trabocchetto? A tutti piacciono i fatti, no? Sono quelli che fanno funzionare il mondo».

Per niente scoraggiata dalla deliberata ottusità di Lily, l'analista aveva replicato: «Certamente, solo mi piacerebbe che lo stesso interesse fosse dedicato alla sfera emozionale».

Travis camminava avanti e indietro, aprendo e chiudendo i pugni.

«Caro sa essere una vera stronza quando vuole, cazzo».

Lily non voleva sentire parlare di Caro. Voleva sapere di Travis. Delle volte in cui Caro era andata nella sua stanza o viceversa, o ovunque avessero avuto i loro rapporti, probabilmente in un letto sotto le stelle. Voleva sapere se avevano riso di lei, se si erano presi gioco della sua mancanza di esperienza. Se Travis aveva detto cose come: «Dio, con te è molto più facile, Caro».

Lily si conficcò le unghie nei palmi fino a formare delle mezzelune sulla pelle. Le venne voglia di andare in cucina, tirare fuori un coltello dal cassetto e tagliarsi il braccio.

Una volta, mentre si sfilava il maglione, la T-shirt era rimasta impigliata mostrando le cicatrici sulla pancia; l'analista le aveva notate e aveva detto: «C'è una differenza, Lily, tra sentire le cose fisicamente e sentirle emotivamente». Lily si era affrettata a infilare la maglietta nei jeans e aveva detto: «Sono d'accordo al cento per cento con lei». «Non devi sempre lottare contro di me, Lily», aveva replicato la dottoressa. «Non sono il nemico. Puoi rilassarti e parlare».

Ora, sulla veranda, Travis le si avvicinò con le sue spalle ampie, la schiena dritta. Lei si irrigidì. Le sembrava di sentire l'odore di Caro su di lui. Ce n'erano state altre? O era così pigro da accettare quello che gli capitava sulla soglia di casa? Si sentiva una sciocca. Lui allungò una mano e gliela posò sul braccio. Lily percepì il calore delle sue dita. Poteva vedere le pieghe della sua maglietta appena uscita dalla scatola. Non somigliava al vecchio Travis, magro e trasandato.

«Mi dispiace molto. Avrei dovuto dirtelo all'epoca. Non avrei mai voluto che lo scoprissi in questo modo».

«No, decisamente non è stato il modo migliore», rispose Lily, cercando di sdrammatizzare.

Era fin troppo consapevole del suo tocco; la pelle le bruciava sotto le sue dita. Avrebbe voluto liberarsi, correre in giardino sotto gli irrigatori, coprendosi le orecchie con le mani. Odiava tutto ciò che stava accadendo, tutto ciò che stavano dicendo. Non l'avrebbe mai saputo se Caro non avesse aperto bocca.

«No, non è stato il modo migliore», disse lui, percependo il suo disagio. Le lasciò il braccio e infilò le mani nelle tasche dei pantaloni cargo. «Sei stata la cosa migliore che mi sia mai capitata a Oxford. Solo che allora non me ne ero reso conto. Sono stato un idiota».

«Su questo sono d'accordo». Si costrinse a sorridere. Nella penombra esterna, sembrava più simile al ragazzo che aveva conosciuto. Le ombre oscuravano quel brutto tatuaggio sul collo e mascheravano il fatto che i capelli fossero così corti. Lui rimase lì a guardarla, senza dire nulla.

A Lily non piaceva essere fissata, né le piacevano i silenzi nelle conversazioni, così si ritrovò a chiederglielo: «Perché sei andato a letto con lei? Voglio dire, so perché, è Caro, è bellissima. Ma perché, cioè, perché quando stavi con me?».

Travis rifletté per un attimo e lei immaginò che stesse cercando di elaborare la risposta migliore per compiacerla. «Autosabotaggio», disse alla fine. «Come sempre». Accanto a loro, le falene sfrecciavano verso la luce emettendo piccoli ronzii mentre bruciavano. Travis la guardò con grandi occhi da cucciolo. «Ti ho sempre detto di non farti coinvolgere da me».

Lily si sorprese a ridere. «Non penserai di cavartela ancora con questa storia!».

Travis chinò la testa con un sorriso malizioso, il suo atteggiamento era quello di uno scolaretto rimproverato. «È stata una cosa stupida da dire. Mi dispiace».

Lily annuì. «*Molto* stupida».

«Se ti può consolare», disse avvicinandosi, «me ne pento davvero. Me ne pento ora e me ne sono pentito allora».

Lily rimase immobile. Non aveva idea di cosa sarebbe potuto accadere. Aveva voglia di correre sull'erba bagnata, ma si costrinse a rimanere seduta.

«Posso abbracciarti?», chiese Travis.

Poteva? Assolutamente no.

Lui la guardava con gli occhioni da cerbiatto.

Pensò alla sua analista che la incoraggiava a forzare le sue barriere fisiche: «Sii curiosa di ciò che potresti provare, Lily».

Alzò lo sguardo su Travis e si costrinse ad annuire.

Esitante, lui la cinse tra le braccia. Non si poteva negare che fosse un momento imbarazzante; Lily si irrigidì quando lui la toccò. Sentiva il suo odore, sudore, il tessuto della maglietta, la sua pelle. Tutto era uguale ma allo stesso tempo diverso. Chiuse gli occhi. Le sembrava di essere su una barca, cullata dalle onde, alla disperata ricerca di qualcosa a cui aggrapparsi per mantenere l'equilibrio. Lo sentì annusare i suoi capelli. «Parlami della tua relazione con Travis», le aveva chiesto una volta la sua analista. «Dimmi come ti ha fatto sentire».

«Mi è sembrata una delle cose più importanti della mia vita», aveva ammesso.

«E come ti senti ora, ripensandoci?».

Lily non avrebbe voluto rispondere, perché temeva che ammetterlo avrebbe significato rovinare tutto, ma la dottoressa ormai sapeva che Lily odiava i silenzi e quindi aveva lasciato che il silenzio si protraesse fino a quando Lily aveva detto: «Mi sembra sia stata la fine di tutto».

CAPITOLO 22
GEORGE

Ieri
Secondo trimestre del terzo anno

Era il giorno della gara. La sveglia non era ancora suonata e fuori le nuvole grigie rendevano impossibile capire che ora fosse. George era sopraffatto da una strana sensazione, simile a quella che provava da bambino la mattina di Natale. Era venuto Babbo Natale? Aveva sognato tutto?

Guardò fuori in giardino e si domandò se qualcuno avesse già provato a svegliare Henry. Il cuore gli batteva forte per l'eccitazione e la paura.

Pensò a Elle che si trovava a Oxford. Doveva mandarle un messaggio per aggiornarla? Prese il telefono. No, si sarebbe arrabbiata se avesse scritto qualcosa.

Sul telefono trovò un messaggio di J.B..

Henry è in ospedale. L'allenatore sta venendo da voi.

Porca puttana.

George gettò il telefono sul letto. Sentiva il bisogno di allontanarlo da sé. Lo fissò come se fosse vivo. Aveva avvelenato Henry, cazzo. Henry era in ospedale. Lo avrebbero sbattuto in prigione, senza alcun dubbio. Merda.

Dalla finestra vide il minibus che si fermava davanti alla casa. Si accorse di essere in un bagno di sudore, sentiva lunghi rivoli scivolargli lungo la schiena.

I minuti che l'allenatore impiegò per scendere dal veicolo, sbattere la portiera e dirigersi verso la casa furono i peggiori della vita di George fino a quel momento. Che fine aveva fatto la borraccia? Cercò nella stanza con il cuore che minacciava di scoppiargli nel petto. Immaginò il processo. Il giudice. Suo padre. O Dio, suo padre.

La paura lo fece andare in iperventilazione. Corse in bagno, si spruzzò dell'acqua sul viso e si appoggiò al lavandino. Doveva pensare a una bugia, in fretta. Doveva trovare la borraccia. E se avessero fatto il test a Henry? Certo che lo avrebbero fatto. E se fosse morto? E se fosse *già* morto? George sarebbe stato processato per omicidio. La borraccia era sul bordo della vasca. L'aveva lasciata lì dopo averla lavata. Ma ora non sembrava abbastanza. In piedi davanti al lavandino, la mise sotto il getto dell'acqua e cominciò a strofinare e sfregare la plastica cercando di eliminare ogni traccia, finché non sentì il pesante bussare dell'allenatore.

Prima di aprire la porta, George cercò di cancellare il panico dal suo volto. Provò a visualizzare come si sarebbe comportato se non avesse saputo ciò che sapeva, se si fosse trattato solo di un amico finito in ospedale, magari J.B. e non Henry. Sarebbe inorridito. Sarebbe rimasto scioccato.

L'allenatore, però, non sembrava particolarmente interessato alle sue espressioni facciali. «Ti dispiace se mi siedo?», disse, pallido e stravolto con il cappello in mano, indicando la sedia della scrivania.

George annuì, con il sudore che gli imperlava la fronte. «Certo».

«Hai saputo cos'è successo?», chiese l'allenatore.

George scosse la testa. «J.B. mi ha detto che Henry è in ospedale». *Stai calmo, cazzo.*

L'allenatore sospirò. «Pare che verso mezzanotte Henry si sia alzato per qualche motivo, abbia preso le sue cose e sia salito in macchina. E poi sia prontamente andato a schiantarsi contro un albero».

George non dovette fare alcuno sforzo per mostrarsi confuso. «Perché?»

«Chi lo sa, George», rispose l'allenatore con un sospiro. «Credo che la polizia stia cercando di scoprirlo».

«Sta bene?», chiese George asciugandosi il sudore di nascosto.

«Sì, quello stronzo sta bene». L'allenatore si passò le dita tra i capelli. «Perdonami, è stata una notte molto lunga». Uno dei compagni di squadra di George passò davanti alla porta aperta diretto verso le scale. «Hawkins», gli gridò l'allenatore, «mi porteresti un caffè, per favore?».

George sentiva le vene del collo pulsare. *Finisci la storia,* esortò mentalmente. Che cosa stava succedendo? Era troppo. Avrebbe voluto gridare: «Sono stato io, l'ho drogato!».

L'allenatore si voltò stancamente verso George. «I medici ritengono che la confusione di Henry sia stata causata da una dose troppo alta di sonniferi: ce n'era una confezione nella sua borsa». Chiuse momentaneamente gli occhi. «Inoltre, George, era anche in possesso di diverse altre sostanze vietate. Winstrol e trenbolone, giusto per citarne un paio». Sul volto nodoso e segnato dalle intemperie dell'allenatore era evidente la delusione.

George si protese leggermente in avanti. «Cosa?». Aveva sentito bene?

«Steroidi, diuretici e anfetamine, George».

Hawkins entrò nella stanza con il caffè e George osservò l'allenatore sorbire con gratitudine dalla tazza fumante. Gli venne da sorridere. Quasi da ridere. Ma si trattenne in tempo.

«Va da sé che tu dovrai prendere il suo posto», disse con un sospiro l'allenatore.

George annuì, a testa bassa e con tutta la solennità richiesta dalla situazione, come se si stesse facendo carico di quell'onere solo per il bene della squadra. Non era il momento di esultare, anche se il suo corpo era talmente carico di adrenalina che, mentre passavano in rassegna le operazioni logistiche della giornata, sentiva che le braccia faticavano a star ferme.

Non appena l'allenatore uscì dalla sua stanza, però, George chiuse gli occhi, alzò le braccia al cielo e permise al suo cervello di gioire in un coro di Alleluia. Henry Bellinger aveva assunto steroidi. Ovvio. Era così che lo aveva battuto. Quel bastardo imbroglione. Avevano entrambi giocato d'astuzia per entrare in squadra. «Bene, bene, bene», mormorò George. «Non sei un granché, eh, Henry?».

Il sorriso di George si allargò come quello dello Stregatto.

Si sdraiò sul letto e provò una strana euforia che lo fece sobbalzare. Il piano aveva funzionato meglio di quanto avesse sperato. Non solo Henry era fuori dalla gara, ma si era anche scoperto che era un subdolo imbroglione dopato e dunque George avrebbe preso il suo posto in modo leale e corretto. Non era il sostituto, no, era il legittimo proprietario di quel posto. Non doveva nemmeno sentirsi in colpa per quello che aveva fatto, perché aveva contribuito a smascherare un crimine ben più grave, che aveva privato un uomo innocente del suo posto sulla barca. Certo, era stato costretto a commettere un illecito per preservare la correttezza e l'integrità della gara, ma la giustizia aveva prevalso. George avrebbe voluto che quel momento non finisse mai; la vittoria era come surfare le onde su una spiaggia calda.

Il giorno della gara fu epico. George era nel suo elemento. Le telecamere della TV.

Le interviste. Le fotografie in posa con la faccia seria da gara. Il tragitto verso la riva del fiume acclamato come un eroe. Le donne che urlavano il suo nome. Era una celebrità. E si godette ogni secondo. Era tutto ciò che aveva sempre sognato.

I due equipaggi gareggiarono da Putney a Mortlake, un'ora e mezza prima dell'alta marea, quando la corrente era al massimo. Oxford era posizionata sulla sponda del Middlesex e Cambridge su quella del Surrey. Le nuvole erano scomparse e il tempo era splendido. Un sole brillante rimbalzava sull'acqua creando scintillanti esplosioni di stelle. Il Tideway era uno stagno. L'odore salmastro del fiume impregnava l'aria. La folla si accalcava sulle rive. George era così eccitato che era sull'orlo del delirio quando risuonò il colpo della partenza.

Le due squadre rimasero testa a testa per tutta la gara. Fu uno sforzo estenuante e infernale, senza un secondo di tregua, ma George si accorse a malapena del dolore bruciante ai muscoli e del tentativo disperato di riprendere fiato. Assaporava ogni bracciata. Si nutriva delle attenzioni delle troupe televisive, delle urla incessanti del timoniere, dell'arbitro che gridava alle barche di restare a distanza. Fiotti di saliva gli uscivano dalle labbra. Settimane, mesi, anni di allenamento per arrivare a quel momento. Erano divinità del fiume, fratelli di Nettuno, che avanzavano verso la vittoria con i loro tridenti a forma di remo. Nel cielo ronzavano gli elicotteri dei telegiornali. Hammersmith Bridge. Chiswick Eyot. Punti di riferimento che aveva oltrepassato remando da quando aveva quattordici anni. Mentre passavano sotto il Barnes Bridge, tra i pub e il tifo di milioni di spettatori, George cominciò a sentire la stanchezza nei muscoli e i crampi alle gambe. Immaginò Henry che guardava la gara dal suo letto d'ospedale, sconvolto, verde d'invidia, e questo gli diede la spinta necessaria. Un'ondata di legittima soddisfazione conferì nuovo vigore alle sue gambe doloranti. Ogni vogata li allontanava dalla squadra di Cambridge e George seppe di aver raggiunto l'apice della sua vita.

Quando tagliarono il traguardo, la barca blu scuro di Oxford era in vantaggio di una lunghezza. Una vittoria schiacciante per un equipaggio che aveva perso un membro alla vigilia della gara. George era piegato su sé stesso, con il fiatone, le mani lacerate e sanguinanti, gli arti distrutti, ma tutto il suo corpo cantava trionfante. Erano i vincitori, intoccabili nella loro gloria. Sulla riva furono inondati di champagne mentre si abbracciavano e si davano pacche sulle spalle, immersi fino alle ginocchia nel fiume. Con i microfoni puntati in faccia, George si chiese per un attimo se fosse il protagonista di un film che aveva diretto lui stesso, visto che il piano era andato così bene. Non pensava che la vita potesse essere migliore di così. Poi suo padre emerse dalla folla, accompagnato da suo nonno, l'eminente magnate Piers Kingsley, che stava lentamente scendendo la rampa, appoggiandosi al suo bastone. Era la prima volta in vita sua che George vedeva un sorriso incrinare i tratti imponenti del nonno. Douglas Kingsley abbracciò il figlio, gli diede una pacca sulla spalla e, mentre posava sorridente per le foto, gli disse: «Hai fatto un ottimo lavoro. Siamo molto orgogliosi di te, figliolo».

Sì, quello era l'apice della sua vita.

CAPITOLO 23
CARO

Oggi

Dessert: crostata siciliana al limone di Sainsbury, crème fraîche e coulis di lamponi (opzione vegana: cheesecake al caramello salato a marchio Gü)

Si riunirono di nuovo per mangiare il dessert. La tensione serpeggiava nella stanza come il fumo della candela Jo Malone spenta. Elle era andata a fumare. Travis evitava di guardare Caro. E anche Lily la evitava, se è per questo. Ma a Caro non importava. Lo lasciò con il suo broncio alla sua cheesecake vegana.

Aveva guarnito la crostata di Sainsbury con zucchero a velo, fette di limone fresco e un veloce coulis di lamponi (Nigella consigliava di non farsi mai mancare dei lamponi congelati). Servì le porzioni con energica efficienza; tutto per evitare di soccombere alla freddezza dell'atmosfera.

«L'hai preparata tu, Caro?», chiese George, educato come sempre.

«No, Lily l'ha comprata da Sainsbury».

Lily arrossì.

«Be', è una crostata deliziosa, Lily», disse George.

Per poco Caro non scoppiò a ridere, si sentiva sull'orlo di una crisi isterica. Era buffo che qualcuno arrossisse per aver portato un dessert mediocre quando la padrona di casa aveva appena rivelato di essersi scopata il suo ragazzo.

Elle rientrò a passo di marcia, con i capelli biondi spettinati e l'odore di Marlboro Lights.

«Leggiamo la prossima lettera?», suggerì George, con la bocca piena di lemon curd.

Caro sposò al volo l'idea. «Sì!». Prese la lettera in cima alla pila. «Oh, Elle, è la tua».

Elle sollevò un sopracciglio in una finta espressione di entusiasmo. «Non vedevo l'ora».

Caro aprì la lettera, facendo tintinnare i braccialetti di smeraldo. «Elle Andrews», lesse, sperando in qualcosa che potesse cancellare il sorriso dal volto di Elle. «*Sarà:* qualcosa di molto meno eccentrico di quanto immaginate!». Caro fece una pausa per lasciar sedimentare le parole, e non riuscì a trattenere una smorfia divertita. «Dopo la laurea Elle non potrà evitare di soccombere alle convenzioni. Si iscriverà a un master in amministrazione aziendale o alla scuola di specializzazione e sposerà qualcuno che non ti aspetteresti mai, come Miles Saunders-Clark».

«Sembra che parli di te, Caro!», esclamò Elle.

La momentanea soddisfazione di Caro svanì e fissò Elle da sopra il foglio che teneva in mano. Come diavolo faceva a trasformare tutto in una frecciatina diretta a lei?

Per evitare un altro battibecco, George intervenne dicendo: «Ho incontrato Miles Saunders-Clark l'altro giorno».

«Oh, e come sta?», chiese Caro. Miles Saunders-Clark era il tipico ex studente di Oxford che tutti ricordavano e tutti conoscevano. Un ragazzo forte con una forte personalità. Andava a tutte le feste, conosceva chiunque, era sempre il più chiassoso, il più scatenato sulla pista da ballo, il più secchione nelle esercitazioni.

«Sapevate che è stato condannato per plagio e non si è mai laureato?»

«Può unirsi al mio club», disse Travis dall'altra parte del tavolo, mentre scavava nel suo vasetto di caramello salato.

«Questo è ciò che accade quando ti fai scrivere i saggi da qualcun altro», disse Elle dopo aver rifiutato il dessert.

«A me non ha mai causato alcun problema», obiettò George, suscitando una risata collettiva. L'intento era proprio quello di alleggerire l'atmosfera, ma il disprezzo sul volto di Elle era evidente.

«Oh, per l'amor di Dio, non fare la moralista», disse Caro alzando gli occhi al cielo. «Lo abbiamo fatto tutti».

«No, non è vero», obiettò Elle. «Alcuni di noi *facevano* il lavoro».

«Be', ma tu sei quella perfetta, no?», disse Caro, cogliendo l'opportunità per stuzzicare Elle e ripagarla della sua stessa moneta. Elle si appoggiò allo schienale della sedia, incrociò le braccia sul vestito rosso come se quell'abbigliamento non si adattasse più al suo stato d'animo e scosse la testa con evidente disapprovazione.

Caro non sapeva se dire quello che stava per dire. Non l'aveva mai detto a nessuno. Ma la tentazione di apparire spericolata e imprudente di fronte a quella presuntuosa di Elle era troppo forte: «La verità è che mi hanno sbattuta fuori dopo la morte di Henry a causa di alcune somiglianze nei nostri elaborati. Volevo morire».

«Non ci credo». George era rimasto con una forchettata di crostata al limone a mezz'aria.

Elle, dal canto suo, appariva abbastanza interessata da chinarsi in ascolto.

«È vero!». Caro era felice di trovarsi al centro dell'attenzione e orgogliosa di avere gli occhi di tutti addosso. «L'ho quasi fatta franca giocandomi la carta della collaborazione: ho detto loro tutto ciò che sapevo e pensavo che in cambio me la sarei cavata con un semplice avvertimento, un piccolo *do ut des*, ma...», assunse un'aria colpevole. «Non mi sono nemmeno laureata. Non mi hanno permesso di sostenere gli esami finali».

George si accigliò. «Ma mi ricordo che c'eri anche tu».

«Be', ho fatto le cose per bene, George, perché volevo che nessuno lo sapesse. Ma non ho sostenuto *davvero* gli esami». Caro si sentiva decisamente sfrontata.

George si abbandonò contro lo schienale, sbalordito. «Non posso crederci!».

«Cattiva Caro», disse lei schiaffeggiandosi scherzosamente il polso.

«E ne vai fiera?», chiese Elle con un sorrisetto ironico.

Caro scrollò le spalle come se non le importasse. Giocherellò con l'orecchino. Le piaceva un sacco aver sovvertito le loro aspettative. Adesso era lei quella cool, quella che infrangeva le regole. «Non è mai stato un problema. Dico a tutti che ho preso il massimo dei voti a Oxford e nessuno lo mette mai in dubbio».

Tutti risero. Tranne Elle, che sedeva disgustata a capotavola roteando il suo bicchiere di vino. «Suppongo accada così quando ti sposi per soldi e non devi preoccuparti di trovare un lavoro».

Caro assunse la classica espressione da "vaffanculo" per la quale rimproverava così spesso i gemelli.

Elle ricambiò inarcando un sopracciglio.

La stanza cadde di nuovo nel silenzio.

«Bene», disse George. «Che ne dite di leggere la prossima lettera? Credo che ora sia il mio turno».

CAPITOLO 24
LILY

Ieri
Secondo trimestre del terzo anno

Quando Lily era piccola, sua nonna leggeva i romanzi d'amore Mills & Boon. Era abbonata e ne aveva centinaia. Riempivano intere scatole in soffitta e tappezzavano gli scaffali in varie stanze. Quando divenne anziana e perse la vista, cominciò a chiedere a Lily di leggerli per lei. Non era esattamente il genere di Lily. Lei era una di quelle bambine che leggevano tutto ciò che trovano in biblioteca per poi chiedere ai bibliotecari di rifornire le scorte. Leggeva molta saggistica; libri sulla biodiversità negli ecosistemi agricoli che poi commentava con il padre in quelle che sua madre definiva con un sospiro "le loro profonde e noiose discussioni". Ma leggeva anche un sacco di thriller: il suo cervello brillante amava risolvere enigmi per ammazzare il tempo.

Quando iniziò a leggere romanzi d'amore a sua nonna, Lily lo fece con un atteggiamento piuttosto sprezzante. Rideva dei titoli dei suoi amati libri e cercava di saltare tutte le parti sconce. Lily era sempre stata la più intelligente in famiglia e i romanzi rosa non erano adatti a un'intellettuale come lei. Tuttavia, quando la nonna si accoccolava con la sua tazza di tè e assumeva quell'espressione felice e spensierata, Lily cominciava a rilassarsi, a dimenticare il suo sarcastico snobismo e a lasciarsi trasportare da quelle storie romantiche ambientate in luoghi lontani e popolate da eroi tenebrosi e giovani eroine coraggiose. In breve tempo arrivò ad adorarli. Che fosse per l'intimità della casa, per la genuina soddisfazione della nonna o semplicemente per la possibilità di totale evasione offerta alla sua mente frenetica, quelle letture divennero il momento culminante della sua settimana. Se ne andava cullandosi nella promessa di un amore vero e di un lieto fine, ma quella gioia si sgretolava rapidamente quando tornava tra i litigi e i capricci dei suoi fratelli.

Il tempo che Lily trascorse con Travis dopo quella notte sotto le stelle fu come il suo personale Mills & Boon. Anche se la loro relazione non era perfetta – Travis era ancora troppo chiuso a livello emotivo per impegnarsi completamente e Lily era troppo timida – lei era al settimo cielo. Avevano perfezionato un delicato equilibrio tra il fingere di essere solo amici quando si aspettavano l'un l'altro alla fine delle lezioni e il pomiciare come matti quando nessuno li guardava. Mentre tornavano a casa Travis diceva cose come: «Ti dispiace se ti appoggio il braccio sulle spalle? Mi fa molto male. Devo aver dormito in una posizione strana». E Lily, sorridendo tra sé e sé, rispondeva: «Certo, a volte succede anche a me. Fai pure».

La primavera era nell'aria, narcisi e margherite punteggiavano i prati, mentre loro se ne stavano distesi al sole e guardavano il cielo azzurro pallido, con le dita intrecciate. La sera Lily andava a letto molto prima di Travis. Una sera lei era uscita dal bagno in pigiama e aveva trovato Travis appostato sul pianerottolo. «Stavo solo...». Lui aveva sorriso e Lily era diventata rosso fuoco, ma poi era entrato nella sua stanza e l'aveva baciata ed era stato tutto perfetto come nei libri, solo che il suo alito sapeva di fumo di sigaretta e la sua pelle odorava di erba e di uno dei bagnoschiuma che aveva rubato in bagno. Le sue labbra erano morbide e dolci. Le aveva accarezzato la schiena e passato le dita tra i capelli. A volte Lily si chiedeva se anche lui avesse letto gli stessi libri d'amore a sua nonna, perché sembrava che sapesse esattamente cosa fare. Si era sdraiato accanto a lei, i loro corpi premuti l'uno contro l'altro e i cuori che battevano all'unisono, finché Lily non si era addormentata e lui era tornato al piano di sotto a sballarsi.

Da quando George era partito per partecipare alla Boat Race, in casa regnava la calma. Erano le vacanze di Pasqua. Un paio di giorni prima Caro era andata a trovare degli amici a Londra. Lily adorava il fatto che fossero solo loro tre: lei,

Travis ed Elle. Ma quando George scrisse a Elle ciò che era successo a Henry – l'incidente d'auto e la faccenda degli steroidi –, furono sedotti dallo scandalo. Decisero tutti di salire sul treno per Londra e accompagnare Elle a fare il tifo per George, persino Travis. Era eccitante essere nel vivo dell'azione. Si fecero strada tra la folla fino alla riva del fiume; Elle con la sua grande sciarpa rosa e i jeans vintage, il fumo di sigaretta, la birra in mano; Lily, che indossava il maglione di Travis perché all'ombra faceva più freddo del previsto, si sentiva su di giri all'idea di essere parte di qualcosa. Era elettrizzante essere a conoscenza dei fatti in mezzo a tutta quella gente che faceva pettegolezzi su ciò che poteva essere accaduto a Henry Bellinger e George Kingsley. Lily non era più un'emarginata, ma un membro della comunità a tutti gli effetti. Travis le stava accanto e sbatteva le palpebre come una talpa alla luce del giorno, contrariato per il fatto di essere fuori casa (e ora anche privo di un abbigliamento adeguato al freddo); di tanto in tanto lanciava commenti acidi che facevano trasalire gli astanti e ridacchiare Lily, che gli stava vicina per scaldarlo.

Una volta che furono tornati a Oxford, dopo tutto il trambusto della gara, George entrò in casa tutto impettito, con la borsa in spalla e il telefono all'orecchio, e la sua voce roboante risuonò nell'ingresso. Quando entrò in soggiorno e buttò la borsa sul divano, Travis lo guardò e disse: «Hai un ego così grande che mi sorprende che tu sia riuscito a passare dalla porta».

George ridacchiò, evidentemente incapace di contenere l'enorme sorriso che gli si era stampato in faccia. Aveva l'aria stanca per tutti i festeggiamenti, ma i suoi occhi brillavano. Era chiaramente in debito di sonno, ma ancora carico per la vittoria. Sul suo telefono continuavano ad arrivare messaggi, la gente bussava alla porta per chiedergli della gara e per sapere cosa fosse successo. All'improvviso lo conoscevano tutti. Rilasciava interviste ai giornali e gli fu chiesto di posare per un servizio in un supplemento domenicale.

Elle sembrava osservare tutto con una sorta di disorientato distacco, come davanti a un figlio che era riuscito in qualcosa che lei non comprendeva appieno, pur essendo felice per lui.

Quando finalmente il suo telefono smise di squillare, George crollò sul divano, con i piedi sul tavolino pieno di lattine di Coca Cola vuote, posacenere e libri di testo di Lily che stava lavorando a un saggio. «Mio padre vuole organizzare una festa per celebrare la gara. Siete tutti invitati. Spenderà una fortuna in alcolici. Open bar. Sarà una festa grandiosa».

Elle stava bevendo una tazza di tè, rannicchiata in un angolo del divano. Non sembrava entusiasta dell'idea. «C'è davvero bisogno di un'altra festa? Non avete già festeggiato abbastanza?».

Lily, Travis ed Elle avevano cercato George dopo la gara, ma non erano rimasti a lungo. Era troppo distratto da tutte le attenzioni e appiccicoso per lo champagne. «Questa è la versione peggiore di George, secondo me», aveva detto Elle. Così se ne erano andati ed erano tornati a Oxford, tra gli alberi spogli e gli edifici familiari, che li avevano fatti sentire a casa. Avevano passeggiato per le strette vie secondarie fino al pub, dove avevano mangiato *pie and mash* e perso il quiz, poi avevano guardato film per tutta la notte.

Sdraiato sul divano, George allungò un braccio e giocherellò con i capelli di Elle. «Questa non è una cosa che si può festeggiare in una notte, tesoro. Si festeggia per tutta la vita». Era evidentemente esaltato: tutte quelle attenzioni, il dramma, la gara, l'adorazione gli avevano dato alla testa. Se ne stava seduto a gambe larghe, come un re, fuori contesto in quel salotto, in mezzo a contadini ignoranti. «Ti porto a comprare qualcosa da metterti», disse a Elle. «Puoi prendere quello che vuoi».

«Ma io non voglio niente, Georgie», rispose Elle ridendo.

«Puoi scegliere quello che vuoi», insistette lui, ignorando il suo rifiuto. «Qualsiasi cosa! Il denaro non è un problema».

Elle ci pensò su per un attimo, poi disse: «In realtà ho visto dei leggings di pelle che mi piacciono molto».

«Che ne dici di un bel vestito?», chiese George.

«Credo che tu mi stia confondendo con qualcun'altra, George», rispose Elle alzando un sopracciglio e finendo il suo tè.

Travis, che era seduto sulla poltrona, intento a tirare un filo allentato della camicia fino a far cadere il bottone, rise. Lily, sistemata su un cuscino ai suoi piedi, a fingere di lavorare mentre in realtà stava seguendo la conversazione, sentì il corpo di Travis vibrare per la risata.

George sembrò un po' sconcertato, come se si fosse reso conto che il suo machismo e la sua arroganza adrenalinica erano del tutto fuori luogo lì.

Lily ascoltava, riflettendo sulle contraddizioni che avvertiva dentro di sé. L'idea che qualcuno si offrisse di comprarle un vestito per il ballo, qualcosa di squisitamente costoso che avrebbe attirato l'attenzione e spinto la gente a sussurrare: «Chi è quella ragazza?», si adattava così bene alla sua favola che sentì una palla di invidia alla bocca dello stomaco. Ma allo stesso tempo non riusciva a immaginare niente di peggio: non le piaceva essere guardata, non ballava e sarebbe rimasta timidamente ai margini per tutta la serata sentendosi troppo vistosa nel suo abito appariscente.

All'improvviso George sembrò ricordare dove si trovava e con chi, e ridendo disse: «Bene, sì, assolutamente, avrai i tuoi leggings». Poi si alzò in piedi. «Vado a farmi una doccia. Puzzo».

Travis aveva iniziato a rollarsi una canna. Guardò Elle e disse: «Quella festa si preannuncia un inferno».

Elle buttò indietro la testa e i riccioli biondi le ricaddero lungo la schiena. «Ma non mi dire».

Lily li guardò, chiedendosi come diavolo fosse finita in mezzo a persone così aliene alle dinamiche sociali universitarie. Persone che non avevano bisogno di abiti o di partecipare a una festa e che, anzi, li evitavano di proposito. Questa era la vera favola: starsene seduta comodamente accanto a Travis, con Elle spensierata e pigra vicino alla finestra. Era tutto ciò che desiderava. Sembrava quasi troppo bello per essere vero.

CAPITOLO 25
GEORGE

Oggi

Sulla lettera che Caro aveva tra le mani c'era il nome di George. E lui era piuttosto eccitato all'idea di scoprire che tipo di futuro si erano immaginati gli altri per lui. Fingeva che non gli importasse, seduto con il suo atteggiamento disinvolto e l'espressione da "non potrebbe fregarmene di meno", ma si aspettava qualcosa di simile a ciò che era stato scritto per Caro: grande casa in campagna, feste, un paio di cavalli, una Rolls-Royce. Qualcosa che avrebbe potuto portare a casa e mostrare a sua moglie Audrey, che avrebbe commentato: «Be', ci sono andati vicini in fin dei conti, no?».

Caro spiegò il foglio e lesse: «"George *sarà*: in un ufficio"».

George si lasciò sfuggire una risatina. In effetti lavorava in un ufficio, un ufficio molto bello con vista sul fiume.

Caro si sistemò i capelli dietro le spalle, bevve un sorso d'acqua frizzante e proseguì: «"Uno di quelli che si vedono nei film in cui ciascuno ha il suo cubicolo grigio, una foto della moglie sulla scrivania e una tazza con su scritta una frase tipo 'Preferirei giocare a golf'. Odierà il suo lavoro, disprezzerà i colleghi e desidererà guadagnare di più, ma il suo capo gli dirà che è perfetto per il *middle management*"». Caro non riuscì a trattenere una risata.

George cercava di mantenere la sua postura rilassata, ma era un'impresa. Di fatto lui *era* un manager di medio livello. Non lo sarebbe stato per sempre, ma era importante sapersi muoversi tra i reparti, conoscere a fondo l'azienda, prima di arrivare al ruolo di amministratore delegato. Si rimboccò la camicia e sistemò il tovagliolo sulle ginocchia.

Dall'altra parte del tavolo Travis stava cercando di nascondere un sorrisetto nella sua coppetta di dessert. Proprio lui, pensò George irritato, che non era nemmeno riuscito ad ascoltare tutta la sua lettera.

«Oh, santo cielo», disse Caro, sventolandosi le guance, un po' imbarazzata, mentre continuava a leggere. «"George non avrà tempo di andare in palestra e quindi tutti i suoi muscoli si trasformeranno in grasso..." Ma chi l'ha scritto? È davvero di cattivo gusto... "Gli abiti gli andranno stretti e..." oh no!». Rabbrividì. «"Penserà di rasarsi la testa per nascondere il fatto che sta perdendo i capelli"».

George si portò istintivamente una mano alla testa, ma si fermò appena prima di raggiungere la parte posteriore dove i capelli si stavano effettivamente diradando. Avrebbe voluto dire a Caro di tacere, ma non poteva. Pensò alla cyclette che avrebbe voluto comprare ma che non aveva ancora ordinato. Era così stanco per le notti insonni con il bambino che l'idea di pedalare e non arrivare da nessuna parte gli sembrava una crudele parodia della sua vita precedente. Una vita in cui lui e i suoi amici sceglievano ogni fine settimana un percorso ciclabile panoramico con un buon pub lungo la strada.

Dopo uno sguardo triste e un'empatica pacca sulla coscia di George, Caro proseguì la lettura: «"*Vivrà*: George vivrà in periferia. Uno di quei posti oltre la fine della metropolitana. Avrà due figli, un cane, un mutuo, una pensione..."».

Non riusciva a guardare Elle. Non poteva sopportare che fosse seduta accanto a lui ad ascoltare.

Non c'era nulla di sbagliato in nessuna di quelle cose, per carità. E allora perché ogni parola sembrava così accusatoria? Così mediocre? Era questo che pensavano di lui? George, l'uomo mediocre? E lo era? Audrey parlava già del bambino numero due. Un collega di lavoro, Frank, aveva detto alla moglie che avrebbe potuto avere tutti i bambini che voleva, a patto che lo lasciasse in pace e non le chiedesse di aiutarla, e a quanto pareva a lei la cosa era andata bene. George doveva ammettere che provava una fitta d'invidia quando Frank gli raccontava dei suoi venerdì sera passati a sballarsi o dei viaggi "per soli uomini" a Copenaghen, ma in fondo sapeva che quella vita non faceva per lui. Audrey non era il tipo di moglie che avrebbe accettato di buon grado un accordo del genere e questo era uno dei motivi per cui George l'aveva sposata. Quando suo padre diceva cose come: «Si stava meglio ai miei tempi, quando gli uomini non dovevano fare nulla», Audrey gli lanciava delle occhiate eloquenti dall'altra parte del tavolo.

George era molto orgoglioso di quegli sguardi. Chiunque fosse in grado di tenere testa a suo padre era degno di ammirazione. E amava trascorrere il tempo con il piccolo Raffy, a leggergli le favole e a meravigliarsi di quanto fossero piccole le sue dita. Eppure in quel momento tutto gli sembrava così tipico e banale…

Drizzò la schiena sulla sedia, appoggiò i gomiti sul tavolo, intrecciò le dita con le mani giunte e ascoltò, come se si trattasse del più avvincente e divertente dei racconti.

«"George sposerà una brunetta carina ma scialba, di nome Bonnie o qualcosa del genere, con un bel sorriso e bei denti, ma che non riuscirà mai a perdere il peso accumulato durante la gravidanza. Resteranno insieme per il bene dei bambini"».

Che cosa si era aspettato? Che la lettera dicesse che aveva vinto tre volte l'oro alle Olimpiadi, che passava il tempo tra le Barbados e Mayfair e che aveva sposato una top model? Sì! Sì, tutto tranne quell'elenco di banalità che era diventata la sua vita. C'era qualcosa di peggio del fatto di sapere che la gente non si aspettava altro che mediocrità da te? Che non ti riteneva capace di deviare dalla norma?

«Accidenti». Caro ripiegò il foglio e bevve un sorso di vino per nascondere l'imbarazzo. «Un giudizio un po' severo».

«Severo ma giusto», rise Travis, che aveva ritrovato il senso dell'umorismo.

George cercò di unirsi alla risata, ma suonò falso alle sue stesse orecchie. Si sentiva addosso lo sguardo di Elle, fece l'errore di alzare gli occhi e notò l'espressione divertita sul suo volto. Si chiese se fosse stata lei a scrivere la lettera, a prevedere il suo futuro in modo così preciso. Era disgustato dalla sua vita, si vergognava persino. Lo imbarazzava pensare al fatto che Audrey fosse ingrassata a causa della gravidanza, ma allo stesso tempo sentiva il bisogno di proteggerla. Non avrebbe mai rinunciato a suo figlio, ma... Dio, era diventato un uomo così noioso. Un tempo era stato un giovane guidato dall'ambizione, tanto da arrivare a drogare il suo compagno di squadra. Aveva vinto la Boat Race! Si era laureato a Oxford. Aveva corso la Marathon des Sables. Nessuna delle persone a quel tavolo l'aveva fatto. Dov'era finito quel George? Quello che correva dei rischi? Che usciva con donne come Elle? Che si sdraiava con la testa sul suo seno e inalava il profumo della sua pelle che sapeva di tabacco e Chanel?

Si trovò a dover controllare il respiro. Dentro, fuori, con calma. Gli altri stavano parlando, ma lui non sapeva di cosa, si era completamente estraniato. Elle lo stava guardando. Non si era unita alla conversazione. I suoi occhi erano fissi sui suoi, seducenti, audaci. Sentì il labbro ritrarsi in un'espressione di fastidio. Vide il foglio con il suo nome dimenticato sul tavolo dopo che Caro lo aveva letto, un'intera vita riassunta in poche frasi denigratorie. Lui valeva più di tutto questo; più della somma del suo piano pensionistico, del suo lavoro noioso e della sua moglie carina ma scialba.

Chiuse gli occhi, poi li riaprì. Elle sfoggiava un mezzo sorriso. Lei sapeva, era sempre stata in grado di leggergli dentro.

George prese il tovagliolo, si pulì gli angoli della bocca, si alzò e disse: «Scusatemi», poi uscì dalla stanza con la massima calma possibile, sicuro che lei lo avrebbe seguito.

CAPITOLO 26
GEORGE

Ieri
Terzo trimestre del terzo anno

Dopo la Boat Race George si sentiva un uomo diverso. Non avrebbe mai osato paragonarsi a Gesù Cristo, ma nella sua testa considerava quel giorno il suo personale Anno Domini. Nemmeno i commenti sprezzanti di Elle sulla sua boriosa arroganza riuscivano a buttarlo giù. La storia della sua inclusione all'ultimo minuto nell'equipaggio – oltre allo scandalo del doping nell'élite – aveva fatto sì che i giornalisti chiedessero a gran voce di intervistarlo e George, a torso nudo e brandendo un remo, era persino apparso sulla prima pagina del «Sunday Times Magazine». Non c'era niente di più esaltante che camminare per strada e vedere i suoi muscoli dorati sui giornali che la gente leggeva mentre si rilassava davanti a un caffè. Suo padre aveva incorniciato una copia del giornale, che ora faceva bella mostra di sé nel bagno del piano inferiore a Knightsbridge.

Henry Bellinger fu dimesso dall'ospedale con contusioni al volto e al torace. A quanto pareva, provava dolore quando respirava e rideva. Ma non rideva molto. Tornato a Oxford, si aggirava come una tigre in gabbia in attesa del suo destino.

A dire il vero, George era turbato nel vedere Henry con il volto gonfio e quell'atteggiamento imbronciato di autocommiserazione; tuttavia il suo ruolo di vincitore gli permise di elargire magnanimità quando Henry venne a porgere le sue scuse insieme a suo padre. Sir Charles era in cura per un cancro particolarmente aggressivo e apparve grigio ed emaciato quando rifiutò l'offerta di George di entrare per una tazza di tè. «Non possiamo restare a lungo», disse. «Volevamo solo farti sapere che ci dispiace». Henry teneva lo sguardo fisso sul marciapiede. Sir Charles aggiunse che l'assunzione di droghe per migliorare le prestazioni era una pratica antisportiva che non poteva trovare giustificazioni e disse che non sarebbe mai riuscito a scusarsi abbastanza per ciò che George aveva dovuto subire. Alla fine del discorso entrambi i ragazzi avevano gli occhi bassi.

Quando stavano per andarsene, Henry borbottò qualcosa a proposito di un giro in bicicletta. Sembrava sottintendere che avrebbe voluto che George andasse con lui, ma era evidente che le scuse lo avevano privato di tutto l'amor proprio che era disposto a sacrificare, e non osava chiederglielo direttamente. La triste speranza sul volto di Sir Charles, che sembrava confidare nel fatto che non serbasse rancore, spinse George a dire che si sarebbe unito a lui. Sperava che le ferite di Henry impedissero loro di andare troppo lontano. Avevano percorso appena un chilometro e mezzo, quando Henry smise di pedalare, accostò su un ciglio erboso e rimase lì a testa bassa, con le spalle che continuavano a sussultare. George ebbe l'orribile sensazione che ci fosse qualcosa in arrivo; forse un'accusa che lo inchiodasse a ciò che era realmente accaduto quella notte. Quando si avvicinò, però, si rese conto che Henry stava piangendo senza ritegno.

George ricacciò indietro la paranoia e gli mise una mano sulla spalla. «Dai, amico, va tutto bene». Con un cenno invitò Henry ad abbandonare la bici e a sedersi sull'erba.

Henry si pulì il viso con la manica. «Cazzo, è così imbarazzante».

«No, non preoccuparti», disse George, cercando di ignorare il piccolo brivido che gli provocava la vista di Henry in quello stato. «È tutto a posto».

Henry si premette le mani sugli occhi. «Mi hanno tolto tutto. Ogni medaglia. Tutto».

George sapeva che Henry e Sir Charles si erano presentati davanti alla commissione disciplinare quella mattina. «L'allenatore se ne stava seduto lì. Due anni di interdizione. Non potrò tornare nella squadra di canottaggio. Niente». Henry serrò la mascella. «E tutto davanti a mio padre, è stato così umiliante». Chiuse gli occhi con forza. «Sta morendo. L'ho fatto solo per mio padre, e lui sta morendo».

A George non piaceva pensare alla morte di Sir Charles. Come poteva un tale titano ridursi al nulla? Dove sarebbero andate a finire tutta l'energia e la forza? «Andrà tutto bene», disse. «Si sta curando».

Henry scosse la testa mentre strappava manciate d'erba dal ciglio della strada. «Non starà mai più bene. E io l'ho deluso».

«Ti perdonerà», disse George, sentendosi a disagio per la festa in suo onore che il padre avrebbe organizzato quella sera stessa. «Ti vuole bene. Ed è un brav'uomo».

Henry si voltò verso George con un'espressione triste. «Non riesce nemmeno a guardarmi in faccia».

George ripensò al volto di Sir Charles sulla soglia di casa sua. Il corpo magro e stanco che trasudava vergogna per le azioni del figlio, come se Henry avesse scosso le fondamenta di tutto ciò che Sir Charles aveva costruito nella sua vita. «Andrà tutto bene», disse ancora George, ma non con la convinzione che aveva sperato.

Henry colpì il terreno asciutto con un pugno, poi si sedette con la testa tra le mani.

George si concentrò su una coccinella intenta ad arrampicarsi su un filo d'erba e cercò di non pensare alla borraccia con la xilazina e al ruolo che aveva avuto in quella disfatta.

Quella sera, mentre si preparava per la festa, George disse a Elle: «Henry avrebbe dovuto pensare alle conseguenze prima di decidere di imbrogliare, no?».

Elle lo guardò e rise. «Stai scherzando, vero?».

George si abbottonò la camicia nuova. «Volevo solo dire...»

«So cosa vuoi dire, Georgie», disse lei sorridendo.

George era consapevole della tensione che si era creata tra loro da quando era entrato a far parte dell'equipaggio della Blue Boat. La presenza di Elle gli ricordava che l'arroganza coltivata da quando era stato selezionato poggiava su fondamenta traballanti. E a George quel promemoria non piaceva.

Elle stava oziando sul letto in pigiama e i riccioli biondi, umidi dopo la doccia, le ricadevano sulle spalle. Sfogliava la rivista con il volto di lui in copertina e i capelli bagnati erano pericolosamente vicini alle pagine. George si trattenne a stento dal chiederle di fare attenzione per non rovinarla.

«Non dovresti prepararti?», chiese invece, cambiando deliberatamente argomento mentre toglieva l'etichetta ai calzini nuovi. Tutto ciò che indossava quella sera era nuovo. Scarpe da ginnastica nuove, camicia nuova; voleva avere un bell'aspetto e un buon odore. Era la sua serata e nulla doveva rovinarla. Ci sarebbero stati tutti: la squadra di hockey, quella di ginnastica, i ragazzi del rugby, tutti i canottieri. Ma George sarebbe stato l'attrazione principale: era suo padre a pagare il divertimento di tutti. Avrebbe ricordato quella serata per tutta la vita.

Elle gettò la rivista sulla scrivania e George la sistemò in modo che non si facessero pieghe. «È davvero necessario che io venga?», chiese lei. «Non è esattamente il genere di persone che sono solita frequentare, non vorrei esserti d'intralcio». Quel tono (come se gli stesse facendo un favore) lo infastidì immediatamente.

«Sì, è necessario», rispose, tirando su i calzini e cercando di non sembrare irritato. «Dai, è solo una serata!».

«Lo so, ma sarà pieno di canottieri che non vedono l'ora di ubriacarsi dopo un anno in cui non hanno potuto farlo», disse con un'espressione disgustata. «E poi ho parecchio lavoro da fare questo fine settimana».

Perché gli stava facendo questo? George non poteva presentarsi alla sua festa senza un'accompagnatrice, ed Elle era una delle ragazze più belle di tutta la maledetta Oxford, voleva metterla in mostra.

«La gente penserà che è strano se non vieni».

«Travis non viene», disse Elle come se questo la giustificasse.

«Travis non va mai da nessuna parte! Ti prego, fallo per me». George non sopportava di dover supplicare.

Elle si accasciò sui cuscini. «Okay».

«Bene...». George fece un gesto verso la porta. «Vai a prepararti». Perché non era una normale fidanzata premurosa? Una ragazza come Caro, per esempio, che sarebbe andata in capo al mondo per Henry e che era rimasta al suo capezzale in ospedale per curargli le costole doloranti. Caro che, come se l'avesse evocata, quando suonò il campanello si precipitò fuori dalla sua stanza con indosso un affascinante vestito rosso di paillettes: proprio il tipo di abito che George avrebbe voluto vedere addosso a Elle quella sera.

Caro era pettinata per metà, a piedi nudi. «Hanno suonato?», chiese, sporgendosi dalla ringhiera. «Se è Henry, non sono ancora pronta». Poi guardò Elle. «Vai così?».

Elle ricambiò lo sguardo disgustato di Caro e disse: «E *tu*, vai così?»

«Scusa, hai detto qualcosa?». Caro fece finta di non aver sentito e tornò in camera sua per finire di truccarsi.

Al piano di sotto, Lily emerse dal soggiorno e andò ad aprire.

George tornò nella sua stanza per finire di prepararsi e placare l'irritazione. Prese la copia del «Sunday Times Magazine», guardò la foto in copertina, che lo ritraeva in tutto il suo splendore, e ricordò a sé stesso che quella era la serata in *suo* onore.

Il momento di autoesaltazione fu interrotto da una serie di pesanti colpi alla porta che lo fecero sobbalzare, seguiti dalle grida di Henry Bellinger: «George, vieni! Trav ha un'intera farmacia qui».

George uscì dalla stanza e vide Henry nella camera da letto di Travis, che quel giorno era un porto di mare. Uno dei ragazzi della squadra rugby, Paris Nikolaidis, stava sniffando coca dalla mensola del camino, mentre Anders Black, capitano della squadra di hockey, stava depositando pezzi da cinquanta sul palmo di Travis.

«Mi sono procurato il meglio del meglio per voi ragazzi». Travis era seduto sul letto. Il suo cofanetto di Harry Potter in edizione speciale era stato prelevato dallo scaffale e la bella custodia era aperta. All'interno però non c'erano libri: la valigetta era divisa in scompartimenti ordinati, ognuno dei quali era pieno di bustine di plastica, ben classificate ed etichettate.

Henry iniziò a rovistare tra i pacchetti. «Hai ampliato l'attività da quando vivevo qui, Trav».

«Domanda e offerta, Henry», rispose Travis scollando le spalle. «La gente chiede cose, io gliele procuro».

Paris e Anders se ne andarono insieme. «Ci vediamo dopo, amico», disse Anders a George, dandogli una pacca sulla spalla.

Henry prese il posto di Anders sul letto per esaminare meglio la merce. George era più che altro un bevitore, anche se non era mai riuscito a reggere qualcosa di più forte di una birra. Henry però era forte come un toro («Gli anni a Eton mi hanno giovato») e stava facendo incetta di pacchetti mentre Travis teneva il conto con un'agilità mentale che non mostrava in nessun altro ambito della sua vita.

«Sei sicuro che sia una buona idea, Henry?», chiese George, a disagio, perché quello che aveva davanti non era l'Henry disperato e in lacrime che aveva cercato di consolare, bensì un Henry carico di energia nervosa con un barlume di follia negli occhi.

«Rilassati, mammina», rispose Henry dandogli un piccolo schiaffo sul braccio.

Travis rise e George si umettò le labbra. Avrebbe preferito che Henry non venisse. Stava già smorzando il suo entusiasmo.

«Ci ho pensato, George, e be'...», aggiunse Henry, mentre tirava fuori il portafoglio e controllava quanti soldi aveva, «come hai detto tu, mio padre è un brav'uomo, se ne farà una ragione, no? Tu che ne pensi, Trav? Perdoneresti uno con questa faccia?». Henry indicò i propri lineamenti lividi e gonfi.

«Senza dubbio», rispose Travis, con gli occhi puntati sulle banconote che Henry teneva in mano.

Henry rise e poi fece una smorfia di dolore, tenendosi le costole. Dal suo alito George dedusse che aveva già bevuto, doveva essere stato al bar tutto il pomeriggio. «Non ho bisogno di questa merda», disse Henry indicando la casa, l'area circostante, Oxford in generale. «Chi se ne frega? Non significa un cazzo di niente».

George avrebbe voluto ribattere che significava qualcosa eccome, ma sapeva che era meglio non dire nulla.

«Penso che potrei optare per la boxe», proseguì Henry.

«Credo sia uno sport più adatto a me». Sorrise e si avvicinò a George. «Che ne pensi del pugilato, George?». Henry alzò i pugni e colpì George allo stomaco, cogliendolo di sorpresa prima che avesse il tempo di difendersi.

«Wow!», esclamò Travis.

George si piegò su sé stesso, tossendo, e si chiese se avrebbe vomitato sul tappeto di Travis.

«Mi dispiace, amico», disse Henry ridendo.

George si raddrizzò con una mano sullo stomaco e una smorfia sul viso. «Non c'è problema».

Henry fece per colpirlo di nuovo, ma si fermò all'ultimo istante; George però indietreggiò. Henry ripeté il gesto più volte, provocandolo. Nello sguardo aveva una luce selvaggia. Era come se con ogni colpo rivendicasse il suo status, prendendo le distanze dalla versione debole e piagnucolosa di sé stesso che aveva messo a nudo quel pomeriggio, come se volesse dimostrare a George chi comandava, chi avrebbe sempre comandato. «Dai, ti offro qualcosa per festeggiare la *tua* gara!», disse Henry, mostrando i grandi denti bianchi in un sorriso da squalo. «È andato tutto come volevi, eh, George?».

George non sapeva cosa rispondere. Deglutì, sentendosi a disagio sotto il suo sguardo intenso e selvaggio.

Poi Henry lo colpì di nuovo, questa volta più forte. «Rilassati, amico», disse ridendo, prima di tornare alla scatola di Harry Potter.

George percepì la compassione di Travis. Sentiva l'eco della propria debolezza di fronte al potere di Henry e si odiava per questo.

Si udì un colpo di tosse e Caro apparve sulla soglia. Era splendida. L'aderente abito rosso di paillettes ricadeva sul pavimento come se fosse liquido, solcato da uno spacco che lasciava ben poco all'immaginazione. George non l'aveva mai vista così bella, con i lucidi capelli rossi pettinati all'indietro e le labbra scarlatte imbronciate. L'attenzione di Henry, però, era concentrata su altro. «Non posso credere che tu abbia tutta questa roba, Trav», stava dicendo. Poi diede una rapida occhiata a Caro e aggiunse: «Ehi tesoro, vuoi qualcosa?».

Caro si passò la lingua sulle labbra, in attesa di un complimento che non arrivò mai.

«Sei bellissima, Caro», disse George, ma le sue parole non sortirono l'effetto che avrebbero avuto se le avesse pronunciate Henry. Caro però sapeva che non era il caso di tenere il broncio, perché non era quello il modo di placare Henry. Invece si avvicinò a lui, gli passò un braccio intorno alla vita, gli infilò la mano nella tasca dei jeans e ridacchiò eccitata guardando la scorta di Travis come se fosse una bambina in un negozio di dolci.

George aveva i nervi a fior di pelle. Si sentiva sotto stress. Non vedeva l'ora di andare alla festa per poter essere di nuovo la star e uscire dall'ombra di Henry.

Ma poi, proprio al momento più opportuno, Elle entrò nella stanza disinvolta e bellissima, in leggings di pelle, maglietta bianca e giacca rossa e nera con decorazioni dorate. I capelli, appuntati in modo disordinato dietro la testa, le ricadevano intorno al viso pallido e perfetto in una nuvola di riccioli. Le labbra, di un rosso intenso, brillavano. Nel vederla, Henry si immobilizzò e George si sentì travolgere da un'ondata di orgoglio. Nel giro di un momento, era di nuovo importante, come se un paracadute avesse interrotto la sua discesa per riportarlo di nuovo in alto.

Accanto a Elle, Caro sembrava eccessiva, persino volgare. Nel suo sgargiante vestito rosso, notò lo sguardo lascivo con cui Henry percorreva il corpo di Elle e non riuscì a trattenere una smorfia contrariata.

Elle non sembrò accorgersi dell'effetto che aveva prodotto nella stanza, o forse finse di non accorgersene. Si avvicinò alla scatola di Travis, prese un sacchetto pieno di pillole bianche ed esaminò l'etichetta.

Travis glielo strappò di mano. «Puoi evitare di toccare se non hai intenzione di comprare nulla?»

«Calmati», rispose Elle. Poi si rivolse a George. «Andiamo?».

Henry non aveva ancora finito di rovistare tra la merce. «Tutto a tempo debito», disse, come se la sua fosse la voce dell'autorità.

Ma George voleva andarsene da lì prima possibile. «Cominciamo a incamminarci, ci vediamo lì».

«Aspetta un attimo», disse Henry, come se si rivolgesse a un pazzo isterico. «Non ci metteremo molto».

«Devo chiamare un taxi», disse Caro. «Non riesco a camminare con questi tacchi».

«Be', allora chiamalo!», esclamò Henry tirando fuori dal portafogli una pila di banconote da venti. Poi, visibilmente irritato dalla piega che avevano preso gli eventi, disse a Travis: «Tu perché non vieni?»

«Non mi piacciono le feste», rispose Travis, scrollando le spalle.

Caro, infastidita dal modo in cui le si era rivolto Henry, disse provocatoriamente: «Penso che voglia rimanere a casa con la sua *ragazza*».

«Santo cielo, Trav», esclamò Henry, «stai diventando rosso!».

Caro sorrise, felice di essere riuscita a mettere in imbarazzo Travis. Quindi, recuperata la fiducia in sé stessa, disse a George ed Elle: «Noi prendiamo un taxi. Voi due cominciate a incamminarvi».

«Con piacere», rispose Elle e si allontanò.

Mentre se ne andavano, George le mise una mano sul sedere, eccitato dall'evidente invidia nello sguardo di Henry. Era contento di lasciarsi alle spalle la tetra camera da letto di Travis. Quello era il suo momento e nessuno glielo avrebbe rovinato. Lui aveva Elle. Aveva la festa. La vita era bella. Anzi, la vita era più bella che mai.

CAPITOLO 27
GEORGE

Oggi

George lasciò la sala da pranzo di Caro e si diresse verso l'ingresso poco illuminato con la consolle di mogano e il gigantesco specchio con la cornice dorata. Una volta fuori, però, non sapeva bene dove andare. Doveva aspettare? Rimanere lì sperando che Elle lo raggiungesse? Avrebbe dovuto voltarsi e farle un cenno attraverso la porta socchiusa? Gesù, ne avrebbe davvero avuto il coraggio? Sì... Sentiva la stessa pulsante eccitazione che aveva conosciuto solo quando stava con lei. La sera in cui aveva suggerito di escludere Henry dalla gara... La prima volta in cui era entrata in camera sua e si era tolta gli stivali... La sensazione che la vita potesse essere qualcosa di più delle cose di cui lui e sua moglie si preoccupavano ora: quali fossero le migliori scuole inglesi, chi poteva farli entrare alla Soho House, se fosse meglio la settimana bianca a Courchevel 1850 o a Gstaad, quanto costava il dog sitter.

Appoggiò la testa al muro. "Puoi farcela, George".

«Non può essere così grave», disse la voce di Elle alle sue spalle, e George sentì un brivido attraversargli il corpo.

Si girò e lei era lì, con il suo vestito rosso attillato, i capelli biondi scompigliati, le snelle gambe da puledro. Era come se l'avesse evocata dalla memoria.

Elle gli rivolse quel suo sorriso storto e sicuro di sé. Aveva la giacca sulle spalle e un pacchetto di Marlboro Lights in mano. Aveva fatto finta di uscire a fumare una sigaretta, invece gli mise una mano sulla spalla e con un cenno indicò una stanza dall'altra parte dell'atrio. Lui la precedette in un salottino elegante, riservato alle occasioni speciali. Le pareti erano color verde scuro e i divani di velluto non erano coperti da segni di dita appiccicose. C'erano ornamenti costosi e un tavolino di vetro. Anche George aveva un salottino così. Era il luogo in cui Audrey andava a guardare la televisione quando litigavano.

Elle era così vicina che sentì il suo respiro sul collo quando disse: «Questa stanza mi è sembrata particolarmente confortevole».

CAPITOLO 28
GEORGE

Ieri
Terzo trimestre del terzo anno

George non avrebbe potuto chiedere di più. Suo padre non aveva badato a spese. Open bar illimitato, un DJ alla moda, cibo da mangiare o da scagliarsi addosso per divertimento. I ragazzi del circolo di canottaggio erano già felicemente alticci perché avevano bevuto nel corso del pre-party organizzato dal timoniere, Marco de Poligny, nella sala comune del secondo anno. Non c'era voluto molto per completare l'opera. Klaus aveva una bottiglia di Grey Goose in una mano e una sambuca nell'altra. «Ringrazia tuo padre, George!», gridò.

George gli rispose alzando il pollice. J.B. era al bar con il resto dell'equipaggio; tutti indossavano le giacche della squadra, felici di sudare in quegli indumenti pesanti che segnalavano il loro status. Anche George aveva portato la sua, ma non aveva voluto indossarla davanti a Henry. In quel momento, però, si decise a infilarla e si sentì come il dio che era destinato a essere. Le ragazze gli si affollarono subito intorno, ma rimasero relativamente a distanza, intimorite dagli sguardi sdegnosi di Elle. J.B. propose un giro di tequila e passò un bicchierino a George. Lui la offrì a Elle, ma lei rifiutò.

«Domani devo lavorare tutto il giorno».

«Oh, dai», la esortò George. «Solo una».

Con riluttanza, Elle accettò il bicchierino e George sorrise.

«A tutti voi perdenti!», brindò J.B.

Prima che potessero bere, però, udirono la voce di Henry alle loro spalle: «Ehi, dov'è il mio bicchiere?». Era appena arrivato, insieme a Caro, traballante sui tacchi. Guardò i ragazzi con i bicchieri in mano e le loro giacche da duecento sterline, ciascuna delle quali sembrava prendersi gioco del suo fallimento.

«Oh, capisco». Henry chinò la testa e si piegò in avanti con le mani alzate e unite come in preghiera. «Io qui porto solo disonore».

Un'ondata di tensione e imbarazzo attraversò il gruppo.

Elle alzò gli occhi al cielo e, mandando giù in un colpo solo la sua tequila, si allontanò per raggiungere alcuni ragazzi del suo corso. George percepì immediatamente il vuoto accanto a sé. Avrebbe voluto che Henry se ne andasse. La sua presenza era come una nuvola scura su tutti loro. Gli passò la tequila. «Tieni, Henry, prendi il mio».

Per un attimo, Henry si limitò a fissare il bicchierino e George sentì una stretta allo stomaco. Per qualche ragione, all'improvviso quel gesto gli sembrò un atto di condiscendenza più che un'offerta di pace. Ricordò il pugno che gli aveva dato e gli parve di percepire tutta quell'energia repressa. Ma poi Henry prese semplicemente il bicchiere dalla mano di George e disse: «A cosa stiamo brindando? A quanto eravate nella merda senza di me?».

Le risate furono inghiottite dalla musica.

George si sentì disorientato, come se avesse visto troppe emozioni dove non ce n'erano. Fece per ordinare altri drink per il gruppo, ma Henry si intromise gridando aggressivamente di caricarli bene. Caro era accanto a lui e sorrideva come una bambola di plastica, senza parlare; la musica era troppo alta per sentire qualcosa. George cercò Elle tra la folla e la intravide dalla parte opposta della sala. Avrebbe voluto raggiungerla, ma Klaus si mise tra lui e Henry e, gridando per farsi sentire, iniziò a dettare le regole di un gioco alcolico. Disposero i bicchieri su cinque file e costrinsero Marco de Poligny a sniffare la tequila che aveva versato sul bancone. George non riusciva a smettere di ridere.

Le ragazze che Elle aveva scacciato tornarono a frotte, e cominciarono a tirargli la maglietta, ad accarezzargli i pettorali e a tastargli i muscoli delle braccia, mentre gli rubavano i drink e si stringevano a lui con fare adorante. Nello specchio dietro il bancone, George vide che aveva numerosi segni di rossetto sulla guancia. Continuavano a versargli da bere. L'intera serata fu un'esplosione di luci e colori. A un certo punto, una delle ragazze della squadra di hockey improvvisò uno spogliarello sul bancone. Il barista cercò di farla scendere, ma la ragazza scivolò su una pozza di alcol e cadde su una pila di bicchieri. Quando si rimise in piedi, si accorsero che si era tagliata. Il sangue si mescolò allo champagne sul bancone in un fiume vermiglio. La ragazza fu portata via in lacrime. George riuscì a vedere solo il sangue. Ovunque. Gli sembrò di scorgere Elle in un angolo, ma quando si fece strada tra la folla per raggiungerla, si imbatté nel capitano della squadra di polo che si stava facendo fare un pompino dal timoniere dell'equipaggio femminile.

«Scusa», disse, disorientato, e il ragazzo sorrise.

George era così ubriaco che riusciva a malapena a tenersi in piedi. La musica rimbombava. La notte non aveva fine né inizio, il tempo saltava, si allungava, si accorciava. Si chiese se il suo drink fosse stato corretto. Ma era più probabile che fossero stati tutti quegli shottini uno dopo l'altro, troppi per un fisico che non era abituato all'alcol. Tornò al bar, dal resto dell'equipaggio. Klaus lo accolse a braccia aperte. «Sei un vincitore, George!».

«Sì, sono un *vincitore*», biascicò soddisfatto.

All'improvviso apparve Henry. Aveva un aspetto orribile, gli occhi sgranati, i capelli in disordine e la camicia fradicia. «Dov'è Caro?», gridò all'orecchio di George.

«Non lo so», rispose George.

«Ottimo!», rise Henry. Poi si aggrappò alla spalla di J.B., fece cenno a Klaus di avvicinarsi e formò un piccolo gruppo lontano dagli altri. «Vi dirò chi è il vero vincitore, ragazzi».

«Chi?», chiese Klaus.

Henry si passò la lingua sui denti e affermò con orgoglio: «Ce l'avete davanti. Il sottoscritto ha completato la lista».

«Stronzate!», disse Marco de Poligny.

«Posso darti nomi e numeri, ragazzo mio». Henry sfoggiò un sorriso compiaciuto e privo di umorismo. «Forse non ho ottenuto il posto sulla barca, ma questa sfida l'ho vinta, cazzo, e nessuno di voi stronzi me la porterà via». Drizzò le spalle e si batté il petto con le mani come il re dei gorilla.

«Hai fatto *tutto*?», chiese Klaus, inclinando la testa.

«Tutto», rispose Henry con un tono che non ammetteva discussioni.

Ma Marco non era convinto. «Con chi hai avuto un rapporto a tre?», chiese.

«Con Caro e una compagna di corso. Una ragazza molto disponibile».

Marco lo guardò di sottecchi: evidentemente non si fidava delle parole di Henry.

Henry si sporse in avanti, con gli occhi iniettati di sangue e il fiato carico di alcol: «Non sei obbligato a credermi, amico, ma io so che è vero, è tutto qui». Henry si batté la testa. «Ho vinto la vostra piccola sfida in modo onesto e leale e mi merito una cazzo di medaglia».

«Hai fatto anche *tutto il* resto?», chiese Marco, per essere sicuro.

Henry si chinò in avanti. «Tutto», scandì lentamente.

George si guardò nervosamente intorno in cerca di Caro. Henry stava alzando la voce vantandosi delle sue conquiste e raccontando ciò che aveva fatto e dove. J.B. ascoltava a occhi sgranati mentre cercava di risollevarsi dal bancone, dove si era accasciato ubriaco fradicio, per non perdersi nemmeno una parola. Anche Marco cedette, e cominciò a ridacchiare come un ragazzino mentre Henry snocciolava tutti i dettagli della sua lista.

George non poteva credere che Henry fosse riuscito a ribaltare la situazione e a diventare la star della festa. Avrebbe voluto prenderlo a calci e tornare al centro dell'attenzione come prima che si intromettesse, invece Klaus gli stava dando un'affettuosa pacca sulla spalla mentre esclamava stupito: «Maledizione, sei un eroe, Henry». Poi sorrise. «Barman, servici il migliore champagne che hai».

Henry sorrise, con la bocca umida che scintillava sotto i riflettori, come se si fosse riscattato da ogni errore precedente.

«Sono un eroe!», disse.

CAPITOLO 29
GEORGE

Oggi

George si sentiva un intruso in quel costoso salottino che aveva lo stesso odore dei negozi dove sua moglie amava passare un bel po' di tempo mentre lui aspettava fuori con la carrozzina e il telefono. Elle invece non aveva simili scrupoli: entrò come se fosse a casa sua, buttò la giacca sul divano e le sigarette sul tavolino.

«Non essere timido, Georgie».

George scosse la testa. «Non sono timido». Ma lo era eccome. Era educato e nervoso. Tutta quella storia gli era sembrata una grande idea, ma dentro di sé tremava. Avrebbe voluto toccarla, ma non era sicuro di poterlo fare. Elle si voltò e si piazzò di fronte a lui, aperta e seducente; lo guardava con le palpebre socchiuse, quell'espressione che lui conosceva così bene e con cui spesso tornava a fargli visita nei suoi sogni, restandogli impressa sulle retine al risveglio. Non l'aveva mai dimenticata. Nella sua mente, Elle era ciò che si era lasciato sfuggire, l'offerta di una strada diversa: rischio, possibilità, eccitazione. Proprio ciò che mancava nella sua vita. Proprio quello che desiderava. Elle lo spingeva a realizzare il suo potenziale.

Fece un passo verso di lei e i loro corpi si toccarono; le mise un braccio intorno alla vita, l'altra mano sulla nuca, e premette la bocca sulla sua con un tale impeto da spingerle la testa indietro. Voleva possederla di nuovo, riavere ciò che un tempo era stato suo. Il sesso con sua moglie, disciplinato dai tempi dell'app per la fertilità, era eccitante come una passeggiata al supermercato rispetto a quello che provava quando le sue labbra sfioravano quelle di Elle, quando i denti si scontravano, quando assaggiava il suo rossetto al lampone, quando sentiva il profumo sul suo collo, quando si staccava da lei e le seppelliva il viso tra i capelli.

Improvvisamente si accorse che Elle stava ridendo e si ritrasse.

«Cosa c'è da ridere?»

«Niente», rispose lei con un sorriso. «Tu. Questa frenesia».

George deglutì. «Non vuoi che sia frenetico?»

«Non importa. È divertente, tutto qui». Si alzò in punta di piedi e gli mise le braccia intorno al collo. «Solo non sapevo che il vecchio Georgie fosse ancora lì».

E questa volta lo baciò. Fu un bacio lungo e lento, dolce come se avessero tutto il tempo del mondo. George immaginò Caro e gli altri in piedi intorno al tavolo, a chiedersi dove fossero finiti.

«Smetti di pensare, Georgie».

«Cosa?»

«Ho detto smetti di pensare. A loro non importa. Loro non hanno importanza».

George annuì.

Con un sorriso, Elle lo attirò a sé per baciarlo, e George la spinse sul divano. «Aspetta», disse lei, spostando la giacca, che era rimasta schiacciata sotto il suo corpo. «Okay, continua». Quelle interruzioni rendevano l'incontro meno appassionato di quanto George avesse immaginato. Continuavano a riportarlo al presente. Continuavano a ricordargli cosa stava facendo, che era sposato, dove si trovavano. Ma si perdeva di nuovo non appena riassaggiava la bocca di Elle, il vino rosso e i ricordi, di lei, della sua giovinezza, del suo massimo splendore. Il corpo di Elle era tonico e sodo, non appesantito da un parto. Poteva sollevarle il vestito e scoprire le cosce pallide, così magre che poteva praticamente circondarle con una mano. Le mutandine di pizzo. Certo che erano di pizzo. George gemette e ritrasse la mano. Voleva assaporarla. Abbassò le spalline del vestito. Che meraviglia che fosse così facile; sua moglie era sempre vestita a strati: gonne, felpe, reggiseni Marks & Spencer. Il tessuto del vestito scivolò via portando con sé il reggiseno di pizzo turchese e scoprendo i seni. Ricordava quei seni. Poggiò la testa sulla pelle bianca e morbida. Non si era mai lasciato trasportare così tanto. Nella sua mente era di nuovo un giovane adone tonico, non l'impiegato con la pancia e i capelli radi. Era questo che era destinato a essere: un uomo che faceva sesso in casa d'altri, tra il dessert e il formaggio, con la faccia sepolta tra seni sodi, mentre leccava la pelle bianca e morbida, e gemeva di piacere.

CAPITOLO 30
GEORGE

Ieri
Terzo trimestre del terzo anno

George osservava il liquido frizzante che colava sul mento di Henry mentre tracannava champagne direttamente dalla bottiglia di Dom Pérignon. Tutti i ragazzi della squadra di canottaggio erano chini su di lui e ascoltavano avidamente, mentre Klaus continuava a chiedere a Henry dettagli sulle sue conquiste. «Chi era la ragazza grassa?», chiese Klaus.

«Betty Berrycloth», rispose Henry tra un sorso di champagne e l'altro.

Klaus trasalì. Gli altri risero. J.B., alle spalle di Henry, finse di avere i conati vomito.

George sapeva che quella faccenda della lista era un modo per placare l'ego di Henry, ma le sue vanterie biascicate lo irritavano. Avrebbe voluto che la smettessero subito e che passassero ad altro, che andassero a ballare o a bere un altro drink. Tuttavia rimase lì. "Lasciagli questo momento", pensò, come se il minimo che potesse fare fosse lasciare a Henry gli avanzi dell'avida meraviglia dei canottieri.

Klaus stava chiedendo chi fosse la puttana della lista, quando il telefono di Henry cominciò a squillare, forte e stridente, in una pausa della musica.

Henry si guardò intorno confuso. «È il mio telefono? Che ora è?»

«Sono le 2 del mattino», rispose George dopo aver guardato l'orologio.

«Chi è che mi chiama alle 2 di notte?», chiese Henry come se qualcuno di loro potesse saperlo. Cercò il telefono in tasca e disse: «Pronto? Parla Henry l'eroe!». Fece l'occhiolino ai ragazzi, poi di colpo cambiò espressione. «Mamma?».

Le risate cessarono all'istante.

«Cosa? Lui cosa? No!». George vide il volto di Henry corrugarsi. In un attimo era passato da altezze vertiginose all'abisso più profondo. «No. Non può essere morto». Henry cominciò a barcollare. Klaus e gli altri non sapevano cosa fare, ma George agì rapidamente e sostenne Henry quando le sue ginocchia cedettero. «Qualcuno vada a cercare Caro», ordinò George, che aveva recuperato immediatamente la lucidità. Henry stava piangendo. George gli mise un braccio sulla spalla. «Forza, andiamo fuori», disse.

Lo trascinò tra la folla. Henry cominciò a tremare violentemente. «Non voglio che mi seguano», sussurrò a George, isterico come un bambino, mentre tutto il suo corpo sussultava. George stava cercando un cappotto, qualcosa che tenesse al caldo Henry e gli impedisse di andare in stato di shock. Prese la giacca North Face di qualcuno da una pila vicino alla porta e gliela mise addosso.

«Va bene, andiamo fuori», disse, conducendolo all'esterno nel fresco della notte primaverile.

Henry si fermò, guardò a destra e a sinistra e disse: «Devo andare a casa. Devo vedere mia madre», ma non si mosse, bloccato dall'indecisione.

«Sì, domani, ti riaccompagno domani», disse George.

Henry scosse la testa. «No, devo andare ora».

«No amico, ti hanno ritirato la patente».

«Fanculo la patente».

«Non puoi guidare in questo stato. Vieni a casa mia». Mentre cercava di farlo camminare,

J.B. uscì dal locale. «Trova Caro, dille che l'ho portato da noi», gli disse George. Fermò un taxi e tentò di infilare Henry sul sedile posteriore, ma lui non collaborava. «Andiamo», lo esortò.

Henry scosse la testa e cominciò ad allontanarsi. «No. Voglio stare da solo».

«Non credo che dovresti stare da solo». George gli afferrò il braccio, ma Henry se lo scrollò di dosso. «Henry, sali sul taxi».

«Non dirmi cosa devo fare!», urlò lui in risposta. Il tassista se ne andò: non voleva nessuno dei due in macchina. Henry inciampò e George lo aiutò a mantenere l'equilibrio. Camminarono finché George non trovò una panchina dietro il locale. «Sediamoci qui un minuto», disse.

Henry si sedette e si portò le mani alla testa. «È morto. Non posso credere che mio padre sia morto e che mi odiasse».

«Non ti odiava», disse George mettendogli una mano sulla spalla.

Henry scoppiò in lacrime e George si sedette accanto a lui, gli massaggiò la schiena, come se dovesse tranquillizzare un bambino. Fissò i graffiti sul muro del vicolo, i vecchi barili di olio da cucina e le casse di plastica. Non era certo quello il modo in cui aveva immaginato che sarebbe finita la serata.

Henry singhiozzava, sopraffatto dalla tristezza. Alzò lo sguardo verso il cielo nero e gemette. «Perché sta succedendo tutto questo?»

«Va tutto bene, amico», disse George.

Henry si strofinò gli occhi, il viso e le mani, camminò su e giù per il vicolo, prese a calci il muro e colpì con un pugno i mattoni, che gli strapparono la pelle dalle nocche nude. In preda alla rabbia, si strappò i capelli. Prese a pugni una pila di vecchi scatoloni e scagliò una latta d'olio contro il muro. Poi, la furia violenta si esaurì, si sedette di nuovo, pallido, esausto, con le spalle curve, svuotato. Si asciugò gli occhi, fece un respiro profondo e raddrizzò la schiena. Sembrava più calmo. Rimasero in silenzio per quello che poteva essere un minuto come dieci. George non avrebbe saputo dirlo. Si limitò ad aspettare che Henry parlasse. Quando lo fece, non disse ciò che si aspettava.

«Non so perché sei seduto qui con me». Henry aveva lo sguardo triste perso davanti a sé. «Dovresti odiarmi anche tu».

«Non ti odio», disse George con troppa fretta.

Henry scosse la testa. «Io mi odierei se fossi in te. Mi sono comportato da stronzo. Mi dispiace».

George scrollò le spalle come se non avesse importanza, ma dentro di sé lo apprezzò. Gli sembrò che fossero tornati al punto in cui erano prima che Henry gli chiedesse di lasciargli vincere la gara di qualificazione, prima che ci provasse con Elle, quando erano solo amici che condividevano la passione per il canottaggio. Per un attimo fu tentato di confessargli ciò che aveva fatto, di mettere tutto sul tavolo. In quel momento di crudo dolore, gli sembrò che la loro amicizia potesse reggere persino un atto di brutale onestà. Ma conosceva troppo bene Henry per concedergli un tale vantaggio su di sé, quindi decise di non dire nulla.

Henry appoggiò la testa sulle ginocchia e rimase per un po' così, piegato su sé stesso, in preda all'angoscia. Quando si rialzò, si scostò i capelli dal viso e a George ricordò com'era durante il secondo anno, quando entrambi erano più giovani e spensierati; ricordò i loro folli triathlon e le loro corse in bicicletta sotto il sole cocente di Ibiza. Il divertimento, le ragazze, l'amicizia.

Henry chiuse gli occhi. «Come farò a convivere con questa cosa?».

George non lo sapeva. Pensò alla delusione sul volto di Sir Charles. Non poteva immaginare come si sarebbe sentito se avesse dovuto rivederla ogni volta che chiudeva gli occhi.

Un topo passò di corsa lungo la parete umida.

Si sentiva l'eco della musica che rimbombava nel locale.

Henry si alzò in piedi all'improvviso, serrò gli occhi e mostrò i denti, afferrandosi la testa come se volesse strapparsi i capelli dal cuoio capelluto.

Il momento era troppo reale. I sentimenti troppo viscerali. George credette di essere sul punto di scoppiare a piangere anche lui.

Henry emise un grido tormentato e poi si lasciò cadere di nuovo sulla panchina, battendo con forza le mani sulle assi di legno. «Non so se riuscirò a convivere con questa sensazione».

«Andrà meglio», disse George, strizzando gli occhi per scacciare le lacrime. «Deve andare meglio». Quelle parole però suonarono pateticamente infantili persino alle sue orecchie.

Henry scoppiò in una risata triste, poi si voltò e lo guardò dritto negli occhi. «Sei un vero amico, George Kingsley».

La triste sincerità nello sguardo di Henry gli fece venire voglia di abbracciarlo. Ricordava cosa significava essere suo amico, esistere senza essere ostacolato dal bagliore della sua aura.

George non sarebbe mai più stato lo sfavorito. Henry non sarebbe mai più stato il suo eroe. Ma, pensò in quel momento sulla panchina, forse sarebbero potuti andare avanti alla pari.

George stava per dirgli che era uno dei migliori amici che avesse mai avuto in vita sua, ma poi Henry notò la manica della giacca North Face che George aveva preso per lui prima di uscire. «Che diavolo ho addosso?», chiese con un'espressione perplessa. Entrambi scoppiarono a ridere. Forse era solo un commento per spezzare l'atmosfera cupa, ma sembrò riaccendere la speranza di poter tornare ai vecchi tempi.

Quando George fu svegliato dalla vibrazione del telefono, il sole era già alto e il vicolo era attraversato da fasci di luce brillante. La rugiada gli aveva inzuppato i vestiti e tremava. Aveva le dita così bianche e rigide che fece fatica a estrarre il telefono dalla tasca. Quando si alzò a sedere, la giacca adagiata sopra di lui a mo' di coperta scivolò a terra. Gli scoppiava la testa. I postumi della sbornia erano tanto pesanti che a stento riuscì ad aprire gli occhi per guardare il display. Ventitré chiamate perse. «Pronto?», disse con voce impastata. Aveva l'alito pesante e la bocca secca per l'alcol. Gli balenarono in mente frammenti di ricordi della serata.

«George? George, sono Caro, dove sei stato? Dove sei?».

George si guardò intorno: dov'era? In un vicolo sul retro del locale, su una vecchia panchina malconcia, probabilmente posizionata lì per le pause sigaretta del personale. In fondo alla strada intravedeva gente che andava al lavoro con un caffè in una mano e il telefono nell'altra. I cassonetti puzzavano. «Io sono… ehm…», non terminò la frase, perché l'informazione non gli sembrava pertinente. Invece disse: «Cosa sta succedendo? Perché così tante chiamate? Henry è con te?». Si guardò intorno per cercarlo.

Caro soffocò un singhiozzo all'altro capo del telefono. «È morto, George, Henry è morto».

«Cosa?». George aggrottò le sopracciglia. La testa gli pulsava, non riusciva a pensare chiaramente. «No, è morto suo padre, Caro. Non Henry. Suo padre». George si chiese se stesse per vomitare. Il suo cervello era un vortice di confusione nauseante.

«No, George, l'hanno trovato un paio d'ore fa». Caro ansimava tra i singhiozzi. «L'abbiamo cercato, ma non siamo riusciti a trovarlo. Non era nella sua stanza». Fece una pausa per riprendere fiato. «Non rispondeva al telefono. È caduto dal tetto, George. È caduto».

«Cosa? No, era qui, con me». George si alzò in piedi e cominciò a perlustrare il vicolo, come se Henry potesse nascondersi dietro i bidoni della spazzatura.

Caro stava ancora piangendo. «Lo ha trovato uno dei portieri notturni», disse con voce strozzata.

George non riusciva a muoversi. «Dici sul serio?». Dovette appoggiarsi con una mano alla parete per non cadere.

«Sì, George», rispose Caro.

«Non capisco. Si è buttato? Perché?»

«Non si sa. Pensano che sia caduto. Non lo so, George. Non so se si è buttato».

Il suo amico era morto. George non riusciva a capacitarsene. Era stato seduto sulla panchina con lui. La giacca North Face per terra lo confermava. Avevano riso.

Dio, che stupido era stato a pensare che un piccolo scherzo fra loro fosse sufficiente ad alleviare la tristezza e la disperazione che aveva visto negli occhi di Henry.

Si sedette di nuovo sulla panchina, con la testa tra le mani. All'improvviso riusciva a pensare solo alla borraccia della Heineken riempita di xilazina. Se non gliel'avesse data, Henry avrebbe partecipato alla gara, avrebbe ottenuto il suo Blue Award, il padre sarebbe morto felice e lui avrebbe affrontato il lutto come qualsiasi altra persona. Non sarebbe andato fuori di testa. Non sarebbe stato sopraffatto dalla vergogna e dal rimpianto. Caro non starebbe stata in lacrime all'altro capo del telefono. Henry sarebbe stato ancora vivo. Il periodo trascorso da George a Oxford non sarebbe stato per sempre marchiato da quella sensazione di orrore e di vergogna alla bocca dello stomaco. I pensieri si rincorrevano e si accavallavano, sempre più veloci, finché non si ritrovò a vomitare le budella sul cemento crepato, fino a non avere più nulla nello stomaco.

Telefonò a Elle, ma lei non rispose. Provò ancora e ancora. Poi si ricordò che sarebbe stata al lavoro tutto il giorno e si arrese. In qualche modo arrivò a casa, si fece una doccia, indossò i pantaloni della tuta e si sdraiò sul letto finché non apparve Caro, con i capelli unti e pallida come un fantasma per la stanchezza. Si accoccolò accanto a lui e singhiozzò nel suo petto.

Quando si alzò, si asciugò gli occhi gonfi e disse: «La polizia vuole parlare con noi».

George annuì. Era tutto troppo surreale.

Travis uscì dalla sua camera e si fermò sulla soglia della stanza di George in boxer e cardigan. «Potresti tenere il mio nome fuori da questa storia?», disse in tono serio.

Per tutta la durata del colloquio con la polizia, George si chiese se fossero in grado di leggergli negli occhi il senso di colpa. Rispose a tutte le domande con sicurezza e cortesia, emanando il distacco emotivo che gli era stato inculcato in anni di scuola privata. Ciononostante, se ne andò il più velocemente possibile. Si sedette con i ragazzi della squadra di canottaggio in una tavola calda a bere tè e ad aspettare la madre di Henry, Francesca, che voleva vederli. Marco de Poligny si sentiva in colpa perché aveva detto alla polizia che a Henry, quando non gareggiava, piaceva fumare una Camel Light seduto sul parapetto fuori dalla sua finestra; si sentiva come se avesse rivelato i suoi segreti. J.B. aveva sentito dire che il mix di droghe e alcol che Henry aveva presumibilmente assunto rendeva difficile stabilire se si trattasse di suicidio o di morte accidentale. Klaus suggerì che forse Betty Berrycloth aveva voluto vendicarsi. «È troppo presto, amico, troppo presto», disse J.B.

Poi scese il silenzio.

Quando tornò a casa, dopo aver stretto a sé il corpo coperto di cachemire di Lady Bellinger, aver sentito le sue costole mentre emetteva un piccolo, straziante singhiozzo, averla accompagnata ovunque avesse bisogno di andare, averle raccontato gli ultimi movimenti di Henry, le sue ultime parole, aver visto il dolore sul suo volto per aver perso il marito e il figlio, George era così esausto che riusciva a malapena a ragionare.

Elle era a casa. La sua stanza era un santuario. Le lenzuola bianche, il profumo nell'aria.

Spalancò le braccia e George si aggrappò alla sua morbidezza e si accasciò sulla sua calda pelle vellutata.

La mattina dopo, però, Elle non c'era più. Gli aveva lasciato un biglietto in cui diceva che era dovuta tornare a casa per un po' per via di una cosa che era successa a sua sorella. George era confuso. Lei era il suo rifugio sicuro, come poteva abbandonarlo in un momento del genere?

L'auto di Lady Bellinger stava accostando davanti alla casa. C'erano altre cose da fare, altro aiuto da dare, altre domande, altri fazzoletti appena stirati da porgere. Caro doveva essere rassicurata quando la madre di Henry si comportava in modo troppo sprezzante. Bisognava mettere ordine tra gli effetti personali di Henry. All'aeroporto bisognava incontrare la sorella di Henry, che era arrivata dagli Stati Uniti. Altre domande. Altre domande. George temeva che gli esplodesse la testa. Era sempre più debole; la necessità di confessare il suo ruolo nella tragedia si faceva sempre più pressante. Avrebbe voluto vomitare il senso di colpa, riversarlo sulla giovane e bella Ophelia Bellinger, che si aggirava per il terminal con il suo trench color cammello e gli occhiali da sole oversize ed era la versione femminile di Henry, con quelle fossette, quel sorriso altero e quegli occhi carichi di ambizione che vedevano tutto. Una proiezione flessuosa del morto.

Aveva bisogno di Elle. I pensieri si accalcavano, minacciando di soffocarlo.

George curiosò nella stanza di Elle per scoprire il suo indirizzo. Sapeva che lei non avrebbe approvato, ma quando arrivò davanti al condominio di cemento nella zona sud di Londra, si rese conto che probabilmente avrebbe approvato ancora meno la sua presenza lì. Era uno dei posti più squallidi che avesse mai visto in vita sua. Non che ne avesse visti molti, se si escludevano le puntate di *EastEnders* che gli era capitato di seguire perché la direttrice della scuola era appassionata della serie. Avrebbe voluto tirare fuori il suo iPhone per controllare l'indirizzo, ma temeva di essere aggredito e derubato da uno dei ragazzi che prendevano a calci una palla mandandola a sbattere contro il muro. Cercò di apparire tranquillo e disinvolto, ma sapeva di dare nell'occhio con la sua polo a righe e i pantaloni chino. L'ascensore puzzava. Era impossibile che Elle vivesse lì. Si ritrovò a pregare che non fosse vero. Una parte di lui aveva fantasticato di sposarla, ma non pensava che Douglas Kingsley sarebbe stato molto contento se una famiglia che viveva in quell'edificio si fosse presentata al matrimonio. George rabbrividì al pensiero.

Pensò alla sorella minore di Henry, Ophelia, che sembrava una ninfa, al modo in cui aveva sfiorato la guancia di George con la sua all'aeroporto e poi asciugato qualche lacrima silenziosa con lunghe dita delicate, al profumo di shampoo costoso dei suoi capelli e all'alito fresco di menta anche se era appena scesa dall'aereo. Quello era il tipo di ragazza adatta a un Kingsley. George odiava il fatto di essere così snob da soffermarsi su certe considerazioni quando solo mezz'ora prima aveva dovuto chiudersi nel bagno del treno per tenere a bada una crisi di panico, ossessionato dalle immagini di Henry che si lanciava verso la morte.

Bussò alla porta e si guardò intorno, chiedendosi preoccupato chi sarebbe venuto ad aprire. Vide una pianta morta sul davanzale della finestra, poi diede un'occhiata al pavimento di cemento e gli venne voglia di scappare.

Si ritrovò di fronte una donna di mezza età, che lo squadrò dalla testa ai piedi. Indossava dei leggins e una felpa, e i capelli biondi mostravano un'evidente ricrescita scura. Sarebbe stata molto carina se non fosse stata così trasandata.

«Oh, salve, mi chiedevo se...», esordì George, ma lei gli chiuse la porta in faccia e gridò: «Elle, è per te».

Un secondo dopo, Elle apparve trafelata, aprì la porta e indietreggiò per la sorpresa.

«Che cosa ci fai qui?».

George deglutì. Improvvisamente si rese conto di aver commesso un grosso errore. «Io...». Sotto lo sguardo accigliato di lei, non trovava le parole. In quel contesto la pelle di Elle sembrava in qualche modo lucida piuttosto che idratata. Il suo vissuto gilet a coste con i bordi di velluto appariva meno trendy. Avrebbe voluto allontanarla dalla porta, afferrarla per un braccio e portarla nel caffè alla moda che aveva incrociato durante il tragitto dalla stazione.

Lei stava ancora aspettando, e George sapeva che gli stava leggendo sul viso tutti i pensieri che gli passavano per la testa.

«È qui che vivi?», chiese alla fine.

Elle fece una smorfia come a sottolineare l'ovvio. «Già».

«Oh».

«Senti, Georgie», disse Elle, voltandosi a guardare l'appartamento, «non posso parlare con te ora».

George capì che voleva chiudere la porta e tese una mano per fermarla. «Ma devi farlo. Sto passando un momento terribile. Ho bisogno di te».

Elle sospirò, si infilò un paio di infradito e uscì, chiudendosi la porta alle spalle. Di fronte al suo gilet sgualcito e alla minigonna elasticizzata dai colori accesi, George si sentiva stupidamente fuori luogo con la sua polo dal logo discreto. Elle si accese una sigaretta e si avviò per le scale anziché prendere l'ascensore. George cercò di ignorare l'odore acre e la seguì di sotto fino a un cortile con un campo da basket e un'altalena che era stata fatta girare così tante volte che il sedile pendeva dalla barra in cima. Un bambino si dondolava su un gioco a forma di elefante. Il terreno intorno alla piccola casetta costruita nell'area per l'arrampicata era cosparso di ossa di pollo e vetri rotti. Elle lo invitò a sedersi sul basso muro di mattoni.

«Allora, dimmi», esordì, soffiando il fumo nella direzione opposta a quella del parco giochi.

George si guardò intorno per assicurarsi che nessuno li sentisse. «Mi sento come se fosse tutta colpa mia».

Elle incrociò le braccia sulle ginocchia, con i polsi sottili uno sull'altro. «Non è colpa tua».

George rimase a guardare il bambino che si dondolava avanti e indietro sull'elefante. «Non avremmo dovuto farlo», disse, desiderando seppellire il viso nel calore di lei, sentirsi avvolto e al sicuro.

«Georgie...». Elle aveva l'aria stanca. «Non abbiamo niente a che fare con quello che è successo. Okay, forse abbiamo innescato qualcosa, ma poi le cose sono andate avanti indipendentemente da noi. Succede. È stata solo sfortuna».

«È stata più che sfortuna», disse in un sussurro disperato. Si passò una mano tra i capelli. Voleva allontanarsi da quel posto deprimente. «Possiamo parlare da un'altra parte?
In un bar o qualcosa del genere?»

«No», disse lei. «Tra un minuto devo rientrare».

«Quando tornerai a Oxford?»

«Non lo so. Ho delle faccende da sbrigare qui».

«Sto male», disse George. «Avrei voglia di dire tutto a Lady Bellinger. Credo che mi sentirei meglio se lo facessi».

Elle gli mise una mano sul ginocchio. Era il loro primo contatto da quando si era presentato alla sua porta e, in quell'ambiente desolato, gli sembrò quasi il tocco di un'estranea. «Georgie, devi affrontare questa cosa e andare avanti».

Ma George non poteva lasciar correre. «Non so se posso farlo».

«Georgie, non posso occuparmi di questo adesso», disse Elle, guardando l'appartamento.

Per un attimo si chiese che tipo di problemi avesse la sua famiglia, ma gli riusciva difficile concentrarsi su qualcosa di diverso da ciò che stava passando.

«Non posso farcela senza di te, Elle», la supplicò.

«Sì che puoi», rispose lei con un sorriso. Sembrava che volesse solo placarlo, ma non le importasse veramente.

George sentì montare la rabbia. Lei avrebbe dovuto sostenerlo. Erano entrambi coinvolti.

«Ho bisogno di te, Elle. Uno dei miei migliori amici è appena morto».

Elle alzò un sopracciglio e questo lo fece infuriare di più.

«Henry *era* un mio grande amico».

«Un amico a cui sei stato felice di somministrare un tranquillante per animali. Dai, Georgie», disse lei, spegnendo la sigaretta.

«No, non sono stato felice di farlo. Non avrei dovuto farlo. Non *avresti dovuto farmelo* fare».

Elle trasalì.

Un attimo dopo aver pronunciato quelle parole, George si rese conto di quanto fossero ingiuste; tuttavia c'era qualcosa di infinitamente piacevole nel riversare la colpa su qualcun altro. Come farebbe un bambino con la madre. Ci si sentiva subito più leggeri.

George osservò Elle trattenendo il respiro, sospeso tra sollievo e terrore, chiedendosi se sarebbe riuscito a farla franca. Forse era questo che provavano le ragazze che si tagliavano a scuola. Quell'acuto, squisito senso di liberazione. Una breve tregua dal disgusto di sé.

«Io non ti ho fatto fare nulla, Georgie», disse lei, incredula.

George avrebbe voluto dirle che invece era proprio così, che l'aveva stregato. Lui non avrebbe mai fatto una cosa del genere se non fosse stato influenzato da Elle. Gli tornarono in mente le eleganti lacrime dell'impeccabile Ophelia Bellinger, il fazzoletto con le iniziali di Lady Bellinger, la sua foto sulla copertina del «Sunday Times Magazine». Lui non era uno che drogava gli amici. Si guardò intorno, osservando lo scivolo pieno di graffiti e i cocci di vetro disseminati nel parco giochi. Quello non era certo il suo posto.

Elle lo fissava come se non lo conoscesse affatto. Per la prima volta gli apparve vulnerabile, sospettosa. Questo cambiamento negli equilibri di potere tra loro non gli dispiaceva. Si ritrovò a pensare che avrebbe potuto dirle di più, ferirla di più, per sentirsi meglio, ma anche per farla star male quanto lui.

All'improvviso però si rese conto che tutto ciò che voleva era la vecchia Elle, quella su cui poteva fare affidamento.

«Mi dispiace», disse allora. «Non avrei dovuto dirlo. È solo che... sono molto stanco».

«Devo andare», rispose Elle alzandosi in piedi.

«No!», esclamò George, afferrandole la mano. «È importante. Per favore!».

«No», disse lei. «Non lo è. È il tuo senso di colpa e devi affrontarlo».

«Ma io *non ho colpe*!», gridò George.

Il bambino smise di dondolare sull'elefante e lo fissò.

Ci fu un attimo di silenzio.

George non aveva avuto intenzione di dirlo, ma pensandoci bene gli sembrò che avesse perfettamente senso. Condusse Elle verso il campo da basket per avere un po' di privacy. «Voglio dire, se Henry non avesse preso gli steroidi, non avrei dovuto fare quello che ho fatto, no?»

«Quindi?», chiese Elle, inclinando la testa.

«Be', perché dovrei sentirmi in colpa per qualcosa che razionalmente non è colpa mia?».

Lei lo fissò con un'espressione perplessa e stanca. «Cosa vuoi che ti dica, Georgie?».

George non lo sapeva. Si guardò intorno, cercando di trovare un appiglio per i suoi ragionamenti. «Vorrei che tu mi offrissi parole di conforto, come fanno di solito le persone in queste situazioni».

«Vuoi che ti dica che va tutto bene?», disse Elle aggrottando la fronte. «Che non hai nulla a che vedere con la morte di Henry Bellinger?».

George si ritrasse un po'. «Non lo so». Era per quello che era andato lì?

«Assumiti la responsabilità delle tue azioni, George», disse Elle, rivolgendogli quel suo mezzo sorriso sicuro, «e vai avanti».

«Ma non è stata colpa mia!», disse ancora lui, più lamentoso, più determinato.

Elle lo guardò come se lo vedesse davvero per la prima volta. All'improvviso George temette che se ne sarebbe andata, ma poi gli mise un braccio intorno alle spalle, lo attirò a sé e disse: «Non è stata colpa tua, Georgie. Davvero. Andrà tutto bene».

George inspirò a fondo e sentì l'odore dei capelli sporchi e delle sigarette di Elle. Una parte di lui avrebbe voluto allontanarsi, ma il desiderio di rilassarsi, di sprofondare in quell'abbraccio, era molto più forte. Fino a quel momento non si era reso conto di quanto avesse bisogno di sentire quelle parole.

CAPITOLO 31
ELLE

Oggi

«Va bene, calmati stallone, basta così».

«Cosa?».

Elle si mise a sedere, tirandosi su la spallina del vestito.

George si dimenò sui cuscini di velluto del divano, confuso e perplesso. Poi vide che Elle aveva in mano il telefono.

«Cosa stai facendo?».

Elle si abbassò la gonna e assunse una posizione più decente. Si sistemò i capelli e si pulì il petto dai resti dei baci frenetici di George.

Nel tentativo di rimettersi a sedere, George per poco non cadde sul tavolino di vetro. «Ehi, che succede? Perché hai il telefono...?».

Lei prese dalla tasca un pacchetto di gomme, se ne infilò una in bocca e iniziò a masticare mentre digitava sullo schermo. Poi girò il telefono verso di lui e George osservò con orrore crescente le immagini di lui che si strusciava e grugniva tra i suoi seni. Privo di dignità nella sua lussuria. Elle aveva fatto in modo di immortalare anche sé stessa annoiata e disgustata, in impaziente attesa che tutto finisse.

George era impallidito. «Pensavo...», balbettò. «Pensavo che ti piacesse. Perché? Perché l'hai fatto?».

Elle si morse l'unghia del pollice e prese tempo, lasciandolo a cuocere nel suo brodo.

E cuoceva eccome: aveva la camicia chiazzata di sudore.

«Che hai intenzione di fare con quel video?».

Lei scrollò le spalle. «Forse lo metterò su TikTok».

Elle sospettava che George non avesse idea di come funzionasse TikTok, ma di certo ne sapeva abbastanza per capire che poteva rappresentare la sua fine. Gli adolescenti avrebbero trovato spassosissimo un video del genere.

Si alzò per mettere un po' di distanza tra loro, poi si appollaiò sul bracciolo del divano, accavallò le gambe e tese le braccia davanti a sé, con il telefono stretto tra i palmi. «Non sei cambiato per niente, sai?».

Ma George non riusciva a staccare gli occhi dal telefono.

«Georgie, smetti di guardare il telefono, il video è già sul mio cloud. Non puoi farci nulla».

«Non capisco perché l'hai fatto», disse scuotendo la testa e guardandola indignato. Cercava ancora di prendere il sopravvento, nonostante avesse fatto a pezzi la sua virilità. «Lo fai per divertirti, perché vuoi mettermi nei guai o solo per vendicarti di qualcosa?».

Elle rise. Povero George. «No, Georgie, non voglio metterti nei guai». Si fermò a riflettere per un secondo. «Sì, forse lo faccio per divertirmi. E sì, forse per vendicarmi di te».

L'aspetto di George rispecchiava la confusione nella sua mente: aveva i capelli arruffati, la camicia allentata e slacciata in vita. «Non capisco. Pensavo che stessimo bene insieme», disse.

«Lo pensavo anch'io, Georgie». Elle si alzò e cominciò a camminare per la stanza, facendo scorrere il dito sui dorsi dei libri allineati sullo scaffale. Poi prese un tomo rilegato in pelle. «Pensi che Caro ne abbia letto qualcuno?».

George non rispose. Sembrava molto piccolo, appollaiato da solo sul grande divano di velluto.

Elle sorrise. «Non sono molte le persone che ho amato, Georgie». Rimise a posto il libro. «Mi riesce molto difficile fidarmi delle persone».

A George sfuggì una risatina, come se Elle avesse appena detto un'ovvietà.

Lei lasciò correre e si appoggiò alla libreria. «Ma tu... C'era qualcosa in te. Non so cosa fosse. Forse la tua dolcezza, il tuo entusiasmo, la tua gentilezza». Si avvicinò, cercando di scorgere in lui ciò che aveva visto un tempo. George sembrò ritrarsi sotto il suo sguardo. Elle si sedette sul bordo del tavolino di fronte a lui. «Non so come hai fatto, ma ci sei riuscito, mi hai fatta innamorare di te».

Riusciva quasi a sentirlo, anche in quel momento, mentre si avvicinava un po' a lei, pensando che magari avrebbe potuto convincerla ad arrendersi.

«Ma poi ho commesso lo stupido errore di cercare di aiutarti. Volevo che realizzassi il tuo sogno. Volevo che diventassi la persona che ti sentivi destinato a essere. Volevo darti qualcosa. È questo che si fa, no, quando si è *innamorati*?». Quella parola suonava infantile, patetica, mentre la pronunciava. «Se devo essere del tutto sincera, non mi dispiaceva affatto l'idea di togliere di mezzo Henry. Era un idiota». George, turbato dal fatto che insultasse un morto, aprì la bocca per replicare, ma lei lo mise a tacere alzando una mano. «La cosa peggiore che tu possa fare in questo momento è difenderlo. Stai zitto e ascolta», proseguì. «In realtà, col senno di poi, devo ammettere che è stato un mio errore. Non avrei dovuto aiutarti a raggiungere una grandezza a cui non eri destinato. Non avrei dovuto alimentare il tuo ego».

«Lui aveva barato! Io meritavo di stare su quella barca!», la interruppe George, incapace di trattenersi.

«Oh Georgie. Stai zitto», sospirò Elle. «Sei in grado di ascoltare? Ascolti mai tua moglie?», chiese, cercando di immaginare la sua vita domestica. «Scommetto che non lo fai mai, vero? Scommetto che passi tutto il giorno a parlare di te stesso: George di qua, George di là. E fai i capricci perché il bambino riceve più attenzioni di te».

Lui le rivolse uno sguardo offeso.

«Vedi, è questo il problema. Si tratta sempre di te. Del prezioso George Kingsley. Ho sempre pensato che Henry fosse una brutta persona, ma almeno non si faceva scrupoli a mostrarsi per quello che era. Tu invece pensi di avere diritto a tutto, pensi di essere al di sopra degli altri».

«Questo non è giusto», protestò George, mentre si lisciava i capelli, si aggiustava la camicia e cercava di riacquistare la sua autorità manageriale.

«Hai ragione, Georgie, non lo è». Quella sua aria da innocentino aveva ancora la capacità di farle ribollire il sangue.

«Non sono obbligato ad ascoltarti. Non posso credere che tu nutra ancora del rancore per qualcosa che è successo tanto tempo fa. È ridicolo. Dobbiamo tutti andare avanti», disse, e fece per alzarsi.

«Siediti!», ordinò lei fremente di rabbia, mostrandogli il telefono nel caso l'avesse dimenticato.

George tornò a sedersi, con gli occhi incollati al dispositivo.

«Non dirmi che devo andare avanti», gli disse lei, sentendo montare l'indignazione. «Non sai niente di me. Mi hai chiesto qualcosa da quando sei arrivato qui?».

George deglutì. Poi scosse timidamente la testa.

«Chiedimi cosa faccio per vivere», ordinò Elle.

«Cosa fai per vivere, Elle?», obbedì lui.

«Io?», rispose lei, quasi civettuola, con una mano al petto come se fosse deliziosamente sorpresa di essere oggetto di interesse. «Sono un avvocato, George», aggiunse poi in tono deciso.

Lui non riuscì a nascondere la sorpresa.

«Sì, chiunque può farcela. Chiunque può guidare una BMW, se vuole. Ma io gestisco anche un'organizzazione che fornisce assistenza legale pro bono alle donne, George, alle vittime di violenza sessuale e di abusi domestici».

«È una causa molto nobile».

«Sì, vero?».

George si schiarì la gola. «Ma ancora non capisco perché l'hai fatto, Elle», disse indicando il telefono.

Elle rifletté per un momento. Si alzò, si avvicinò alla mensola del camino e prese un calco in bronzo dei piedi di un bambino, che si rigirò tra le mani con un'espressione disgustata. «Ti ricordi quella volta che sei venuto a casa mia, Georgie?», chiese.

George socchiuse gli occhi, fingendo di richiamare il ricordo alla memoria. «Vagamente».

«Capisco sempre quando menti, Georgie», sbottò lei con impazienza, rimettendo il calco di bronzo al suo posto. «Te ne stavi lì, in preda al panico, terrorizzato all'idea di essere responsabile della morte di Henry. Volevi solo che qualcuno ti assolvesse. Lo desideravi disperatamente».

Dal divano, George le lanciò uno sguardo diffidente.

«Anche allora non mi hai chiesto nulla. Non mi hai chiesto cosa stesse succedendo a casa mia, come stessi». Tornò a sedersi sul bracciolo del divano. «Pensavi solo a te stesso. Avevi bisogno di me, volevi che ti rassicurassi, eppure allo stesso tempo guardavi dall'alto in basso il posto in cui vivevo e ti credevi migliore di me».

Elle lo vide cambiare espressione, incapace di fingere che quella non fosse la verità. Lo studiò mentre se ne stava seduto davanti a lei, così ordinario. Pensò al suo Georgie. Pensò ai grandi occhi adoranti con cui la guardava. Aveva ancora il medaglione d'oro che le aveva regalato per Natale e ricordava la sensazione che aveva provato quando lo aveva ricevuto. Nessuno le aveva mai fatto un regalo simile; nessuno si era mai soffermato a chiedersi cosa le sarebbe piaciuto e nessuno le aveva mai consegnato qualcosa con tanta tenerezza.

Osservandolo ora, si chiese se all'epoca fosse innamorata di lui o di come la faceva sentire. Forse era giunto il momento di disfarsi del medaglione.

Tuttavia non avrebbe mai dimenticato il modo in cui lui l'aveva guardata quando se lo era ritrovato sulla soglia dell'appartamento di sua madre. Quello sguardo era impresso a fuoco nella sua memoria. In quel momento aveva capito che era finita. Non sarebbe mai stata all'altezza dell'orgoglio dei Kingsley, soprattutto dopo che il loro rampollo aveva raggiunto lo status divino conferito dalla Boat Race. Quella gara aveva cambiato tutto. Più il dolore collettivo per la morte di Henry cresceva, più George assumeva un nuovo ruolo, assorbendo ciò che Henry si era lasciato alle spalle. Mentre veniva accolto in grembo alla famiglia Bellinger in qualità di amato migliore amico, la distanza tra lui ed Elle si era trasformata in un abisso. Se il suo autocompiacimento dopo la gara di canottaggio era stato irritante, le sue sproporzionate manie di grandezza in quanto figlio sostitutivo di Lady Bellinger erano insopportabili.

Aveva iniziato a trovare scuse per non vedere Elle. Non era quasi mai a casa. Trascorreva gran parte del suo tempo con i ragazzi della squadra di canottaggio, in innumerevoli eventi in memoria di Henry, con Lady Bellinger, impegnato a organizzare il funerale o a incontrare tutti gli stimati colleghi di Sir Charles. Era stato immortalato all'uscita dal funerale al braccio della sorella di Henry, Ophelia. George nel suo abito nero su misura, lei drappeggiata in crêpe de Chine. L'immagine stessa del decoro. Non aveva più tempo per oziare nel letto di Elle avvolto da una nebbia di fumo di sigaretta, per ascoltarla affascinato mentre lei metteva in discussione tutte le sue più radicate convinzioni, con la pioggia che batteva sulle finestre dagli infissi marci. La guardava con occhi diversi ora che aveva assaporato il potere e il successo. Quando si vedevano, lei avrebbe voluto chiedergli dove era finito il suo Georgie, il ragazzo che la amava. Non si era resa conto di quanto avesse amato essere amata finché non l'aveva perso. E quel bisogno doloroso le era sembrato pericolosamente simile a quello che aveva provato sua madre con ogni fidanzato. Questo era ciò che Elle odiava di più: che George le fosse entrato dentro a tal punto da non riuscire a rinunciare a lui.

Quando l'inchiesta su Henry si era conclusa con la dichiarazione da parte del medico legale che si era trattato di morte accidentale, Elle era scesa nella stanza di George e gli aveva chiesto: «Come ti senti?»

«Bene», aveva risposto lui.

Lo aveva guardato mentre se ne stava seduto alla sua scrivania, con l'aria da studente diligente e preciso. «Dai, Georgie, dimmi la verità».

Lui aveva posato la penna e sfoggiato un sorriso triste. «Okay. Mi sento come se potessi finalmente tornare a respirare».

Elle aveva sorriso. Sentiva di aver rotto il ghiaccio. Si era avvicinata, lui le aveva preso la mano e aveva intrecciato le dita alle sue. Elle aveva sentito il cuore batterle forte di fronte alla possibilità che le cose tornassero come prima. Che lui la attirasse a sé e le seppellisse il viso adorante in grembo; che si rendesse conto che lei valeva più delle aspettative e delle aspirazioni che aveva ereditato.

Ma poi, senza alzare lo sguardo, George aveva detto: «Penso che comunque sia meglio mantenere le distanze. Non si sa mai».

«Che cosa non si sa mai?», aveva chiesto, ma lui non aveva risposto.

Ora però nel salottino di Caro, a distanza di tanti anni, con un video di George che le ansimava addosso registrato su telefono, non si sentiva bene come aveva sperato. Aveva voluto vendicarsi, rovinare la sua vita perfetta. L'intenzione era stata quella di inviare il video direttamente a sua moglie. Ma mentre lo filmava, mentre si prendeva gioco di lui, si era resa conto di quanto tutto fosse senza senso. Di quanto lui fosse indegno di tanta attenzione. Non avrebbe mai ascoltato. Avrebbe sempre pensato che la vita era stata ingiusta con lui, che avrebbe meritato di più. Era colpa di Elle, in realtà; lei gli aveva permesso di penetrare la sua armatura. In seguito non aveva più commesso un errore del genere. C'erano uomini che frequentava, ma a nessuno veniva concesso di fermarsi per la notte, a nessuno dedicava più di qualche ora. Elle passava la maggior parte del tempo a lavorare. Come se non bastasse l'impegno richiesto dalla sua occupazione principale, il lavoro pro bono con l'organizzazione assorbiva quasi tutto il suo tempo libero, e non contribuiva a migliorare la sua opinione sulle relazioni. Probabilmente non era il modo più sano di vivere e di certo avrebbe potuto delegare di più, ma il lavoro era molto più gratificante delle fastidiose fragilità dell'amore.

Guardare George che piagnucolava sul divano, con l'espressione triste e una macchia di vino rosso sulla camicia, non faceva che confermare quanto quella devozione così volubile fosse una perdita di tempo. Non era necessario sconvolgergli la vita con un video che mostrasse la sua goffa infedeltà. La sua stessa esistenza banale era una punizione sufficiente. A Elle venne quasi da ridere. Sentì affiorarle alle labbra un sorriso generato dal sollievo.

«Che cosa pensi di fare con il video?», chiese George a bassa voce.

Elle sollevò un sopracciglio vedendo montare il panico in lui.

«Be', Georgie...». Si chinò per recuperare la giacca di jeans dal divano e se la infilò. Poi si avvicinò allo specchio, sentendosi addosso lo sguardo di lui, carico di ansia e apprensione. Mentre ponderava la risposta, tirò fuori dalla tasca un rossetto e iniziò a passarselo sulle labbra. «Tanto per cominciare», disse, premendo le labbra l'una sull'altra, «devi capire qual è il tuo posto. Ora sei un uomo sposato, Georgie. Con un bambino». Rimise il cappuccio al rossetto, lo infilò di nuovo in tasca e incrociò il suo sguardo nello specchio. «Ami tua moglie?»

«Moltissimo».

«Allora che diavolo ci fai qui con me? Cazzo, Georgie». Sospirò. Poi si sedette sul bordo del tavolino, con le mani nelle tasche della giacca. «Ora ti spiego ciò che farai. Ogni volta che sarai tentato di cercare qualcosa di più, qualcosa che non sia adatto a una persona come te, ti fermerai. E sarai soddisfatto di ciò che hai».

George deglutì.

A vederlo ora, con la sua pallida abbronzatura da ufficio, la camicia sgualcita, le profonde rughe di stanchezza intorno agli occhi, Elle non riusciva a capacitarsi di aver pensato che la vita di quell'uomo fosse migliore della sua. Era uno degli inconvenienti di Instagram, supponeva.

George fece per dire qualcosa, ma lei ne aveva abbastanza e si alzò per andarsene. Lui però disse: «Tutto qui?», come se fosse stupito di essersela cavata con così poco.

Elle si fermò e socchiuse gli occhi in un'espressione di frustrato disappunto. Non avrebbe mai imparato? Si accovacciò di nuovo davanti a lui. «Posso distruggere la tua vita in un istante, Georgie».

George sgranò gli occhi.

«Quando guarderai tua moglie, voglio che tu veda me», sussurrò. «E quando accadrà», si avvicinò, sentendo il suo respiro ansante sul viso, «voglio che tu sappia che non sei migliore di me. Capito?».

George annuì.

Ormai li separavano solo pochi millimetri. «Dillo».

«Non sono migliore di te», disse lui deglutendo.

«Bene». Elle sorrise. Poi si alzò e uscì dalla stanza.

CAPITOLO 32
CARO

Oggi

Mentre portava il tagliere dei formaggi dalla cucina alla sala da pranzo, Caro vide Elle accendersi una sigaretta sul gradino d'ingresso, con i lustrini della giacca di jeans che brillavano alla luce del portico. La porta era semiaperta e subito l'odore di fumo si diffuse nell'atrio.

«Potresti almeno chiudere la porta?», chiese, avvicinandosi e resistendo all'impulso di sbatterla con forza e chiudere Elle fuori di casa. «Dov'è George? Cosa avete fatto?». Erano stati via per un sacco di tempo. «No, non dirmelo, posso immaginarlo».

Elle la guardò per un attimo, poi disse: «Perché non ti unisci a me?».

Caro si schernì. «Perché mai dovrei farlo?».

Elle scrollò le spalle, attorcigliando un ricciolo biondo intorno al dito. «Solo per fare due chiacchiere, per chiarire le cose».

Caro si gettò un'occhiata alle spalle: George probabilmente era in bagno e non le andava affatto di rimanere da sola con Lily e Travis.

C'era qualcosa in Elle che l'attraeva irresistibilmente. Sebbene non la sopportasse, era sempre stata tormentata da un desiderio latente di piacerle, di essere accettata. Come se l'approvazione di Elle avesse il potere di elevare la sua vita a un livello superiore. Le aveva sempre dato fastidio non essere riuscita a ottenere quell'onore. Per questo appoggiò il tagliere sul tavolo dell'ingresso e si posizionò sulla porta accanto a lei, a cavallo della soglia, ancora per metà in casa, incapace di prendere pienamente parte all'iniziativa.

Elle gettò la cenere della sigaretta in direzione del cespuglio di rose. Davanti a loro, appena oltre la strada, c'era il fiume, e l'acqua brillava al chiaro di luna. «Ti sei trovata un bel posticino», disse Elle. «Sei caduta in piedi, eh?»

«Pensavo che volessi chiarire, non lanciarmi altre frecciatine».

Elle le rivolse uno sguardo pigro. «Non voglio chiarire, ho mentito».

«Per l'amor di Dio!». A Caro riusciva facile mascherare il disappunto con l'esasperazione, con Brian lo faceva in continuazione. «Senti, io torno dentro. Ti dispiacerebbe non gettare la cenere sui cespugli di rose?»

«Sai, è orribile vedere qualcuno che rovina la vita di una persona che ami», commentò Elle, con gli occhi fissi sul fiume.

Caro emise un sospiro esagerato. «Non so di cosa tu stia parlando».

Elle le rivolse uno sguardo di puro disprezzo. «No, non credo che tu lo sappia», disse, facendo cadere di proposito altra cenere sulle rose.

Caro avrebbe voluto strapparle di mano la sigaretta e buttarla a terra, ma rimase dov'era, completamente immobile, incapace di interpretare ciò che stava accadendo.

«Vedi, è stata la mia sorellina a scrivere i tuoi saggi», disse Elle espirando un pennacchio di fumo. «È stata lei a farti prendere il massimo dei voti».

Caro era confusa. «No, non era lei. L'avrei saputo se fosse stata tua sorella».

«Credimi, Caro, era mia sorella». Elle la guardò come se non valesse la pena di discutere.

«Ma non avevate lo stesso cognome».

«Penso che tu più di tutti sappia che questo è irrilevante».

Caro sentì un nodo stringerle lo stomaco. Guardò la strada dove in quel momento stavano passando un taxi nero e un ciclista. In realtà non aveva idea di chi fosse quella ragazza, era solo una persona che le aveva reso la vita più facile.

Elle gettò la sigaretta sul vialetto. «Non abbiamo mai scoperto chi sia stato a denunciarla all'università. Sapevo che scriveva per te, ma non pensavo che ti avessero beccata, perché in caso contrario, immaginavo, avrebbero cacciato anche te. E poi eccoti lì, a tavola, a buttar lì come se niente fosse che hai raccontato tutto e che non hai sostenuto gli esami finali. Ma non significava nulla per te, vero? Hai rovinato la vita di qualcuno per salvare la tua patetica pelle». Elle si passò la lingua sul labbro inferiore mentre pensava. «Mia sorella era molto più intelligente di tutti noi. Ti ricordi come si chiamava?».

Caro non voleva trovarsi in quella posizione, alla mercé di Elle. L'espressione fredda sul suo volto le fece correre un brivido lungo la schiena. Cercò disperatamente di accedere ai recessi della sua memoria per trovare un nome, ma non c'era nulla, nessun ricordo. Dovette scuotere la testa. «No, non ricordo».

Negli occhi di Elle passò un lampo di rabbia. «Sarah, si chiamava Sarah. Non si è laureata a Oxford e non conosceva abbastanza gente per far sì che questo non contasse. Non c'era nessuno con i soldi a salvarla. Cos'è che hai detto prima? *Do ut des*? Sei tu che l'hai coinvolta».

«Non credo sia stata del tutto colpa mia. Avrebbe dovuto sapere che potevano esserci delle conseguenze».

«Oh vaffanculo, Caro», esclamò Elle. Si allontanò per calmarsi un po' abbottonandosi bene la giacca. «Non rifilarmi queste stronzate da santarellina, non siamo a una delle tue riunioni genitori-insegnanti. Io ti conosco. So esattamente come sei sotto tutte queste cazzate». Con un cenno indicò la casa, il cespuglio di rose, la pavimentazione in arenaria indiana appena posata e il sentiero di pietre bianche e nere. «L'ha fatto per i soldi. Allo stesso modo in cui tu ti prostituisci per ottenere ciò che vuoi».

«Come ti permetti?»

«Oh, mi permetto eccome, Caro». Elle si avvicinò e Caro indietreggiò di un passo. La risata di Elle era decisamente priva di umorismo. «Mia sorella non era come te, Caro, non era il tipo di persona in grado di cavarsela in ogni situazione. Era molto intelligente, ma aveva una bassissima autostima. Pensava di aver avuto ciò che meritava, non ha lottato, non ha tentato un'altra strada. Alcune persone non sono nate per combattere. Alcune persone si arrendono quando vengono schiacciate». Elle si umettò le labbra, guardò per un attimo la pavimentazione color crema, poi tornò ad appoggiarsi al muro e si accese un'altra sigaretta. «Il suo atteggiamento era molto frustrante. Quando la espulsero, per lei fu la fine. Trovò lavoro in una merdosa società di contabilità. Tutta la sua cultura e la sua intelligenza servivano solo a cercare di far quadrare i libri contabili di persone fraudolente. Finì come mia madre: con uomini disgustosi, in un appartamento di merda e con un'autostima pari a zero, nonostante ciò che le dicevano. Ma, naturalmente», proseguì, infilando l'accendino in tasca, «tutti abbiamo le nostre piccole debolezze, no? Qual è la tua? Che non te ne frega niente degli altri finché stai bene tu?»

«Questo non è vero». Caro, sulla difensiva, giocherellava con il velluto dei pantaloni come la sua figlia più piccola faceva con il ciuccio. «Mi preoccupo per molte persone. Mi dispiace per quello che è successo a tua sorella. Non lo sapevo».

«Non provarci nemmeno», sibilò Elle tra i denti.

Caro sentì accelerare il respiro. Guardò gli occhi blu pallido di Elle, che l'avevano sempre messa a disagio. Avrebbe voluto porre fine a quella conversazione, tornare dentro, servire il formaggio e il vino e spedire tutti a casa. Avrebbe voluto che Elle non la guardasse in quel modo.

«È morta il mese scorso», disse Elle senza mezzi termini. «Insufficienza epatica. Ha bevuto fino ad ammazzarsi».

Caro sussultò. «Oh Elle, mi dispiace».

«No, non ti dispiace», rispose Elle inarcando un sopracciglio. Poi si voltò e appoggiò la spalla al muro. «Voglio che lo sperimenti sulla tua pelle, Caro. Voglio che tu sappia cosa si prova quando qualcuno distrugge qualcosa senza neanche pensarci».

Caro sentì un brivido di terrore lungo la nuca. Non era affatto questo ciò che si era aspettata quando aveva raggiunto Elle sul gradino. Aveva immaginato che si sarebbero lasciate alle spalle ogni tensione e magari riso insieme dell'orribile tatuaggio di Travis o dell'imbarazzante lettera su George.

«So che è Henry il padre, Caro», disse Elle con disinvoltura. «Lo so da quando ho trovato il test di gravidanza che hai nascosto in fondo al cestino». Si sporse verso di lei e aggiunse in un sussurro cospiratorio: «Non puoi nascondermi nulla».

Caro reagì d'istinto. «Tu non sai niente! Henry *non era* il padre!». Sentiva il sangue pompare velocemente nelle vene, pulsare nel collo. «È una bugia. Non sai di cosa stai parlando».

Elle scrollò le spalle, si girò di nuovo verso le rose e tirò una lunga boccata dalla sigaretta. «So che il tuo patrigno non avrebbe accettato l'idea che tu fossi incinta e single. Me lo ricordo, era un fanatico religioso. E presumo che un ragazzo come Brian sia stato felice di intervenire e farsi carico di un figlio non suo, se questo significava avere accanto una persona come te». Elle girò la testa per studiare la sua reazione. Caro evidentemente non era imperscrutabile come pensava di essere, oppure Elle aveva poteri di osservazione da supereroe, perché all'improvviso si drizzò in tutta la sua altezza e disse: «Lui non lo sa, vero? Neanche Brian lo sa». Caro non fu abbastanza pronta a negare ed Elle scoppiò a ridere stupita. «Wow! Come diavolo hai fatto?».

Caro rimase in silenzio per qualche istante, mentre le balenavano in mente immagini della sua vita passata, come quando quell'idiota del cazzo di Lionel le aveva fatto la predica sulla vergogna connessa al meretricio e alla fornicazione occasionale. Non poteva tenerla sotto il suo tetto se era incinta. Tuttavia, non poteva nemmeno tollerare un aborto; i bambini erano una benedizione. Il dilemma fu risolto dalla madre di Caro che, non volendo rinunciare alla sua gallina dalle uova d'oro per una questione banale come un bambino, la spedì da suo zio in Svizzera. Lontano dagli occhi, lontano dal cuore.

Oppure il momento in cui Bethany si era seduta sulle ginocchia di Brian e aveva detto: «Credo di avere la bocca della mamma e i tuoi occhi, papà». Caro aveva appoggiato il bicchiere di vino sul piano di lavoro con tanta forza da rovesciarne un po', ma Brian non si era nemmeno voltato a guardare. Avrebbe voluto gridare: «No, non è così! Non hai i suoi occhi!». Brian aveva stretto forte Bethany e aveva risposto: «Penso che tu abbia preso il meglio di entrambi». Quei due erano inseparabili. Caro aveva sentito gli occhi riempirsi di lacrime. Odiava essere legata a lui. Avrebbe voluto i bambini solo per sé, per fare fronte comune contro di lui, ma i figli non vedevano Brian con i suoi stessi occhi. Non erano disgustati dal suo mento sfuggente e dall'infantile bisogno di continue rassicurazioni. Che le piacesse o no però, quella era la vita che si era scelta. E per il momento non poteva lasciarlo, perché, anche se la adorava, Brian teneva ben saldi i cordoni della borsa. Il denaro, lo sapevano entrambi, era il legame che li univa. Dopo tutto quello che aveva passato in gioventù, Caro si era assicurata che i suoi figli non dovessero mai soffrire per la mancanza di risorse economiche. Avrebbero frequentato le migliori scuole private, avrebbero fatto vacanze all'estero, sci, surf, vela, mangiato in ottimi ristoranti. Avrebbero vissuto senza doversi mai lamentare di nulla. Se fossero voluti andare all'università, avrebbero potuto scegliere quella che preferivano. Se dopo un anno sabbatico avessero sviluppato una passione per lo street food messicano, lei avrebbe comprato loro un furgone per cucinarlo alle sagre. Se uno dei suoi figli avesse desiderato diventare attore o attrice, avrebbe avuto la sua benedizione, anche se probabilmente non avrebbe potuto fare a meno di indirizzarlo verso la Royal Academy of Dramatic Art. Sarebbero cresciuti con il lusso di un privilegio innato. Ed era stato in nome di quel privilegio che, quando Bethany aveva abbracciato forte Brian, Caro non aveva deriso l'assurda idea che avesse ereditato i suoi occhi porcini; invece aveva lasciato il vino sul bancone e si era costretta a unirsi all'abbraccio, appoggiando la guancia sulla testa di Brian mentre prendeva le distanze dal momento immaginando quanto sarebbe stato diverso se al posto suo ci fosse stato Henry.

Ora, sulla soglia di casa sua, sotto lo sguardo divertito di Elle, Caro era determinata a tenere nascosti i segreti della sua vita, ma era come cercare di stringere tra le mani un uovo che si sta rompendo. «Sei pazza. Non sai di cosa parli», disse sollevando il mento.

Il sorriso di Elle divenne più ampio. «Be', facciamo finta che io non sia pazza e che non mi stia inventando niente. Ho pensato: cosa sconvolgerebbe Caro? Cosa conta di più per lei? La sua reputazione? Ciò che pensa la gente? Forse potrei presentarmi fuori dalla scuola dei tuoi figli e iniziare a spargere brutte voci su di te? Potrebbe essere divertente». Si morse il labbro come se stesse riflettendo sull'eventualità.

Caro immaginò il cortile della scuola, dove veniva accolta praticamente da ogni genitore che incontrava, le riunioni dell'associazione genitori-insegnanti che presiedeva, con il direttore e persino con alcuni membri del consiglio scolastico. Nella scuola era praticamente una celebrità: inevitabile quando si hanno così tanti figli. Non poteva pensare a Elle che fumava davanti alla porta, interrompendo le madri per diffondere pettegolezzi velenosi sul matrimonio di Caro e su chi fosse il vero padre della sua figlia maggiore. La rete sociale della scuola di Heathfield sarebbe andata in tilt. Tutto il duro lavoro che Caro aveva fatto sarebbe andato in fumo. Sentiva i palmi delle mani sudare, ma si rifiutò di mostrare qualsiasi accenno di rabbia. «Sono sicura che avrai di meglio da fare», disse con un sospiro.

«Sì, immagino di sì», rispose Elle dopo aver riflettuto un momento.

Un autobus frenò rumorosamente sulla strada ed Elle gli rivolse un'occhiata distratta. Caro rimase ad aspettare, con il cuore che batteva forte e i palmi delle mani sudati. Si chiese cosa stessero facendo gli altri, seduti in attesa del formaggio, ignari della catastrofe che si stava consumando sulla soglia di casa.

Elle spense la sigaretta. «Scommetto che la madre di Henry sarebbe interessata».

Caro sentì le gambe cedere.

«Sarebbe sua nipote, no?», disse Elle. «E se la sorella di Henry non ha avuto figli, allora potrebbe essere la sua *unica* nipote».

Caro non rispose. All'improvviso tutto le sembrava più luminoso, più nitido. La paura acuiva i suoi sensi.

«Pensa che storia scioccante sarebbe: un'anziana nonna a cui viene negata la possibilità di tenere in braccio la bambina del figlio morto. Di certo ravviverebbe un bel po' la grande cerimonia d'inaugurazione dei Bellinger, no?».

Caro deglutì. Sentì il calore affluirle alle guance. Nella sua mente, la madre di Henry aveva rinunciato a qualsiasi diritto sulla bambina quando aveva detto a Caro che non sarebbe mai stata abbastanza per suo figlio. Non le avrebbe mai permesso di avvicinarsi a sua figlia. Nei suoi incubi Lady Bellinger e i suoi avvocati riuscivano in qualche modo a bollarla come cattiva madre e chiedevano il diritto di visita. Immaginava la vecchia megera che portava Bethany a prendere un tè mentre sussurrava bugie alle sue orecchie di adolescente impressionabile.

Elle la stava guardando con un luccichio malizioso negli occhi.

Caro fece un respiro profondo e disse: «Cosa vuoi? Se hai bisogno di soldi, posso aiutarti».

«Oh, non essere ridicola», la liquidò Elle sbuffando sdegnata. «Non ho bisogno dei tuoi soldi».

Caro non sapeva cosa dire. Il denaro era l'unica cosa che aveva da offrire. «Elle, dimmi solo cosa vuoi. Se si tratta di scuse, allora lo faccio volentieri: mi dispiace davvero per tua sorella».

«Non te ne può fregare di meno di mia sorella, ti interessa solo salvarti la pelle», rispose Elle. Avanzò, raccolse un petalo da una rosa, lo strofinò tra le dita e lo lasciò cadere a terra.

«Solo tu potevi coinvolgere uno come Brian Carmichael in uno scottante intrigo amoroso». Quando Elle si voltò, il suo volto si era addolcito un po'. Sorrideva, e il suo sguardo pareva quasi mostrare segni di indulgenza. «Anche tenendo conto dei tuoi standard, devi aver agito molto in fretta. Però non capisco come sei riuscita a fargli credere che la bambina fosse sua».

Caro sospirò, all'improvviso si sentiva esausta. «La clamidia ha influito sul peso di Bethany alla nascita», disse appoggiandosi al davanzale della finestra. «È nata piccola e aveva la polmonite». Caro scrollò le spalle. «Ho detto a Brian che dipendeva dal fatto che fosse prematura».

Elle rise, con un misto di ammirazione e sorpresa. «Accidenti, Caro. Sei riuscita a sfruttare a tuo favore una malattia venerea».

Caro alzò lo sguardo su di lei. «Cosa hai intenzione di fare? Non voglio che la madre di Henry sappia di Bethany. Farò tutto quello che vuoi pur di impedirlo».

Elle chinò il capo mentre rifletteva. «Vorrei che tu sapessi cosa si prova nel vedere una puttana che ti distrugge la vita. Mi farebbe sentire meglio».

Per un attimo restarono occhi negli occhi, in silenzio. Caro si sforzò di provare qualcosa per la sorella di Elle. Cercò dentro di sé un accenno di emozione per quella ragazza anonima e insignificante che una volta ogni due mesi le aveva consegnato una chiavetta USB in cambio di una somma che Caro non ricordava nemmeno, anche se ricordava che spesso aveva pagato meno di quanto pattuito: aveva fiuto per la disperazione. Si sentiva in colpa? Non particolarmente. Elle era riuscita a darle un assaggio di ciò che intendeva? Senza dubbio. «Lo sto provando, Elle», disse. «Ti garantisco che è così».

Elle sgranò gli occhi di fronte all'improvvisa serietà di Caro. Poi si chinò ad annusare una rosa. «Non preoccuparti, non farò nulla che possa turbare la tua preziosa famiglia. Non stasera, almeno».

«Cosa vuol dire "non stasera"?». Caro si aggrappò al davanzale. Che cosa significava? Poteva rilassarsi?

«Vuol dire che ti terrò d'occhio, Caro, con tutti i tuoi piccoli segreti in tasca», disse Elle con calma. «E tu, come me, sperimenterai cosa significa vivere per sempre facendo i conti con le conseguenze del capriccio egoistico di qualcun altro».

«Okay», disse Caro cercando di mantenere la calma.

«Non ho bisogno del tuo consenso, Caro».

«No, certo che no». Odiava quella situazione, non sopportava di essere ostaggio della condiscendenza di Elle. «Quindi non dirai niente a Lady Bellinger?».

Elle scrollò le spalle. «Per ora no. Ma forse un giorno potrei presentarmi a una delle cerimonie commemorative. O fare un salto per una tazza di tè».

Caro serrò le labbra. Riusciva a immaginare Elle che passeggiava tra i preziosi cimeli dei Bellinger e lanciava la sua notizia bomba davanti a una tazza di Darjeeling e a un frollino scozzese.

Elle si avvicinò e si sedette sul davanzale accanto a Caro; aveva un odore così familiare, così caratteristico. «C'è una cosa che vorrei che facessi».

Caro la guardò diffidente. «Cosa?».

Elle sorrise. «Sii più gentile con Brian, Caro. Mi piaceva, abbiamo frequentato un corso di zoologia insieme. Si merita di meglio».

Caro sentì una stretta allo stomaco. «In che senso dovrei essere più gentile con lui?»

«Intendo», rispose Elle, con una sfumatura allegra nella voce, «che vorrei ti comportassi come una moglie amorevole».

«Come sai che non lo faccio già?»

«Dai, Caro, ti si legge in faccia che stai risparmiando per andartene».

Caro deglutì. In effetti nel corso degli anni aveva messo da parte del denaro per sfuggire al suo matrimonio non appena sistemati tutti i figli all'università o su un furgone di taco messicani. Era questo che la faceva andare avanti; si svegliava ogni mattina consapevole del fatto che il conto alla rovescia stava procedendo. E ora che tutti avevano iniziato la scuola, il tempo sfrecciava via. La tristezza di vedere i figli crescere in fretta era compensata e resa sopportabile dalla libertà che Caro intravedeva all'orizzonte.

«Non credo che Bethany sarebbe molto contenta se scoprisse le bugie e gli inganni di quella cattivona della mamma», disse Elle, come se fosse una vecchia amica di famiglia.

Caro non voleva neanche pensarci. Per quanto cercasse di separarli, Brian e Bethany erano molto uniti, facevano sempre fronte comune contro di lei, ascoltavano avidamente l'una le opinioni dell'altro, ridevano di battute e meme che Caro nemmeno riusciva a capire, escludendola. Appoggiò la testa indietro contro la finestra, sconvolta ma rassegnata al suo nuovo orribile destino.

Elle le diede una pacca sul ginocchio. «Non devi esagerare, Caro. Sii gentile, tienigli la mano ogni tanto. Stringiti a lui quando siete a letto. Domani portalo alla commemorazione e presentalo agli altri. E, sai, non è mai troppo presto per iniziare a pianificare una piccola crociera per il pensionamento; ho sentito dire che il Nilo è favoloso». Rise, era evidente che si stava divertendo molto. «Forse è venuto il momento di riprendere i contatti con Brian, il mio vecchio compagno di corso a zoologia». Si alzò e si sistemò il vestito. «Su con la vita, Caro. Poteva andare peggio. Saresti potuta finire con Henry», concluse, facendole l'occhiolino.

Caro avrebbe voluto afferrarla, trascinarla indietro, prenderla a pugni, sbatterle la testa contro la pavimentazione di arenaria indiana, qualsiasi cosa pur di tenerla fuori dalla sua vita. Sapeva che Elle aveva vinto e che da quel momento in poi avrebbe guardato con divertimento ogni decisione di Caro.

«Oh, ciao, Georgie», disse Elle rientrando in casa. «Hai sentito tutto?».

Caro si girò di scatto e attraverso la porta d'ingresso aperta vide George in piedi nell'atrio, con le guance rosse. I loro sguardi si incrociarono, ma lui abbassò subito gli occhi sul pavimento e si affrettò a raggiungere la sala da pranzo.

«Non preoccuparti, non dirà nulla. Non ne è capace», disse Elle voltandosi verso Caro con un sorriso.

Sentendo l'adrenalina abbandonarla, Caro dovette reggersi al davanzale per mantenere l'equilibrio, mentre si chiedeva cosa sarebbe successo se fosse caduta in avanti e avesse sbattuto la testa sulla pietra arenaria indiana.

CAPITOLO 33
LILY

Oggi

Formaggi: Brie de Meaux Dongé, Comté extra vieux e Lincolnshire Poacher d'annata (opzione vegana: formaggio affumicato vegano)

Lily aveva aiutato Caro a scartare e servire i formaggi che George aveva comprato nella sua gastronomia di fiducia, ciascuno corredato da una scheda che ne illustrava le caratteristiche organolettiche. Caro aveva tutto l'occorrente per il formaggio: un coltello d'argento con un piccolo topo sul manico e dei fori sulla lama che senza dubbio servivano a qualcosa, ma che erano stati fatti in modo da ricordare i buchi dell'Emmental; una pesante lastra di marmo bianco per servirlo; uva, gelatina di fichi e piccoli piatti decorati con immagini di etichette di formaggi francesi. Non per la prima volta, Lily si rallegrò che non avessero organizzato la cena a casa sua: lei non aveva accessori per il formaggio.

Cercava di tenersi occupata. Apparecchiava la tavola, sparecchiava, piegava nuovi tovaglioli di lino puliti. La aiutava a non pensare a Caro e Travis che facevano sesso mentre si supponeva che Travis fosse innamorato di lei. La aiutava a non pensare a nulla di ciò che era stato detto.

George riapparve in sala da pranzo con un aspetto particolarmente cinereo. Aveva i capelli umidi: evidentemente si era spruzzato dell'acqua fredda sul viso. Quando si sedette, Travis chiese con un sorriso sornione: «Che cosa hai fatto?»

«Niente», rispose subito George e Travis scoppiò in una risata così profonda che Lily la sentì rimbombare dentro di sé. Si concentrò sul tavolo; il formaggio vegano di Travis era adagiato su un piccolo tagliere a parte.

Se ne stavano tutti e tre seduti a tavola in attesa, come uccelli impagliati. George iniziò a leggere con attenzione le etichette dei formaggi, poi, non riuscendo a stare fermo, saltò in piedi e disse: «Vado a vedere dove sono le altre due», poi uscì dalla stanza. Travis aveva chiuso gli occhi e sembrava che stesse meditando, le ciglia scure si muovevano leggermente sul viso magro e abbronzato. Lily desiderava disperatamente rompere il silenzio, ma non riusciva a trovare nulla da dire.

Invece iniziarono i pensieri e si insinuarono nei vuoti che non le era stato possibile colmare con osservazioni sul modo migliore di servire il formaggio. Guardò le mani abbronzate di Travis e pensò al momento in cui George aveva annunciato la festa per celebrare la vittoria della regata e Travis le aveva chiesto: «A te va di andare alla festa? A me in realtà no».

«Nemmeno a me. Preferisco restare a casa con te», aveva risposto lei. L'aveva detto cercando di trasmettere un messaggio implicito, lasciando intendere che forse la loro relazione avrebbe potuto fare un passo avanti. Aveva visto un luccichio negli occhi di Travis quando le aveva detto con un sorriso: «Le grandi menti pensano allo stesso modo, Lily». Lei aveva sentito un fremito in tutto il corpo e le dita avevano cominciato a formicolare per l'eccitazione e il nervosismo. Così, anziché comprare un vestito per la festa, era andata ai grandi magazzini Boswells e aveva preso della biancheria intima. Di pizzo nero. Il tipo di biancheria che Elle metteva ad asciugare sui termosifoni. Aveva detto a sua madre che aveva bisogno di soldi per i libri e invece aveva comprato lenzuola e profumi nuovi.

Il grande giorno, il cuore le batteva come quando leggeva i libri di sua nonna immaginando gli scontri, i colpi e i sussulti dell'estasi che sarebbero seguiti. Si sentiva quasi svenire per l'emozione dell'attesa. Tutti gli altri si stavano affannando per prepararsi e uscire, Lily invece aspettava. Si era truccata, depilata le gambe due volte, aveva fatto la ceretta, si era cosparsa di crema idratante e si era infilata la sua nuova biancheria intima.

Travis entrò nella stanza indossando una vecchia maglietta

a maniche lunghe con dei buchi sui polsini che la facevano assomigliare a un paio di collant smagliati. Si guardò intorno. «C'è un buon odore qui dentro».

Lily cercò di assumere un atteggiamento sensuale, ma era troppo nervosa per riuscire a rimanere seria.

Travis le aveva preso dei fiori da qualche parte: tulipani. Su un petalo c'era una cacca di uccello. «Mi dispiace», disse lui indicandolo. Lily mise i fiori in un bicchiere con l'acqua. «Li rende più affascinanti», rispose.

«Proprio quello che ho pensato anch'io», replicò Travis con un sorriso. Non si era rasato, aveva il viso coperto da un'ispida barbetta e i capelli che puntavano in tutte le direzioni, come se si fosse appena svegliato. Lily si avvicinò per sistemarglieli, ma lui spostò la testa, per timidezza o forse perché non gli andava di essere pettinato, chissà.

Ci fu qualche momento di esitazione: che musica vuoi? Devo spegnere la luce? Hai sete, fame, caldo? No, sto bene, davvero. La stanza sembrò rimpicciolirsi intorno a loro. Mentre si muoveva, la biancheria di pizzo le finì nel sedere e Lily cercò senza successo di tirarla fuori con un piccolo strattone discreto. Travis ripeté che la stanza aveva un buon odore. Poi, all'improvviso, si baciarono, come se nessuno dei due potesse sopportare un secondo di più la tensione delle chiacchiere. Travis la attirò a sé, contro il morbido cotone della maglietta logora, e le sue mani aperte le corsero lungo la schiena sollevandole il top. «Va bene?», le chiese. Lily annuì, ma quando lui le sfilò il top, rivelando il reggiseno nero, si sentì in imbarazzo.

«Questa sì che è una bella sorpresa», disse lui sorridendo. Poi prese ad accarezzarle il seno coperto di pizzo annusandole la pelle.

Lily era combattuta fra il desiderio e la vergogna. Tutto il suo corpo stava iniziando a tremare. Si sentiva più esposta così, semisvestita, di quanto lo sarebbe stata completamente nuda. La tensione le annebbiava la mente: temeva che la porta non fosse chiusa bene o che i suoi fratelli avessero messo delle telecamere nascoste nella stanza e la stessero osservando. Travis la fece sdraiare; lei sprofondò nel piumone sotto il peso di lui, chiuse gli occhi e respirò il suo profumo di erba e di sapone, gli passò una mano tra i capelli disordinati, sulla sua barba ispida, poi aprì gli occhi e li puntò dritti nei suoi verde chiaro; era quello che voleva, era la persona con cui voleva stare. Avrebbe scritto libri su di lui, se avesse potuto. Gli mise le braccia intorno al collo e lo strinse, inspirando il suo odore. Pensò agli altri, che erano alla festa mentre lei era lì a vivere quello che poteva essere il momento più bello della sua vita. Travis e Lily. Allentò la presa e gli fece scivolare una mano sotto la maglietta, sulla pelle calda, facendogli il solletico e strappandogli un risolino. Lily sorrise timidamente. Travis si sfilò la maglietta da sopra la testa, in modo che fossero pelle contro pelle, poi le passò una mano dietro la schiena e cercò di slacciarle la gonna, ma si impigliò nel piumone e si finse infastidito. Lily sollevò i fianchi e aprì la lampo. Mentre le sfilava la gonna facendogliela scivolare lungo le cosce, Travis sibilò tra i denti alla vista delle mutandine di pizzo. «Lily, ti sei superata».

Quando si avvicinò per toccarla, si accorse che stava tremando.

«Hai freddo?», le chiese.

«No», rispose lei, tremando ancora di più.

«Stai tremando».

Lily si morse il labbro e arrossì. Non riusciva più a controllare il tremore violento che si era impossessato di lei. Non poteva nemmeno provare a nasconderlo. Maledicendo il suo corpo, sussurrò, con i denti che battevano: «Travis, non l'ho mai fatto prima».

Lui si fermò immediatamente. «Cosa?».

Lily dovette ripeterglielo.

«Stai scherzando, vero?», chiese Travis ridendo.

Lei scosse la testa.

«Ma la biancheria intima, la...». Si interruppe, aggrottando le sopracciglia confuso.

Lily si coprì il petto con le mani, sentendosi come una bambina.

«Mi stai prendendo per il culo?». Travis rise di nuovo e gli si illuminarono gli occhi, come se fosse convinto di essere vittima di una candid camera. «È impossibile che tu non abbia mai fatto sesso. Non ci credo».

Lily sentì l'umiliazione bruciarle le guance, il collo, tutto il corpo. Immaginava di essere rossa come un pomodoro. Sentì le lacrime salirle agli occhi e cercò di coprirsi con il piumone, ma il tessuto era rimasto incastrato tra il letto e la parete. «Be', credici».

Quando finalmente Travis si rese conto che stava dicendo la verità, che non si trattava di uno scherzo, si allontanò dal letto. «Cazzo», disse, con le mani alzate come se volesse evitare di toccare qualcosa di ripugnante. Poi rise di nuovo, questa volta più inorridito che divertito, mentre si passava una mano tra i capelli scompigliati.

Lily stava cercando di rimettersi il top, ma il braccio era rimasto impigliato nella manica. «Puoi smetterla di guardarmi così, per favore?»

«Mi dispiace», disse Travis cercando di ricomporsi. «Solo non pensavo che qualcuno... Non posso credere... Ma dici sul serio?»

«Sì, dico sul serio», borbottò Lily, ancora alle prese con i vestiti, desiderando che il letto si piegasse in due e la inghiottisse.

Travis cominciò a camminare avanti e indietro. «Merda, Lil, merda. Perché non me l'hai detto?».

Lily si raggomitolò stringendosi le gambe al petto. «Perché è imbarazzante».

«Giusto, cazzo». Travis afferrò la maglietta e cominciò a rivestirsi. «Sapevi che non sarei mai venuto a letto con te se l'avessi saputo».

«Non è vero».

«Mi sento ingannato». Scosse la testa ed espirò come se portasse sulle spalle il peso del mondo. «Non voglio questa responsabilità. Non voglio entrare in una cosa così intensa. Non se ne parla. Cazzo. E poi? Vuoi che ci sposiamo?».

Lily non riusciva a parlare. Le faceva male il cuore. «Sei serio? Ti rendi conto di quello che dici?»

«No, non so cosa sto dicendo. Mi dispiace». Rimase in piedi con il pollice e l'indice sulla fronte, gli occhi chiusi, cercando di elaborare ciò che stava succedendo, poi rise di nuovo incredulo, riaprì gli occhi e disse: «Lily, non sono chi vuoi che io sia. Non posso essere quella persona per te. Hai aspettato di condividere questo momento con qualcuno. Con me, a quanto pare. È una responsabilità enorme. E comporta cose che non voglio. Io non voglio essere la persona che stai aspettando. Non ho nemmeno letto *Harry Potter*. Non me ne frega niente di *Harry Potter*. Non sono un tipo che si preoccupa per gli altri. Mi preoccupo solo di me stesso. Passo la maggior parte delle mie ore di veglia strafatto per non dovermi occupare dei miei casini. Sono uno stronzo».

«No», intervenne Lily scuotendo la testa. «Vorresti esserlo, ma non lo sei. In fondo non lo sei». Le si mozzò il fiato. Stava per dire "Sei un Tassorosso", ma si rese improvvisamente conto che era tutta una bugia.

Travis sospirò e la guardò come se fosse una bambina dagli occhioni ingenui che indossava la biancheria intima della madre. «Non viviamo nella favola di *Cenerentola*, Lily. Non siamo una di quelle famigliole felici della pubblicità. Non so come si diventa così. Lo giuro, sono uno stronzo. Non voglio questa responsabilità», concluse, indicando il punto del letto in cui era seduta.

Ci fu una pausa.

«Allora cosa abbiamo fatto per tutto questo tempo?», chiese alla fine Lily, con voce flebile nel silenzio cavernoso.

«Non lo so, Lily. Ci siamo solo divertiti un po'», rispose Travis scuotendo la testa e uscendo dalla stanza. «Niente di serio».

Cercando di concentrarsi sul respiro, Lily tornò al presente nella sala da pranzo di Caro. L'odore del formaggio era tanto opprimente che le veniva da vomitare. Quasi si mise a ridere immaginando la faccia che avrebbe fatto Caro se avesse vomitato su tutti quei formaggi disposti con cura, ma poi la nausea peggiorò e l'intera stanza cominciò a vorticare in una spirale di decorazioni artistiche accuratamente selezionate.

George rientrò e prese posto in silenzio. Era chiaramente successo qualcosa tra lui ed Elle.

Lily cercò di stabilizzarsi aggrappandosi ai lati della sedia.

Poi, all'improvviso, la quiete della sala da pranzo fu spezzata da Elle, che fece irruzione con la giacca di jeans che le scivolava da una spalla, le guance arrossate e un'espressione esaltata sul viso. Si avvicinò al tavolo, recuperò la borsa dallo schienale della sedia e disse: «Bene, credo che il mio lavoro qui sia finito».

«Cosa?», chiese Travis sgranando gli occhi. «Ma abbiamo appena portato in tavola il formaggio».

Elle sorrise e i riccioli biondi le ricaddero sul viso. «Non sono una grande fan del formaggio», rispose ficcandosi in bocca un acino d'uva.

No. Elle non poteva andarsene. Lily sentì il panico montare di nuovo, annebbiandole la vista e amplificando i suoni. «Non puoi andartene». Voleva parlare con Elle, da sola. Sentì una stretta al petto. *Sei più forte di quanto pensi, Lily*. La nausea si fece più intensa e pregò di non vomitare sul tavolo.

«Elle *può* assolutamente andarsene!», sbottò Caro, che era apparsa sulla porta con un aspetto diametralmente opposto a quello di Elle: pallida e stanca, con i capelli rossi tirati indietro e il trucco sbavato.

Travis si guardò intorno confuso. «Cosa sta succedendo?».

Elle si avviò verso l'uscita cercando di trattenere le risate. «È stato bello rivedervi».

Alzandosi in fretta, George spinse il grande tavolo, e la sedia di Lily finì contro la grande credenza francese alle sue spalle. Quando cercò di alzarsi a sua volta, Lily si accorse di essere incastrata. La gamba della sedia si era impigliata nel tappeto e lei non poteva muoversi.

«Aspetta, Elle, io...», esclamò, ma la sua voce fu sovrastata da quella roboante di George che diceva: «Mi dispiace che tu non possa restare!».

«Che bugiardo!», replicò Elle in tono sbarazzino.

Travis spinse un po' il tavolo per alzarsi e Lily si ritrovò ulteriormente incastrata.

Nel frattempo Caro stava facendo del suo meglio per accompagnare Elle all'uscita: «Grazie per essere passata». Ma Travis si intromise, insistendo per abbracciarla. «Sei sicura di dover andare, Elle?».

Il bordo del tavolo premeva con forza contro la bocca dello stomaco di Lily, facendole mancare il respiro. L'angolazione scomoda intensificava la sensazione di panico, come in uno di quei sogni in cui nulla si muoveva come avrebbe dovuto. Cominciarono a fischiarle le orecchie, sentiva le braccia deboli. Elle stava uscendo dalla sala da pranzo con il suo vestito rosso e la sua giacca di jeans con le paillettes. Caro la seguiva e George stava in piedi con le mani sui fianchi accanto a Travis, bloccando la visuale di Lily. Doveva fermare Elle. Non poteva lasciarla andare via. *Sei più forte di quanto pensi, Lily.* Il respiro le si fece affannoso. Strinse gli occhi per scacciare i piccoli lampi di luce che erano apparsi ai margini del suo campo visivo. Poi sentì una voce gridare: «Ho avuto la clamidia!» e si rese conto che era la sua.

CAPITOLO 34
ELLE

Ieri
Terzo trimestre del terzo anno

Cazzo, la festa era una noia mortale. Un campionario di perfetti imbecilli che non riuscivano a reggere alcol e droghe e vomitavano in un angolo. Arroganti ragazzini ossessionati da giochi e penalità. Le ragazze si aggiravano con le loro mèches costose e le loro risate stridule, fasciate in abitini di seta che costavano quanto la droga che Elle aveva visto consumare a Henry. I ragazzi, con i loro orrendi blazer blu navy, si davano arie da gran signori fino a quando non erano troppo sbronzi per riuscire a parlare senza biascicare.

Non era esattamente quella la sua idea di divertimento. Stava per andarsene sgattaiolando via senza dare nell'occhio, quando vide un volto familiare schiacciato tra la folla. «Lily?», gridò per farsi sentire al di sopra del rumore. «Cosa ci fai qui?», chiese, tendendole la mano per trascinarla fuori dalla calca.

Lily si scostò nervosamente i capelli dal viso e si sistemò il vestito nero con gesti impacciati. «Sono stata invitata», rispose. La linea dell'eyeliner sugli occhi era così spessa da farla somigliare al personaggio di un anime.

«Lo so», disse Elle ridendo. «Ma pensavo fossi rimasta a casa con Travis. Ero gelosa!».

«No», rispose Lily scuotendo la testa. Poi iniziò un'altra canzone e mentre il volume della musica si alzava e la gente prendeva a dimenarsi più freneticamente, Henry gridò «Bella questa!». Elle fece una smorfia; lei invece aggiunse, senza un briciolo di ironia: «Preferisco stare qui».

CAPITOLO 35
LILY

Ieri
Terzo trimestre, terzo anno

Nella mente di Lily stavano passando in loop tutte le cose che avrebbe voluto dire a Travis. I giapponesi avevano una parola per questo, o forse erano i tedeschi, non riusciva a ricordare; di solito non avrebbe avuto problemi a richiamare alla mente una cosa del genere. Quando era uscita di corsa dalla stanza, precipitandosi giù per le scale, e Travis, in piedi sul pianerottolo, le aveva chiesto: «Dove stai andando?», avrebbe voluto rispondere: «Ovunque non ci sia tu!». Avrebbe voluto fermarsi, fare un passo indietro e dirgli in faccia: «C'è una persona qui dentro, Travis. Non sta a te decidere cosa le succederà. Non puoi *assumerti la responsabilità*? Non puoi amare perché non sei mai stato amato? È una scusa patetica. Puoi provare, puoi imparare. Puoi fare qualsiasi cosa se lo desideri abbastanza».

«Forse non lo desidero abbastanza», avrebbe risposto lui, sulla difensiva.

E lei lo avrebbe guardato dritto negli occhi e gli avrebbe detto: «Sai anche tu che questa non è la verità». Poi gli avrebbe voltato le spalle e sarebbe andata alla festa forte e sicura di sé. Si sarebbe sentita come doveva sentirsi sempre Elle: consapevole del proprio vantaggio. Forse lui l'avrebbe persino seguita alla festa, le avrebbe afferrato il braccio, l'avrebbe costretta a girarsi e l'avrebbe baciata per scusarsi. E sarebbe stata Lily a decidere se ricambiare il bacio o allontanarlo.

Invece non aveva detto nulla, si era limitata a correre giù per le scale nel suo vestitino nero senza voltarsi indietro, verso il freddo del mondo esterno, che sembrava completamente diverso rispetto all'opprimente umiliazione della sua camera da letto. Doveva camminare veloce, sfuggire ai pensieri, all'espressione di orrore sul volto di lui. "Non pensarci", si ripeteva, ma quando arrivò alla festa e spalancò la porta del locale buio, rumoroso e affollato, non ebbe più bisogno di ricordarselo. La musica spazzò via tutti i pensieri. C'era odore di alcol, dolce e appiccicoso. Le luci, il rumore, il chiacchiericcio crescente la inghiottirono, la travolsero. Mentre cercava un posto per appendere il cappotto, un ragazzo lo afferrò e lo scaraventò in fondo a un separé pieno di gente, dove scomparve alla vista.

Lily era un pesce fuor d'acqua tra quella gente. C'erano tutti gli atleti del campus, tutte le radiose Verity e Fionnuala con i loro sguardi accondiscendenti, le loro costose acconciature e i loro abiti scollati dalle spalline sottili. Doveva solo trovare qualcuno che conoscesse, possibilmente Elle. Si diresse verso il bar, solo per sottrarsi alla ressa, per orientarsi. Il rumore era pazzesco.

Era circondata da estranei; gli atleti erano riconoscibili dai marchi sportivi sull'abbigliamento casual. I canottieri spiccavano nelle loro giacche: non i più belli, ma insieme assumevano le fattezze di un essere superiore alla somma delle parti, che irradiava successo. Al centro c'era Henry Bellinger, simile a un Adone. Era così bello che riusciva difficile togliergli gli occhi di dosso. Con i suoi lineamenti scolpiti e la sua aria distaccata, era sfacciatamente attraente. Lily non si rese conto che lo stava fissando finché lui non la vide e disse: «Sei venuta!».

Lily si voltò per assicurarsi che stesse parlando proprio con lei, perché, anche se erano stati coinquilini per un anno, non era certa che lui sapesse chi fosse. Non si era mai accorto della sua presenza. Una volta l'aveva incontrata sul pianerottolo di casa e le aveva chiesto: «Sei venuta a trovare Travis?»; quando lei aveva risposto: «No, io vivo qui», Henry l'aveva fissata perplesso. Ora, nel locale, Lily vide che la persona alle sue spalle guardava da tutt'altra parte e si rese conto, confusa, che Henry si stava rivolgendo a lei. Tuttavia, per essere ancora più chiaro, si chinò e le diede un bacio sulla guancia. Aveva un profumo inebriante, di dopobarba e tequila.

«Ciao», disse Lily, nervosa. Si mise quasi a ridere, perché Henry era l'ultima persona con cui pensava che avrebbe parlato. Forse, in fin dei conti, la sua presenza in casa non era passata del tutto inosservata.

«Champagne?», le chiese.

«Okay. Sì. Okay». Lily era così sorpresa da quelle attenzioni che non poté evitare di chiedergli: «Sei sicuro di non aver sbagliato persona?».

Lui scoppiò a ridere. «Sei molto dolce». Poi ordinò un bicchiere di champagne che Lily tracannò troppo in fretta.

Caro si avvicinò facendosi largo tra i ragazzi con invidiabile sicurezza e trascinò tutti sulla pista da ballo. Lily era rimasta vicino al bar, ma Caro le afferrò una mano e la obbligò a unirsi agli altri. Di solito non ballava, ma l'eccitazione che le procurava l'essere inclusa la spinse a buttarsi nella mischia, allegra e stordita dallo champagne. Fu allora che notò Elle e l'evidente disgusto che lesse sul suo volto ruppe l'incantesimo e la riportò alla realtà. In un attimo fu di nuovo sul letto davanti a Travis, esposta e rifiutata. Sulla pista da ballo, Henry gridò: «Bella questa!» e Lily si lasciò trascinare lontano da Elle, verso le luci stroboscopiche, tra i ragazzi del rugby, il sudore che imperlava la fronte dei membri della squadra di hockey, i canottieri, tutti raggianti e dorati. La musica le faceva vibrare le ossa. J.B. Watson, accanto a lei, saltellava come un pazzo. Henry accarezzava adorante la chioma rossa di Caro. Tutti cantavano a squarciagola e sorridevano, con le mani in alto, al ritmo dei bassi incalzanti. La musica si fece sempre più forte. Il pavimento tremava. Le luci pulsavano. Lily non sapeva se si stava divertendo, una parte di lei si sentiva prossima a un attacco di convulsioni, ma almeno non stava pensando a Travis, e questo era un bene.

CAPITOLO 36
LILY

Oggi

Si immobilizzarono tutti a metà dell'azione. Elle per metà fuori dalla porta della sala da pranzo, Caro nell'atto di scacciarla bruscamente. Travis e George l'uno accanto all'altro come sentinelle. Tutti si voltarono a guardare Lily, intrappolata tra il tavolo e la credenza.

George cercava di trattenere una risatina imbarazzata da scolaretto, mentre la parola "clamidia" risuonava ancora nell'aria.

Elle fece un cauto passo indietro nella stanza, con lo sguardo fisso su Lily e l'espressione diffidente di chi non sa cosa aspettarsi dai minuti successivi.

Sulla soglia, Caro incrociò le braccia sui volant di velluto che le ornavano il petto e disse altezzosa: «Vedi Travis, sapevo che la colpa della clamidia era tua. Non cercare di tirartene fuori adesso».

Ma Travis scosse la testa. «Non abbiamo mai…», disse, indicando con evidente perplessità sé stesso e Lily.

Caro sbuffò: «Oh, per favore».

Lily spinse avanti il tavolo quanto bastava per riuscire ad alzarsi. Tutta quell'attenzione era soffocante, le tremavano le gambe e scintille luminose continuavano a pulsare ai margini del suo campo visivo. Ma allo stesso tempo sentiva una strana sicurezza extracorporea diffondersi in lei. Le sembrava di osservare sé stessa e la scena che stava vivendo dall'esterno. «Può accadere, Lily, che quando si verifica un trauma, il corpo e il cervello si dissocino», le aveva detto una volta la sua analista e Lily si chiese se era questo ciò che intendeva.

«Non l'abbiamo fatto», confermò scuotendo la testa.

Mentre cercava di capire cosa stesse accadendo, Caro si sistemò i capelli frettolosamente raccolti, come se si fosse resa conto che lo stress della serata non era ancora finito e avesse bisogno di tornare al suo splendore di padrona di casa. «Non capisco. Se non Travis, allora chi...?», disse, controllando la sua immagine riflessa nello specchio.

Quella che fino a quel momento era stata un'elegante e contemporanea sala da pranzo si era improvvisamente trasformata in una sala interrogatori. Le pareti grigio fumo erano opprimenti e i bagliori del lampadario si riflettevano sul volto di Lily.

All'altro capo del tavolo, Caro, in piedi con le braccia incrociate sul petto e i capelli rosso fuoco raccolti in una bassa coda di cavallo, scoppiò in una risatina sfacciata e incredula. «Non vorrai mica insinuare che questo abbia a che fare con te e Henry, vero?», disse.

Tutti fissavano Lily. Non era come essere nello studio della sua analista, con le pareti bianche e la scatola di fazzoletti. Quando la dottoressa le aveva chiesto se ci fossero state altre relazioni speciali nella sua vita dopo Travis, Lily aveva risposto: «No, solo una gatta molto gelosa». «Lily», aveva replicato l'analista in tono dolce ma autorevole, «possiamo continuare così. Puoi continuare a pagarmi per evitare le domande con i tuoi commenti sarcastici. Non c'è problema. Possiamo andare avanti così per anni, in effetti. Ma voglio ricordarti che sei venuta da me per chiedere aiuto. E io sono qui per questo: per aiutare. Non sono io quella che devi cercare di eludere».

Lily aveva abbassato lo sguardo sul pavimento, concentrandosi sulle sue scarpe consumate. Si era chiesta cosa stesse cercando di dimostrare. Che era abbastanza intelligente da superare in astuzia la psicologa? Che parlare era sopravvalutato? Che la terapia non avrebbe funzionato perché non c'era nulla di sbagliato in lei? O che, per quanto cercassero di forzare le sue difese, lei avrebbe dimostrato di essere impenetrabile? Ma poi, chi erano "loro"? Di certo quella non era altro che una battaglia con sé stessa.

«Ti garantisco che sono qui solo per aiutarti», aveva detto l'analista.

Lily stava per rispondere che aveva davvero una gatta molto gelosa, ma all'improvviso le erano balenate in mente le immagini della sua infanzia, quando correva nei boschi, dava da mangiare agli agnellini con il biberon riscaldato, si sdraiava sull'erba mentre una gallina grassa le beccava la testa, la mano forte di suo padre sulla spalla, il bacio delicato di sua madre quando cadeva. Ricordava quella bambina, il viso lentigginoso e i capelli ribelli, ma la felicità di quel tempo era insondabile. Non riusciva a immaginare la leggerezza che si celava dietro quel sorriso. Come avesse potuto sentirsi così al sicuro, così a proprio agio nella vita, era un mistero per Lily. Si era chiesta come fosse possibile essere gelosi di sé stessi.

«Voglio parlare delle tue relazioni, Lily», aveva detto la dottoressa. «Delle tue relazioni dopo Travis».

Lily aveva annuito.

Silenzio.

«Non ce ne sono state molte», aveva detto alla fine, con una voce che non le era sembrata la sua. «Probabilmente c'è stata una sola persona che mi è piaciuta. Anzi, *sicuramente* c'è stata una sola persona. Si chiama Peter. Lavora nella libreria vicino casa».

«Parlami di Peter».

Lily aveva incrociato le braccia sul ventre. «Non c'è molto da dire. Andavamo d'accordo. Credo che avessimo lo stesso senso dell'umorismo. Lui avrebbe riso, sa, per la storia della gatta gelosa». Aveva riso anche lei, nervosamente. «Siamo usciti a bere qualcosa, siamo andati insieme a un paio di mostre. Aveva letto il mio libro».

«E perché non state più insieme, Lily?»

«È complicato».

Silenzio.

Lily si era portata il pollice alla bocca e aveva iniziato a mordicchiarsi la pelle intorno all'unghia. «Diceva spesso di volere una famiglia, dei bambini, sa. E...», si era interrotta per rosicchiare la pellicina. «Io non posso avere figli, quindi...». La pelle del pollice si era strappata e Lily aveva sentito una fitta bruciante, come se si fosse ferita con un coltello, seguita dal sapore del sangue in bocca.

«Come fai a sapere che non puoi avere figli, Lily?», aveva chiesto la dottoressa porgendole un fazzoletto.

Lily aveva avvolto il fazzoletto intorno al taglio sanguinante, sentendo il dolore che scemava pulsando. «Perché avevo una cosa chiamata malattia infiammatoria pelvica che mi è stata diagnosticata tardi. Si è sviluppata a causa della clamidia che ho contratto all'università».

«Mi dispiace, Lily».

«Non è un problema», aveva risposto lei scrollando le spalle.

«Invece è un problema, vero, Lily?».

Lily aveva premuto con forza il fazzoletto intorno al pollice. La ferita bruciava.

«Posso offrirti un altro punto di vista sulla tua relazione con Peter?», aveva chiesto la dottoressa.

«Se vuole».

«È possibile che tu si sia allontanata dalla relazione per evitare l'intimità fisica ed emotiva?».

Lily si era passata la lingua sul labbro. Non era affatto l'argomento che si era aspettata. Aveva pensato che sarebbero partite per la tangente sul tema dell'infertilità. «È certamente un altro modo di vedere la cosa», aveva risposto a disagio. «Ma non credo che sia vero; il fatto è che mi sarei sempre sentita in colpa perché non avrei potuto dargli dei figli e lui sarebbe stato costretto ad accontentarsi di me».

«Innanzitutto, ci sono molti modi per avere figli e una famiglia, Lily», aveva detto schiettamente l'analista. «Non è necessario privarsi delle relazioni. Ma la cosa più importante, Lily, è l'uso che fai dell'espressione "costretto ad accontentarsi di me". Non pensi di essere abbastanza?»

«No». Lily aveva riso, ma l'analista no, e improvvisamente le era sembrato che, nel tentativo di nasconderlo, avesse invece rivelato il suo io più profondo, come se il suo nucleo fragile e gelatinoso fosse in cruda mostra proprio lì nella stanza. Avrebbe voluto raggomitolarsi, proteggersi a tutti i costi. Istintivamente il suo sguardo era corso alla porta.

C'era stata una pausa.

Il sangue aveva ormai impregnato il fazzoletto.

«Da chi hai preso la clamidia, Lily?».

Lily non riusciva a ragionare. Quella stupida risata l'aveva spiazzata, e pensare al motivo per cui aveva rotto con Peter la confondeva: avrebbe voluto tornare indietro e sviscerare la questione, ma al tempo stesso voleva fuggire. Le era venuta in mente un'altra immagine di lei che nutriva gli agnellini con il biberon, i loro battiti accelerati, la sua risata ingenua, l'eccitazione negli occhi. Non riusciva a parlare. Si sentiva immobilizzata. Impotente.

«Da chi hai preso la clamidia, Lily?», aveva ripetuto l'analista.

Lily aveva chiuso gli occhi e scosso la testa. «Non lo so», aveva detto, poi era scoppiata a piangere. Era stata la prima volta in cui aveva pianto in quell'ufficio bianco e spoglio.

CAPITOLO 37
ELLE

Oggi

Elle fissò Lily in piedi davanti alla credenza francese con gli scaffali pieni di cianfrusaglie di Caro: un cacatua di porcellana bianca, una pila ordinata di libri patinati, un vaso di vetro soffiato a mano. Osservò il piccolo mento appuntito coraggiosamente sollevato, quegli occhi enormi. A volte li vedeva nei suoi sogni. Aveva cercato di dimenticarli. Aveva commesso l'errore di pensare che, dato che Lily era così riservata, le cose non la toccassero.

«Qualcuno ha messo qualcosa nel mio drink alla festa di George. Sono stata violentata nei bagni, ma non so chi sia stato. Non ricordo nulla di quello che è successo». Il tono meccanico e distaccato si incrinò all'ultimo momento. Lily serrò le labbra per contenere l'emozione. Prese un tovagliolo e si tamponò gli occhi. Poi rimase in piedi, controllando il respiro.

Elle chiuse gli occhi e non poté impedire ai ricordi di riaffiorare. Rivide Lily che inciampava a ogni passo mentre saliva le scale dalla toilette del locale. Aveva perso una scarpa e il vestito era tutto sgualcito. Ricordò il suo peso, quando le era crollata tra le braccia, fragile come un uccellino. Le tornò in mente la normalità di tutto ciò che le circondava: la musica, le risate, le facce sudate e ubriache, mentre Lily singhiozzava in silenzio, riuscendo a malapena a respirare.

«Lily, cosa è successo?», le aveva chiesto, mentre lei si abbandonava tra le sue braccia e le gambe le cedevano per il peso. «Dimmi cosa è successo». Elle ricordava il sapore della paura. Continuava a guardarsi intorno, a fissare i volti grotteschi sotto le luci abbaglianti.

Ma Lily si era limitata a scuotere la testa, pallida e disorientata. «Non lo so», aveva detto, con la voce di una bambina. «Non lo so». Poi aveva vomitato sul pavimento, proprio sopra le scarpe di Elle e quelle di una ragazza lì accanto, che, indietreggiando aveva gridato: «Sei disgustosa».

Elle l'aveva stretta al petto, mentre con una mano le reggeva la testa cercando di tenerla eretta, di farla camminare. Aveva visto il sangue sulle sue gambe e la mente era tornata al momento in cui l'aveva vista sulla pista da ballo con gli occhioni sgranati. Dove diavolo era Travis? Elle si era fatta largo tra la folla, guardando con sospetto ogni volto ammiccante. Qualcuno aveva cercato di afferrarla, ma lei lo aveva respinto con forza. «Ahi! Pazza di una puttana!».

Ora, nella sala da pranzo di Caro, non riusciva a trovare le parole, consumata dal ricordo di Lily che tremava come un cucciolo tra le sue braccia.

Fu allora che Caro ruppe il silenzio senza ritegno. Attraversò la stanza fino a trovarsi davanti a Lily e la fronteggiò in tutta la sua imponente altezza. «Mi dispiace per quello che ti è successo», disse con un tono condiscendente non del tutto sincero, «ma spero davvero che tu non stia insinuando che sia stato Henry. Non può più difendersi e, se vogliamo essere onesti, probabilmente tutti lì avevano la clamidia!».

CAPITOLO 38
GEORGE

Oggi

Qualcosa turbava George, anche se non sapeva bene cosa. Si allontanò dal tavolo e si spostò in un angolo della stanza dove c'erano un paio di poltrone basse in pelle, una credenza con una collezione di candelabri di cristallo dai colori pastello e una piccola lampada di marmo verde. Si fermò accanto a una delle poltrone, osservando le venature della pelle consumata.

Nella sua mente la serata della festa erano avvolta dalla nebbia, non aveva mai retto bene gli shottini. Ricordava con chiarezza solo ciò che era successo dopo che Henry aveva ricevuto la telefonata in cui sua madre lo informava che il padre era morto. Il tempo trascorso insieme sulla panchina sudicia era particolarmente vivido nella sua memoria. Un momento fuori dal tempo che aveva riacceso la loro amicizia e gli aveva ricordato quanto di buono c'era in Henry Bellinger.

Ma ora gli era tornato in mente qualcos'altro.

«*Vi dirò chi è il vero vincitore, ragazzi*».

George rivide il volto di Henry, lo sguardo nervoso e strafatto, il suo ghigno da lupo. Risentì l'odore acre del suo fiato mentre diceva: «*Il sottoscritto ha completato la lista*».

«*Stronzate!*».

Per un attimo George non riuscì a ricordare il nome del timoniere. Accidenti, quella serata lo aveva devastato. L'incontro con Elle nel salottino di Caro gli sembrava ancora irreale. L'umiliazione gli faceva accapponare la pelle. Se Audrey lo avesse scoperto? Se il video fosse diventato virale? Guardò il tappeto di pelle di pecora sul pavimento tra le poltrone, si sentì stordito e instabile. Era troppo per lui.

Alle sue spalle, Caro si era lanciata in difesa di Henry, con tono irritato e acuto.

Marco! Ecco come si chiamava timoniere. Ora lo ricordava chiaramente, ricordava i suoi lineamenti delicati che si deformavano in una smorfia mentre metteva in dubbio le parole di Henry.

George ricordò l'orgoglio compiaciuto e violento nella voce di Henry quando si vantava delle sue conquiste. «*Posso darti nomi e numeri, ragazzo mio. Forse non ho ottenuto il posto sulla barca, ma questa sfida l'ho vinta, cazzo, e nessuno di voi stronzi me la porterà via*».

Ricordò il momento in cui Elle aveva scoperto la lista sul suo telefono. Lui l'aveva liquidata come una tradizione. «Solo un po' di innocuo divertimento». Avevano litigato di brutto.

Ora riusciva a vedere solo il volto di Henry, vicinissimo al suo, con il mento coperto di saliva e gli occhi trionfanti mentre declamava le sue conquiste. Tutti i ragazzi della squadra di canottaggio stretti intorno a lui, che chiedevano a gran voce i nomi. Allegri, beffardi. George, che avrebbe voluto essere la star, infastidito dal fatto che Henry gli stesse rubando le luci della ribalta.

«*Ho appena barrato l'ultima casella nel bagno. Vergine, tic!*».

La voce di Klaus che biascicava: «*Maledizione, sei un eroe, Henry*».

Nelle orecchie di George risuonò il grido di Henry: «*Sono un eroe!*».

Allora, nella penombra della sala da pranzo, disse: «Cazzo, credo *sia stato* Henry».

Il suo volto cinereo lo guardava dallo specchio dorato sopra la credenza, mentre, pieno di vergogna per la presenza di Lily, raccontava balbettando, con il tono grave di un politico in disgrazia, ciò che Henry aveva detto a tutti quella sera.

«No!», esclamò Caro sbattendo i pugni sul tavolo e facendo tintinnare i bicchieri.

CAPITOLO 39
LILY

Ieri
Terzo trimestre del terzo anno

Elle aprì il rubinetto della doccia, le tolse con cura i vestiti e la mise sotto il getto d'acqua. Lily notò distrattamente che si stava bagnando i leggings di pelle nuovi. Tenne la testa bassa e guardò l'acqua rossa che scivolava via. Elle la asciugò e la accompagnò in camera. «Non voglio che Travis…», disse, ed Elle rispose: «Non preoccuparti, ci penso io». Poi la mise a letto. Aveva gli occhi umidi. Lily non l'aveva mai vista piangere. «Va tutto bene», le disse. «No, non va bene affatto», rispose Elle.

Lily non ricordava altro. Era così stanca. Chiuse gli occhi sperando di non aprirli mai più.

Invece lo fece. La svegliò il sole che filtrava attraverso le tende aperte. A parte il dolore che le stringeva la testa come in una morsa, sentiva solo il bisogno di andarsene. Le pareva che tutti gli occhi fossero puntati su di lei, che tutti sapessero, che tutti alla festa avessero visto ciò che lei non ricordava. Aveva del sangue nei capelli e aveva visto le mutandine nere strappate piegate sul pavimento. «Dovresti tenerle come prova», aveva detto Elle.

Prova di cosa? Lily non ne aveva memoria. Nulla. Un vuoto in cui sarebbe potuto accadere di tutto. Un minuto prima stava ballando sotto le luci, poi improvvisamente c'era stato il cubicolo del bagno, la vista sdoppiata, il sangue e la sensazione di essersi lasciata alle spalle il proprio corpo.

Doveva fuggire dalla sua stanza. Dalla casa. Da quelle persone. Stavano tutti ridendo di lei? Della povera, stupida, ingenua Lily?

Qualcuno bussò alla porta e Lily trasalì. Rimase in silenzio, fingendo di non esserci. «Lily?». Era Travis.

Lily aprì appena appena la porta.

«Wow, guardati. Qualcuno si è divertito ieri sera». Stava andando in bagno, con l'asciugamano sulle spalle.

Lily non disse nulla e lui sembrò non farci caso.

«Sono stato un idiota ieri sera. Mi dispiace. Non avrei dovuto ridere. Non avrei dovuto dire quello che ho detto. Mi hai colto alla sprovvista, tutto qui».

Per un momento fu tentata di rispondere "Non preoccuparti, non sono più vergine", e una voce dentro di lei scoppiò a ridere. Stava forse vivendo uno sdoppiamento di personalità?

«Non mi sento tanto bene», disse invece, incapace di guardarlo in faccia.

«Hai bevuto troppo?». Travis rise. «Povera Lily».

Dopo lo scambio con Travis, Lily se ne andò più in fretta che poté. Per strada, scendeva dal marciapiede ogni volta che incrociava qualcuno. Continuava a guardarsi alle spalle. Aveva la sensazione di essere seguita.

Una volta a casa, alla fattoria, non riusciva a stare ferma, non riusciva a dormire. Guardava il tramonto, l'alba e tutte le stelle tra l'uno e l'altra.

«Lily, amore, cosa c'è che non va?», le chiese sua madre.

«Niente, sto bene».

C'era un buco nero nel suo cervello. Ma la sua mente amava risolvere gli enigmi e continuava a cercare di riempire gli spazi vuoti. Continuava a immaginare orrori che facevano rabbrividire il corpo.

Una volta, mentre erano fuori a controllare i recinti, suo padre la osservò in silenzio mentre vomitava nella siepe; i conati erano così violenti che aveva la gola in fiamme. «Stai bene, Lil?», le chiese quando tornò sul quad.

«Sì, papà, sto bene».

«Non sei obbligata a tornarci, lo sai», disse lui prima di mettere in moto.

Lily avrebbe voluto raggomitolarsi sulle sue ginocchia e singhiozzare sulla morbida lana del suo maglione che sapeva di falò e di infanzia. Avrebbe voluto che lui la stringesse forte e le dicesse che non poteva tornare a Oxford, che non glielo avrebbe permesso. Che si sarebbe occupato lui di tutto.

Ma suo padre si limitò a guardarla con i suoi occhi tristi e gentili e annuì quando lei disse: «Lo so».

Lily sapeva di dover tornare a Oxford. I libri erano l'unica cosa che le avrebbe impedito di impazzire.

Era così stanca. Voleva solo che sparisse tutto. Pensò che, se non riusciva a ricordare, doveva essere in grado di dimenticare.

Andò dal medico, che la conosceva da quando era bambina. Chiese delle pillole per dormire. Pillole per affrontare la giornata. Lui le prescrisse esercizio fisico e meditazione e le suggerì di rivolgersi a uno specialista, se si sentiva particolarmente ansiosa. Disse che Oxford poteva essere molto stressante. Lily tornò nello studio quando c'era il sostituto e si fece prescrivere tutte le pillole di cui aveva bisogno.

Rimase alla fattoria il più a lungo possibile, ma alla fine una sensazione di claustrofobia la portò di nuovo a Oxford. Per fortuna Elle non c'era, era dovuta tornare a casa per qualche motivo. Qualcosa che aveva a che fare con sua sorella. Henry era morto e George e Caro erano chiusi nel loro dolore. Non le prestavano attenzione, ma Lily prestava attenzione a loro. Le sembrava che la guardassero e la deridessero. Che sapessero. Non le dispiaceva che Henry fosse morto. Non le sarebbe importato se fossero morti tutti. Immaginava il proprio nome scritto su una lista in qualche spogliatoio; le sembrava che la gente la indicasse e sussurrasse ogni volta che attraversava il cortile. L'unico posto in cui riusciva a respirare normalmente era la biblioteca, dove scompariva tra i libri. Non usciva quasi mai. Una volta, in casa, Travis cercò di abbracciarla, ma Lily si allontanò così rapidamente che sbatté la gamba contro il tavolino. Non avrebbe permesso a nessuno di toccarla.

Quando Elle tornò, Lily fece del suo meglio per evitarla, ma una mattina presto se la ritrovò di fronte nell'ingresso. «Lily...», disse Elle.

«Sì?»

«Come stai?».

Elle allungò timidamente una mano per toccarle la spalla, ma Lily evitò il contatto chinandosi per prendere la borsa.

«Sto bene».

Cercò di restare impassibile sotto lo sguardo indagatore di Elle.

«Hai voglia di parlare?»

«Di cosa?», chiese Lily, perché non ne era sicura. Il suo cervello aveva sepolto il passato sotto uno strato di cemento.

Poi la polizia sfondò la porta d'ingresso e Travis fu arrestato per possesso di droga a scopo di spaccio. Il che, in un certo senso, fu un bene per Lily, che non dovette più sforzarsi di evitarlo.

CAPITOLO 40
LILY

Oggi

«O Dio, Lily, avrei dovuto immaginarlo». Elle si avvicinò al tavolo, le afferrò la mano e la strinse delicatamente. Lily sentì l'odore di tabacco sulla sua pelle. «Cazzo. Mi dispiace tanto», disse Elle. «Henry ci ha provato anche con me. Avrei dovuto denunciarlo. Cazzo, avrei dovuto...».

«Stai mentendo», sbottò Caro dall'altro lato del tavolo.

George si avvicinò con un'espressione accigliata, come se si trattasse di un'informazione di cui avrebbe dovuto essere a conoscenza. «In che senso ci ha provato anche con te?»

«Ha tentato di stuprarmi, George», disse Elle con una franchezza che lo fece trasalire. «Il giorno che lo hai trovato nella mia stanza». Gli lanciò una breve occhiata di sfida prima di voltarsi di nuovo verso Lily. «Senti, Lily, perché non ti siedi? Vuoi dell'acqua?».

Caro appoggiò le mani sullo schienale della sedia e si sporse in avanti, pronta alla battaglia. «Perché non hai detto nulla, allora?».

Elle versò a Lily un bicchiere di acqua minerale. «Spiegami, cosa volevi che facessi?», chiese con una risatina, voltandosi verso Caro con le maniche della giacca tirate su. «Che mi mettessi contro Henry Bellinger? Ma per favore». Scosse la testa. «Non avrei avuto la minima possibilità».

George sembrava ancora ferito. «Perché non me l'hai detto?»

«Perché pensavo di potermene occupare da sola», ribatté Elle, con una mano sul fianco, sulla difensiva.

«Oh, e come te ne saresti *occupata*?», chiese ironicamente Caro.

«Ho convinto George ad avvelenare il suo drink prima della regata», rispose Elle, sprezzante e disinvolta come un'adolescente che ti spiazza con una risposta brillante.

«Cosa?», esclamò Caro.

George si ritrasse, agitato. «Non ho idea di cosa...».

«Lascia perdere, George», lo schernì Elle, scostandosi i capelli dal viso. «È finita. Nessuno può farci più niente. E stanno accadendo cose più importanti», disse indicando Lily.

«Hai avvelenato Henry?», chiese Caro, portandosi una mano al petto come se temesse di svenire da un momento all'altro.

«Certo che no!», rispose immediatamente George.

Elle fece qualche passo verso Caro. «Sì, George ha avvelenato Henry», disse decisa. «E quello stronzo se lo è meritato. Era un fottuto bastardo».

Nel frattempo, dall'altra parte del tavolo, Travis aveva approfittato del trambusto tra Elle, George e Caro per avvicinarsi a Lily che sorseggiava tranquillamente il suo bicchiere d'acqua. Si accovacciò per prenderle delicatamente la mano. «Perché non me l'hai detto?».

Lily non voleva le sue attenzioni. Non lo voleva così vicino. Vide il tatuaggio muoversi mentre Travis deglutiva. Avrebbe voluto spingerlo via, ma era esausta. Raccontare a voce alta quello che le era successo aveva consumato tutte le sue forze. L'unica persona a cui l'aveva mai detto era stata la sua analista. Ora si sentiva prosciugata. E le riusciva estremamente faticoso muovere il guscio vuoto che era il suo corpo.

Travis le mise una mano sulla spalla. Le sue dita erano calde e possessive. Stava ripensando al passato, ripercorrendo gli eventi. «Sapevo che c'era qualcosa che non andava».

Lily avrebbe voluto che smettesse di toccarla. Il suo viso era così vicino che riusciva a vedere i piercing all'orecchio, i pori della pelle. Abbassò lo sguardo sul piatto, concentrandosi sui disegni che lo ornavano.

«Lily, avresti potuto dirmelo. Avresti dovuto dirmelo», proseguì con quel tono di voce fastidioso che usava quando parlava di meditazione e coaching; con la condiscendenza di chi può darti tutte le risposte se sei disposto a pagare per ascoltare una delle sue conferenze.

Dall'altra parte del tavolo, George, irritato, stava cercando di giustificarsi. «Possiamo smettere di usare la parola "veleno"? Era solo un sonnifero. È stato Henry a barare!», disse lanciando occhiate disperate a Elle, che lo guardava con le mani sui fianchi e un'espressione carica di disprezzo.

Caro non aveva intenzione di lasciar correre. «Vi denuncerò entrambi!», esclamò scuotendo la testa e facendo ondeggiare gli orecchini di smeraldo.

«Non credo che sia una buona idea, Caro», la ammonì Elle, con gli occhi socchiusi come quelli di un gatto in agguato. «Chissà quali segreti potrebbero venire alla luce».

Caro abbassò le spalle e allargò le narici.

«Io, ehm...», intervenne George allentandosi il colletto della camicia, «credo che dovremmo concentrarci su Lily».

Caro prese una sedia e vi si accasciò sopra sconfitta. «State cercando di incolpare Henry per sminuire quello che *avete fatto voi*», disse con voce rotta. «Sono tutte bugie. Tutte». Rabbrividì e iniziò a singhiozzare, con la testa tra le mani in modo che restasse visibile solo l'attaccatura dei capelli ramati. «Lui non avrebbe mai fatto una cosa del genere».

Dall'altra parte del tavolo, Lily si sentiva come se la sua storia fosse stata presa e tirata in direzioni diverse; ognuno tendeva a farla diventare una questione personale. Avrebbe voluto rimetterla nella sua scatola, tornare al momento in cui la psicologa le aveva detto, con voce calma e sicura: «Lily, per tutti questi anni ti è stato negato il controllo sulla tua storia. Devi reclamarla. Farla diventare tua».

Quando Travis le chiese di nuovo perché non glielo avesse detto, lei scostò la spalla per sottrarsi al suo tocco. La condiscendente gentilezza di quegli occhi, che avevano osato guardarla con divertimento e orrore quando gli aveva confessato di non essere mai andata a letto con nessuno, fu come un fiammifero per la rabbia che le ribolliva dentro. Si sentiva pizzicare le guance. Pensò a quando l'analista le aveva detto: «Ti senti mai arrabbiata, Lily?». E lei, dopo aver riflettuto un momento per cercare di dare un nome a quella stretta costante che le arroventava la bocca dello stomaco, aveva alzato lo sguardo e aveva detto: «Mi sento *sempre* arrabbiata!».

Sull'onda del sollievo per averlo ammesso ad alta voce, per aver etichettato ciò che provava, aveva proseguito fino a restare senza fiato: «Ogni volta che salgo su un palco per parlare del mio libro, ho voglia di urlare. A volte succede quando sono al supermercato, o quando sono a letto.... Brucia così tanto dentro di me che vorrei strapparmi i capelli solo per farlo smettere. Non sono solo arrabbiata. Di più. Sono furiosa».

Fu per quel nucleo di furia selvaggia che non smetteva di ardere dentro di lei che Lily spinse la sedia contro la credenza francese di Caro, facendo cadere e rimbalzare sul tappeto il cacatua di porcellana, e gridò, a denti e pugni stretti: «Tu mi hai respinta!».

Dalla sua posizione accovacciata, Travis per poco non cadde; ammutolito, rimase a fissare Lily a bocca aperta come se fosse esplosa una bomba. Il tatuaggio e i capelli rasati sembravano improvvisamente ridicoli, come se fossero accessori per un costume di scena. Tutti tacquero e in quel silenzio Lily sentì il cuore rimbombarle nel petto come un tamburo. Nessuno si muoveva. L'unico suono era il ticchettio dell'orologio a muro di Caro.

Poi, senza preavviso, Travis batté un pugno sul tavolo e rise, con rassegnata condiscendenza. «Lo sapevo, sei stata tu».

CAPITOLO 41
LILY

Oggi

«Sono stata io a fare *cosa?*». Lily si guardò intorno per capire se qualcun altro sapesse di che cosa stava parlando Travis, ma nessuno sembrava averne idea. Persino Caro aveva dimenticato la sua autocommiserazione e lo fissava a occhi sgranati.

«Non far finta di non saperlo». Travis tamburellò le dita sul tavolo mentre fissava Lily con disprezzo. «Ho sempre avuto dei sospetti, ma non ne sono mai stato sicuro. Quando ti ho vista stasera mi sono chiesto se l'avrei scoperto. Li hai chiamati per vendetta, vero?»

«*Chi?*». Lily era così sconcertata dalla piega che avevano preso gli eventi che non sapeva più cosa stesse succedendo. Fece per indietreggiare, ma la sedia era bloccata contro la credenza.

«La polizia!», esclamò Travis con enfasi, come se stesse parlando a un'idiota.

Lily deglutì.

Travis allungò le braccia sopra la testa come se cercasse di sfuggire alla propria frustrazione. Sotto la luce scintillante del lampadario, i suoi occhi sembravano neri. «Mi hai incasinato la vita, cazzo. E tutto questo solo perché non sono venuto a letto con te».

Gli occhi di Lily si riempirono di lacrime. «Hai detto che è stata la cosa migliore che potesse capitarti!».

«Sì, be', stavo mentendo! Credi che mi piaccia passare il tempo a insegnare quelle stronzate alla gente? Dire a persone che stanno sedute dove dovrei essere seduto *io* come calmare le loro patetiche ansie? Hai idea di quanto possa essere demoralizzante?». Tese le mani come se si rivolgesse all'intero gruppo. «E nel frattempo mio padre tiene congelato un patrimonio che, di diritto, dovrebbe già appartenermi. Quei soldi erano miei!». Batté il dito sul tavolo e Lily fissò le sue unghie smussate e ben tagliate. «Quella avrebbe dovuto essere la mia vita. E sai, l'avrei avuta, ma oh no, quello stronzo di un giudice ha dovuto dirgli che ho disonorato la famiglia, convalidando ogni sua critica e dando a quel pomposo bastardo le munizioni per farmi strisciare. La cosa migliore che potesse capitarmi?», si schernì Travis. Quando si passò una mano sulla testa rasata, Lily notò le ampie chiazze di sudore sotto le braccia. «Come puoi essere *ancora* così ingenua?».

Lily era troppo stupita per rispondere.

Travis le si avvicinò e mormorò: «Spero che ne sia valsa la pena, perché ti assicuro che l'obiettivo è stato raggiunto: mi ha rovinato la vita, cazzo».

Dall'altra parte del tavolo, George cercò di placare gli animi dicendo: «Calmati, Travis. Mi sembra che tu sia un po' ingiusto».

«Sta' zitto, George». Travis non lo guardò nemmeno.

Lily non riusciva a credere a ciò che stava accadendo. Non riusciva a credere che, dopo tutto quello che aveva detto, tutto quello che aveva passato, Travis avesse ancora il potere di prenderla a calci quando era a terra, di farla sentire una nullità. L'aria si riempì di un rumore bianco. «Non sono stata io a chiamare la polizia, Travis. Ma Dio sa se ora vorrei averlo fatto».

«Non preoccuparti», disse lui, arrogante e sicuro di sé, «ho sempre saputo che stare con te era un errore». Le lanciò un'occhiata sprezzante dall'altro in basso, poi afferrò la sedia e la rovesciò con forza per liberare il passaggio e andarsene.

«È stata la cosa migliore che potesse capitarti e lo sai». Era stata Elle a parlare. Gli occhi blu fissi su di lui, la voce tenuta strettamente sotto controllo per evitare di urlare. «Solo all'epoca che eri troppo viziato e impegnato ad autocommiserarti per rendertene conto. La tua vita era già incasinata molto prima che incontrassi Lily, Travis». Elle allontanò con forza il tavolo per mettersi di fianco a Lily. «Sono stata io a chiamare la polizia».

Colto di sorpresa dalla confessione, Travis si fermò e si voltò. Non sapeva dove guardare, a chi credere. Tornò al tavolo, con lo sguardo che guizzava dall'una all'altra. «No, non è vero».

Elle rise, senza allegria. «Sì, invece». Poi passò davanti a Lily e si mise tra lei e Travis. Ora Lily riusciva a vedere solo i lustrini della sua giacca. «Dai, Trav, urlami contro», disse Elle, imperturbabile. «Insultami. Vediamo cosa sai fare».

Ma Travis era rimasto senza fiato. Fece un passo indietro, inciampando sulla sedia rovesciata. «Perché?»

«Perché, Travis», disse Elle con un'espressione di puro disprezzo, «sono stata *io* a trovare Lily. *Io* l'ho accompagnata a casa. *Io* ho visto in che stato era. Non tu. Tu non c'eri da nessuna parte. Ti nascondevi nella tua triste stanzetta. E sai cosa ho pensato?». Elle sollevò il mento e Travis scosse la testa. «Che eri tu a vender loro la droga. Era tutto lì nella tua piccola scatola dei segreti, Rohypnol, GHB, ketamina, tutti ben etichettati e catalogati per la tua esigente clientela. Ho pensato che fosse un po' ingiusto che tu la facessi franca».

Travis non riusciva a credere alle sue orecchie. Rimase in piedi con entrambe le mani sulla testa, i gomiti in fuori, i muscoli tesi mentre elaborava ciò che aveva sentito. Con un filo di voce sibilò: «Puttana», ma Elle non si mosse, allora si avvicinò, si piazzò a gambe divaricate davanti a lei e colpì con forza il tavolo con un dito per sottolineare il suo punto di vista. «Henry avrebbe potuto prendere la droga da chiunque».

Lily avrebbe voluto che Elle si allontanasse da Travis. La rabbia che gli leggeva negli occhi era pericolosa.

Elle sollevò un sopracciglio. «Ma l'ha presa da *te*, Travis».

«Henry non avrebbe mai fatto una cosa del genere!», protestò Caro dall'altra parte della stanza, ma nessuno l'ascoltò.

«Forse dovremmo sederci e parlarne tutti insieme con calma», intervenne George.

Ma Travis tirò un calcio alla gamba del tavolo. «Non è stata colpa mia! La gente me la chiedeva». La bottiglia di Porto si rovesciò sul formaggio, chiazzando di rosso le piccole etichette e il Brie. Imprecando, Caro si precipitò immediatamente a tamponare il vino con un tovagliolo.

«Questo non ti obbligava a venderla!», disse Elle con una smorfia, come se Travis fosse la persona più stupida che avesse mai incontrato in vita sua.

«Quello che ne hanno fatto è una loro responsabilità!», gridò Travis.

«Oh sì», rispose Elle. «Dillo a *lei*». Indicò Lily, che si sentì improvvisamente sotto i riflettori. La vittima senza voce restò seduta mentre Travis afferrava Elle per il colletto della giacca di jeans e la tirava a sé così forte da farle piegare di scatto la testa indietro provocando una cascata di riccioli biondi.

«Quello che le è successo non ha niente a che fare con me!», le urlò in faccia.

Lily non sapeva se Travis avrebbe fatto del male a Elle. Era abbastanza sicura che Elle fosse in grado di difendersi da sola, e forse anche George sarebbe intervenuto, ma non appena Travis mise le mani sulla giacca di Elle, qualcosa scattò nella sua mente.

Forse fu la rivelazione che Travis aveva venduto la droga a Henry. O il ricordo di lui che la umiliava nel momento in cui era più vulnerabile. Forse fu un vaffanculo per aver riso di lei. Forse fu l'idea che Travis l'avesse avvertita di chi era veramente, ma al tempo stesso l'avesse illusa che sotto la superficie potesse nascondersi qualcosa di diverso. Forse fu l'improvvisa consapevolezza che lui era esattamente chi aveva sempre detto di essere, che l'unico a cui era veramente legato era suo padre perché erano così dannatamente simili, e Lily era stata così stupida da non vedere che era marcio fino al midollo. Forse fu la rabbia nei confronti del suo vecchio io. Forse un tentativo di difendere il suo vecchio io. Forse fu il pensiero di suo padre, che negli ultimi quindici anni l'aveva guardata con i suoi occhi stanchi e preoccupati sapendo ogni volta che c'era qualcosa di terribilmente sbagliato in sua figlia. Oppure il fatto che non dormisse bene da quella che le sembrava una vita intera. O le brutali accuse di Travis, quando lei aveva appena rivelato a tutti il segreto che le aveva sconvolto la vita. O forse il punto era che finalmente aveva trovato un colpevole e, dato che Henry Bellinger non c'era più, Travis era quanto di più simile a un responsabile potesse trovare. La sua analista avrebbe definito meglio i dettagli. Ma in quel momento, mentre guardava Travis trascinare via Elle, il suo corpo e la sua mente tornarono a fondersi: Lily prese il coltello da formaggio con i buchi che ricordavano l'emmental e, con la forza di quindici anni di rabbia repressa, lo conficcò con forza nell'addome di Travis.

CAPITOLO 42
LILY

Oggi

Caro urlò.

«Gesù Cristo», esclamò George.

Travis lasciò andare Elle e portò le mani alla ferita sanguinante sul fianco. «Oh cazzo! Mi hai pugnalato! Non posso credere che tu mi abbia pugnalato, cazzo! Cazzo! Sto per morire».

Elle barcollò indietro. «Non tirare fuori il coltello!», ordinò, mentre recuperava l'equilibrio.

Travis saltellava da un piede all'altro, con le mani strette sull'impugnatura arricciata del coltello che gli sporgeva dal corpo come una coda di topo.

Lily si sedette. Non riusciva a credere a ciò che aveva fatto. Si sentiva benissimo, potente, forte, completamente soddisfatta di sé. Le cadde l'occhio sulla stampa che recitava "Andremo a ballare. Tutto andrà bene" e le venne da ridere.

«Chiamate un'ambulanza!», gridò Caro, correndo a tamponare la ferita con un tovagliolo di lino.

George prese il telefono e chiamò il 999.

Travis barcollò all'indietro, appoggiandosi alla sedia e stringendo il ventre sanguinante, mentre fissava Lily incredulo. «Perché l'hai fatto?». Il sudore gli imperlava la pelle pallida.

Caro lo aiutò a sdraiarsi sul pavimento cercando di fargli assumere una posizione comoda mentre si contorceva e scalciava in preda a una rabbiosa agonia. Il costoso panno di lino era ormai intriso di sangue.

«L'ambulanza sta arrivando», disse George. «Che cosa posso fare?».

Ignorando tutto il trambusto intorno a Travis, Elle si girò verso Lily e la prese per le spalle. «Lily, mi dispiace tanto per tutto quello che è successo», disse.

Lily guardò i suoi splendidi occhi blu. «Va tutto bene», rispose.

«Non va bene. Avrei voluto parlarne in quel momento, ma dovevo tornare a casa, e poi Henry è morto, e tu eri sempre con la testa sui libri. Ho sbagliato a non insistere per cercare di aiutarti. È una cosa di cui non vado fiera. Perdonami».

«Di che cazzo stai parlando?», gridò Travis. «Io qui sto morendo. Mi ha accoltellato!».

Elle si voltò per lanciargli una rapida occhiata. «Non stai morendo».

«Può darsi che stia morendo», disse George.

Lily abbassò lo sguardo sulle mani che teneva in grembo, sulle unghie rosicchiate e il pollice su cui ormai teneva sempre un cerotto.

«Allora cerca su Google come si cura una ferita da taglio!», disse brusca Elle a George, poi con dolcezza tornò a rivolgersi a Lily. «Avrei dovuto denunciare Henry quando ha cercato di aggredirmi».

Lily alzò lo sguardo verso il viso triste di Elle, tormentato dai sensi di colpa. «O forse Henry non avrebbe dovuto fare nessuna delle cose che ha fatto», disse con un tono brusco di cui si stupì lei stessa.

Elle sorrise, sbatté le palpebre per scacciare le lacrime e si strinse al petto Lily, che chiuse gli occhi, inspirò il suo profumo e si lasciò abbracciare.

«Non è il momento di abbracciarsi! Gesù Cristo!», esclamò Travis.

«È molto pallido», disse Caro, con la testa di Travis in grembo. Era leggermente piegata in avanti per evitare che la ferita si aprisse e teneva una mano premuta sul tovagliolo. Nel frattempo George, con lo sguardo fisso sullo schermo del telefono, diceva cose come: «Devi esercitare una leggera pressione, Caro. Solleva le gambe, dobbiamo evitare che vada in shock circolatorio. È una lesione toracica?»

«È più in basso, George». Caro era entrata in modalità "efficiente". «Elle e Lily, vi dispiacerebbe lasciare gli abbracci per dopo e darci una mano, per favore?»

«Tienilo al caldo!», disse George.

«Qualcuno può portarmi una coperta?», chiese Caro.

Elle sospirò. Lasciò andare Lily, si avvicinò alla poltrona di pelle nell'angolo e prese la coperta decorativa dallo schienale. «Non merita tutte queste attenzioni», disse lanciandola a Caro.

«Elle, è stato pugnalato», rispose Caro con fermezza, mentre rimboccava la coperta attorno a Travis, che stava diventando sempre più docile man mano che lo shock iniziale si esauriva e il dolore si faceva sentire.

«Fa davvero male», gemette.

«Perché non provi con la meditazione?», suggerì Elle con sarcastico disinteresse. Poi prese una sedia, si accomodò accanto a Lily e cominciò ad accarezzarle i capelli.

«George, potresti prendermi un asciugamano pulito dall'armadietto del bagno al piano di sotto, per favore?», disse Caro come se stesse dirigendo una riunione dell'associazione genitori. «Preferibilmente uno di quelli marroni, perché quelli verde pistacchio sono nuovi».

George corse via, mentre Travis gemeva e si contorceva sul pavimento. Tornò poco dopo con tre asciugamani marroni e andò a inginocchiarsi accanto a Caro, che sostituì il tovagliolo di lino con un asciugamano e disse: «Non credo che si possa fare di più per ora. Sta comodo e stiamo mantenendo la pressione sulla ferita».

«Non sto comodo», mormorò Travis.

Elle andò a prendere un'altra coperta e la mise sulle spalle di Lily. «Cosa diremo a quelli dell'ambulanza?», chiese mentre tornava a sedersi.

«Gli diremo che sono stato accoltellato, cazzo!», gemette Travis.

Elle lo ignorò e si chinò in avanti, con i gomiti sulle ginocchia incrociate e le mani giunte davanti a sé. «Dovremo inventarci qualcosa».

Caro si accigliò. «Non ho intenzione di mentire alla polizia».

Le candele tremolavano sul tavolo. Il vino luccicava sul formaggio.

«Non credo che ti sarà troppo difficile», disse Elle.

«È falsa testimonianza», rispose Caro serrando le labbra.

Elle alzò gli occhi al cielo. «Come se ti importasse».

«Controllate il polso», intervenne George, ancora alle prese con il telefono. «Elle, non penso che mentire sia...»

«Nessuno ti ha chiesto di pensare, George. Sono io che penso». Elle si appoggiò allo schienale, con un braccio sulla sedia di Lily.

George annuì e tornò al suo telefono.

Travis cercò di alzarsi a sedere, trasalendo per il dolore, con le pupille dilatate. «Non ci inventeremo nulla. Voglio giustizia, cazzo». Con dolcezza, Caro lo fece sdraiare di nuovo.

Lily non riusciva a sopportare altra tensione. Voleva che finisse. «Potete dire che sono stata io. Non mi interessa».

«Credo sia l'opzione migliore», disse Caro, assumendo una posizione più decorosa e pudica.

«Assolutamente no». Elle si alzò in piedi così velocemente che la sedia barcollò. Senza badarci, lei l'afferrò al volo prima che cadesse. «Lily ne ha già passate abbastanza».

Lily notò un tremito furioso nelle mani di Elle mentre raddrizzava la sedia e cominciava a rovistare nella borsetta alla ricerca delle sigarette.

«Non si può fumare qui dentro», la avvertì Caro.

Elle la ignorò e si accese la sigaretta. Passò dall'altra parte del tavolo e cominciò a camminare avanti e indietro tra nuvole di fumo, schioccando le dita mentre pensava. Poi si fermò, si appoggiò al tavolo e disse: «Okay Travis, ecco le opzioni. Opzione uno: diciamo che è stata legittima difesa, che l'ho fatto perché mi stavi trattenendo e minacciando. Non è l'ideale, per una serie di ragioni, e non ho molta voglia di prendermi la colpa per qualcosa che non ho fatto».

Travis socchiuse gli occhi, fingendo di non ascoltarla.

Elle proseguì: «Opzione due: diciamo che è stata Lily». Tese le mani. «La verità». Fece cadere la cenere in un bicchiere di vino vuoto. Caro trasalì visibilmente. «Ma vi avverto: farò in modo che l'avvocato difensore di Lily sappia tutto quello che avete fatto; tutto quello che è successo in questo gruppo verrà fuori. Mi avete capito? Travis, tuo padre scoprirà molto più di una piccola scatola di Harry Potter sulla mensola. Saprà tutto, ogni conseguenza, ogni minimo dettaglio. Mi hai sentito?».

Travis la guardò come meglio poteva anche se il dolore pulsante limitava i suoi movimenti.

Caro era impallidita e stringeva con forza l'asciugamano.

Cercando di mantenere la calma, George borbottò: «E qual è l'altra opzione?».

Elle lasciò cadere la sigaretta nel bicchiere. «Diciamo che è stato un incidente».

«Come cazzo si fa ad accoltellare qualcuno per sbaglio?», ringhiò Travis.

Si udì una sirena in lontananza.

«Non lo so», disse Elle. «Ma l'ambulanza sta arrivando, quindi dovremo inventarci qualcosa».

Ora tutti erano molto più propensi a trovare una soluzione senza colpevoli. Dal pavimento, Caro disse: «L'altro giorno ho letto qualcosa a proposito delle ferite domestiche più frequenti nella classe media. Gente che si taglia con l'avocado, che si brucia la fronte con lo sportello del forno. Non so, forse potremmo raccontare che è inciampato ed è caduto sul piatto del formaggio o qualcosa di simile?»

«Come si fa a scottarsi la fronte con lo sportello del forno?», chiese George.

«Sai, magari ti avvicini troppo per controllare come sta venendo la pizza e...», rispose Caro, interrompendo la pressione sulla ferita per spiegare a George cosa intendeva.

«Per l'amor del cielo!», gridò Travis. «Ho una ferita da taglio!».

«Oh, scusa, Travis». Caro rimise la mano al suo posto.

Lily trattenne una risata.

«Bene. Ha avuto un incidente con il piatto del formaggio», disse Elle. «George, alzati e vieni qui».

George obbedì all'istante e quasi inciampò nella fretta di fare ciò che gli era stato ordinato. Elle prese un cucchiaio dal tavolino per il caffè. «Giusto per non commettere due volte lo stesso errore», disse con un luccichio divertito negli occhi mentre brandiva la posata. Poi raccolse un po' di brie e disse: «Tieni, prova questo fantastico...» e finse di inciampare infilando il cucchiaio nello stomaco di George.

George indietreggiò. «Ahi».

«Immagina se non fosse stato un cucchiaio!», mormorò Travis.

Lily fissò il brie spalmato sulla camicia di George e si morse il labbro. «Non c'era formaggio sul coltello», disse.

«Oh, per l'amor di Dio!», esclamò Elle e lanciò con rabbia il cucchiaio sul tavolo.

«E se ci mettessimo un po' formaggio adesso?», chiese Caro.

«No!», gridò Travis, portandosi la mano all'addome in un gesto protettivo.

La sirena era sempre più vicina.

George stava cercando di togliere la macchia appiccicosa di brie dalla sua camicia Paul Smith.

Elle socchiuse gli occhi assorta nei suoi pensieri.

Lily si schiarì la voce. «E se dicessimo che stavo mostrando il coltello a Travis?», suggerì. «Potremmo dire che gli stavo facendo vedere i buchini e il manico a forma di coda di topo e sono inciampata».

«Ha il manico a forma di coda di topo?», chiese Caro.

«Sì, guarda», disse Lily.

Sollevarono la coperta e tutti osservarono l'impugnatura a forma di coda di topo che spuntava dallo stomaco di Travis.

«È vero...», sussurrò Caro.

«Ottima idea, Lily!», si congratulò Elle.

I paramedici bussarono alla porta.

«Era ora», mormorò Travis.

George corse ad aprire, mentre Lily osservava tutto dalla sua sedia. Guardò Travis sul pavimento che si contorceva per cercare di trovare una posizione più comoda, Caro che armeggiava con la coperta, Elle che fissava la porta, in attesa, e aveva assunto un atteggiamento professionale mentre preparava la storia che avrebbe raccontato. Quando i paramedici entrarono nella stanza, Lily si sentì sopraffatta dalla stanchezza. Tuttavia, sotto quella sensazione, percepiva una soddisfazione sconosciuta. Finalmente aveva capito cosa significava essere ascoltati. Finalmente aveva trovato la sua voce.

CAPITOLO 43
CARO

Oggi

Digestivo: Cognac Hennessy XO

Il marito di Caro, Brian, tornò a casa dalla cena del club di rugby con la figlia Bethany mentre i paramedici stavano assicurando Travis alla barella.

Travis stava singhiozzando al cellulare con suo padre. «Rischio di morire. Mi dispiace tanto. Puoi venire in ospedale?».

Non udirono la risposta perché Travis fu caricato sull'ambulanza.

«Che ne pensi? Secondo te suo padre si farà vivo?», chiese George a Caro.

Ma lei non stava ascoltando, era troppo impegnata a guardare Elle che salutava Brian e Bethany.

«Brian Carmichael! Oh, mio Dio. È passato così *tanto* tempo! Non posso crederci». Elle gettò le braccia al collo di Brian con l'entusiasmo con cui si accoglie un marito che si credeva perduto per sempre. «È così bello vederti! E chi è questa ragazza incantevole?», chiese, rivolgendo la sua attenzione a Bethany. «Wow, sei stupenda! E vi somigliate così tanto!», concluse con un sorriso da un orecchio all'altro.

Bethany sorrise timidamente, deliziata da quelle attenzioni, e lo stesso fece Brian, le cui guance si stavano colorando di rosa.

Caro si sentì accapponare la pelle. Avrebbe voluto porre fine a quella sceneggiata, mandare Bethany immediatamente a letto e buttar fuori Elle da casa sua. Invece non poté far altro che restare a osservare con un certo fastidio Brian che si illuminava sotto lo sguardo di Elle. Sebbene non vedesse l'ora di liberarsi di lui, non le piaceva che si sentisse degno di tanta attenzione da parte di una persona come Elle.

Come se non bastasse, Elle sembrava aver fatto colpo anche sulla scontrosa e poco amichevole Bethany, che si stava lasciando condurre dalla sua nuova migliore amica verso le poltroncine di pelle, dove sarebbero rimaste a scambiarsi confidenze in attesa della polizia. Mentre camminavano, Elle si voltò e strizzò un occhio a Caro.

Per tenersi impegnata, Caro iniziò a riordinare; avvolse i formaggi nella pellicola e li mise in frigorifero, poi tirò fuori i costosi cioccolatini che aveva comprato da Waitrose.

Quando arrivò la polizia, Elle la affrontò con tranquilla autorevolezza. Usò toni sommessi da avvocato e un complicato gergo legale.

Caro preparò il caffè e nel frattempo cercò di immaginare come avrebbe potuto trovare meno irritante la presenza di Brian. Il suo sorriso poteva apparirle più dolce, i suoi capelli meno spenti, più curati? Le sue guance meno rosee, più rosse? Poteva pensare ai suoi soldi come a una risorsa per la loro vecchiaia insieme, piuttosto che sperperarli in oggetti costosi solo per irritarlo? Quando la polizia se ne andò, cominciava ad albeggiare e si sentivano i primi cinguettii degli uccelli in giardino. Bethany era andata a letto.

Erano tutti riuniti in cucina. Brian tornò dopo aver accompagnato fuori i poliziotti e disse: «Santo cielo, che nottata. Qualcuno gradisce del brandy?»

«Io no, grazie, sto andando via», disse Lily, che aveva già indossato la giacca.

«Mi piacerebbe molto, Bri», disse Elle con il più incantevole dei sorrisi. Caro si irrigidì, non credeva di poter sopportare ancora a lungo. «Ma credo sia ora di andare», aggiunse poi, lanciando a Caro uno sguardo divertito. «Dobbiamo rivederci al più presto».

«Penso che andrò anch'io», disse George. «Devo tornare dalla mia mogliettina». Poi fece una pausa, guardò nervosamente Elle e riformulò. «Devo tornare da Audrey e dal bambino per spiegare cosa è successo».

Si avviarono tutti verso la porta. Caro controllò la sua immagine riflessa nello specchio dell'ingresso: pallida e smunta, capelli spenti, orribili occhiaie. «È stata una serata interessante», disse, in piedi sulla soglia, ansiosa di congedarli.

George strinse la mano a Brian. «Sì», disse. «È stata una serata divertente». Poi, dopo una breve pausa, chiese goffamente: «Io… immagino che non andremo alla commemorazione di Henry, vero? Voglio dire, se siete ancora dell'idea, potrei tornare dopo aver dormito un po' così ci andiamo insieme. Immagino che Lady Bellinger conti sulla nostra presenza».

Elle scoppiò in una risatina di scherno.

«Non andrò alla commemorazione di Henry, George», disse Caro con calma. «Non dopo quello che è successo». Sentì Brian posarle una mano sulla spalla e si impose di non scrollarsela di dosso.

«No», disse George. «No. Giusto. Hai ragione». Tre Uber erano in fila sul marciapiede, in attesa. George prese la borsa con il cambio per la notte che non aveva mai aperto. «Be', grazie per l'ospitalità». Baciò Caro sulle guance e strinse la mano a Brian. Lily fece lo stesso.

«Brian, ti chiamo uno di questi giorni, okay?», disse Elle, poi, con il pretesto di dare un bacio sulla guancia a Caro, sussurrò: «Fate i bravi, adesso». E se ne andarono tutti nella luce tenue dell'alba.

Caro chiuse la porta con un sospiro di sollievo.

«Un brandy veloce, amore mio?», chiese Brian.

Caro fece del suo meglio per trattenere una smorfia quando lui la chiamò "amore mio". «Sì, perché no?», rispose, provando a sorridere. Brian sembrò momentaneamente sorpreso dalla sua gentilezza. Forse, in fin dei conti, non sarebbe stato così male.

In ogni caso, doveva provarci.

CAPITOLO 44
GEORGE

Oggi

George e sua moglie erano seduti fianco a fianco sul divano, con Raffy che si nutriva per la decima volta quella sera, tutto felice nella sua tutina di spugna gialla.

George aveva preparato una serie di bugie per spiegare gli eventi della serata, eliminando ogni riferimento alle proprie malefatte, ma quando era entrato in casa e si era ritrovato davanti il volto familiare ed esausto di Audrey, e Raffy in braccio a lei, con gli occhietti spalancati sull'onda di misteriose emozioni infantili, era scoppiato a piangere. Cercava sempre di non piangere in pubblico, anzi, di non piangere affatto, se possibile. Da quella volta in cui suo padre lo aveva frustato dietro le gambe con la cintura per aver rotto il vetro della serra vittoriana con una palla da cricket. Aveva dovuto imparare in fretta a trattenere le lacrime, perché il padre aveva minacciato di dire a tutta la scuola che suo figlio era un piagnucolone.

«Raccontami cos'è successo», disse Audrey, accarezzando la testa lanuginosa del bambino.

«Non voglio», ammise George, con le lacrime che gli rigavano le guance. «Non ti piacerà».

Audrey lo guardò con le palpebre appesantite dalla stanchezza. «George, credo che al momento nessuno di noi due se la sentirebbe di affermare che la nostra relazione è al massimo. Se vogliamo che qualcosa cambi, devi dirmi tutto, adesso».

Scoprire che Audrey era infelice quanto lui mise George ancora più in difficoltà. Non gli era mai passato per la testa che Audrey potesse lasciarlo, che potesse non essergli ciecamente devota.

«Niente bugie, niente giri di parole. Dimmelo e basta». Era evidente che la sua pazienza si stava esaurendo.

Così, frignando come un bambino che cerca assoluzione dalla madre, George le raccontò tutto dall'inizio alla fine, compresi l'avvelenamento con la xilazina, il suo disperato assalto ai seni di Elle mentre lei lo riprendeva di nascosto e le bugie alla polizia su chi avesse accoltellato Travis.

Audrey ascoltò con attenzione, distogliendo lo sguardo di tanto in tanto. Quando George ebbe finito, Raffy dormiva profondamente ronfando come un topolino.

Audrey chiuse gli occhi per un attimo e fece un respiro profondo. «Wow», esclamò.

«Mi odio», disse George.

Lei lo guardò come se non volesse sentirsi dire una cosa del genere in quel momento.

Quando si avvicinò per toccarla, lei si ritrasse. Raffy si svegliò e cominciò a piangere. Audrey sospirò e George sentì il bisogno di sfuggire all'espressione di pietosa ripugnanza che vide impressa sul suo volto. «Vado a preparare una tazza di tè», mormorò e si diresse verso la cucina, sperando che, rimanendo da sola, potesse riflettere e trovare il modo di detestarlo un po' meno.

Ma quando tornò, Audrey si era addormentata, lasciandolo bloccato in un purgatorio di disperazione, solo con i suoi pensieri e terrorizzato da ciò che sarebbe potuto accadere al mattino.

Avvolse Audrey e Raffy in una coperta e si sedette sul divano accanto a loro, rendendosi conto che tutto ciò che Elle aveva detto su di lui era vero. Per tutta la vita aveva visto solo sé stesso. E proprio ora che finalmente aveva aperto gli occhi, rischiava di perdere le persone a lui più care.

Si costrinse a rimanere sveglio il più a lungo possibile, consapevole che quella poteva essere l'ultima volta che se ne stava seduto vicino a sua moglie. Non sapeva cosa avrebbe deciso Audrey dopo ciò che le aveva raccontato, ma sapeva per certo che la fase della sua vita costruita sull'eccessiva fiducia in sé stesso a discapito delle emozioni era giunta al termine. Con un po' di fortuna, Audrey lo avrebbe perdonato e magari, col passare del tempo, sarebbe riuscito a non sentirsi più così patetico o così sciocco. Non osava nemmeno prendere in considerazione l'alternativa. In quel momento, tutto ciò che desiderava era starsene seduto al buio con la sua famiglia, guardando sua moglie che dormiva, bella e senza pensieri.

CAPITOLO 45
LILY

Oggi

Lily tirò le tende e chiuse fuori l'alba. Si sfilò la camicia a fiori, i pantaloni blu navy e il blazer grigio che indossava a tutte le feste e gli eventi legati al libro e che probabilmente non avrebbe mai più indossato. Si legò i capelli in un'ordinata coda di cavallo e si fece una doccia appena troppo calda, che le fece arrossare la pelle e appannò lo specchio. Poi indossò il pigiama di cotone che sua madre le aveva mandato per il compleanno e le pantofole. Mentre andava a dar da mangiare alla gatta, sentì il rumore del furgone del lattaio. Il calendario sul frigorifero le ricordò che lunedì aveva appuntamento con la sua analista e stavolta l'idea di andarci le fece uno strano effetto. Si chiese se la dottoressa le avrebbe detto che finalmente aveva svoltato. Posò la scatoletta di cibo per gatti e immaginò l'analista che si chinava verso di lei, le toccava delicatamente la mano e le diceva: «Sono orgogliosa di te, Lily». O forse era Lily a essere orgogliosa di sé stessa.

Andò in camera da letto pensando a come avrebbe potuto descrivere la sensazione che provava. Era come se un peso che si portava dietro da anni si fosse alleggerito. Non era scomparso, era solo più leggero. Sì, ecco, pensò mentre si infilava tra le lenzuola di cotone bianco: più leggero.

Era consapevole del fatto che in terapia avrebbe dovuto scomporre tutto e analizzare ogni dettaglio, perché parlarne ad alta voce significava andare avanti. Ma era abbastanza sicura che il peggio fosse passato, che il duro lavoro fosse ormai alle spalle, che la sua storia finalmente le appartenesse. Lily l'aveva trovata tra le fiamme dell'inferno.

Mentre abbandonava la testa sul morbido cuscino, pensò che avrebbe potuto fare un salto da Peter in libreria, giusto per salutarlo. Magari non subito. Un passo alla volta. Ma le sembrava un'idea su cui valeva la pena di riflettere. In definitiva, se si fosse sentita in imbarazzo avrebbe sempre potuto comprare un libro.

La gatta saltò sul letto e si accoccolò ai piedi di Lily. Il furgone del lattaio scomparve in fondo alla strada. La cacofonia del canto degli uccelli si fece più forte con il sorgere del sole. E per la prima volta dopo secoli, Lily dormì.

CAPITOLO 46
ELLE

Oggi

Al lavoro, Elle aveva sempre apprezzato la comodità della sua organizzata scrivania in multistrato verniciato e della sua sedia Eames, la finestra leggermente oscurata dietro la quale gli uccelli volavano all'altezza degli occhi, tutte le sue carte ordinatamente etichettate. Adesso, però, dentro di sé avvertiva una spirale di energia che non sentiva da tempo e che non riusciva a soddisfare lavorando.

A metà settimana, dopo il lavoro, si recò nell'appartamento di sua sorella. Un triste strato di polvere si era depositato su ogni cosa. Andò in camera, si sedette sul letto, aprì e chiuse il cassetto del comodino che ospitava cose troppo personali e troppo insignificanti per essere prese in considerazione: una bustina di paracetamolo bucata, un romanzo tascabile lasciato a metà. Annusò il profumo della sorella, passò la mano sui vestiti nell'armadio, scrisse il suo nome nella polvere. Sua madre aveva portato via gli album, ma in salotto Elle trovò sul pavimento un paio di foto che erano evidentemente scivolate fuori dalla loro custodia di plastica. Alcuni innocenti scatti di una gita alla spiaggia di Brighton. Sua sorella a una festa natalizia aziendale con una corona di carta in testa. Nell'ultima però c'erano loro due, Elle e Sarah, il primo giorno di scuola, quando la mamma le aveva fatte posare una accanto all'altra nelle loro uniformi verdi. Sarah con i calzini bianchi tirati su e i capelli legati. Elle con una calzamaglia nera non regolamentare e i riccioli malamente schiariti. Sarah sorrideva, Elle aveva un'espressione imbronciata. Nella foto si intravedeva il profilo del braccio dell'allora fidanzato di sua madre, così, tenendola con cura, Elle strappò quel pezzetto e lo lasciò cadere a terra. Poi si portò la fotografia alle labbra e diede alla sorella un ultimo, tenero bacio prima di infilare lo scatto in borsa. Sul treno verso casa chiamò un'impresa di pulizie e sgomberi per occuparsi del resto.

Il venerdì successivo, dopo il lavoro, era stato organizzato un aperitivo tra colleghi per festeggiare il compleanno di una delle socie, Fiona McNeil, una temibile avvocatessa divorzista ossessionata dal karaoke. Prima di uscire, Fiona fece capolino nell'ufficio di Elle. «Vieni? È una saletta privata in stile polinesiano, con illuminazione a tema e un pulsante per ordinare i cocktail!», disse, come se questo fosse più che sufficiente per convincere Elle a lasciare il suo ufficio.

Elle guardò i colleghi allontanarsi e inaspettatamente provò una punta di invidia.

Si rese conto che in realtà si era divertita alla cena di Caro nel fine settimana. Nonostante la povera Lily e tutto quello che era successo, le era piaciuto uscire e tornare a essere la Elle di un tempo. A poco a poco, si era allontanata dalle persone e la decisione di starsene per conto suo era diventata un'abitudine.

Si guardò riflessa nella finestra dell'ufficio: capelli pettinati all'indietro, occhiali spessi con la montatura di tartaruga e camicia bianca inamidata. Una ragazza noiosa.

Prese un taxi per raggiungere il locale della festa a tema polinesiano.

Durante il tragitto, sul suo telefono apparve una notifica dal suo falso account Instagram (l'innocua belinda.bakes.cakes): la moglie di George, Audrey, aveva accettato la sua richiesta di follow. Elle provò un brivido di eccitazione colpevole, pregustando ore di potenziale divertimento nella tana del Bianconiglio a sezionare e giudicare la vita di George e Audrey. Fece per aprire l'app, ma poi pensò alla patetica espressione sul volto di George mentre tremava di paura dopo che lo aveva filmato mentre si strusciava su di lei. "Lascialo alla sua piccola vita", pensò. E allo stesso tempo si rimproverò il vergognoso e abituale cliché di spiare le vite degli altri su Instagram credendole più belle della sua.

Aveva imparato la lezione. Cancellò l'applicazione.

Il taxi si fermò davanti al locale karaoke di Soho.

«Oh mio Dio, è Elle!», gridò Fiona dal palco, con il microfono in una mano e una piña colada nell'altra.

Elle ordinò un Manhattan e prese posto su una panca di pelle accanto a Xavier Jones-Wright, che non era un avvocato ma lavorava nell'agenzia pubblicitaria all'ultimo piano del loro palazzo e usciva con loro da anni. Cupo e taciturno, era uno dei fiori all'occhiello nella lista di contatti di Elle.

Bevvero, ballarono, Elle azzardò persino una canzone, una cosa che trovò divertente ma che non sentì il bisogno di ripetere nell'immediato futuro.

Alla fine della serata, Elle si rivolse a Xavier e disse: «Vieni da me?».

Lui chinò la testa di lato, come se l'idea non gli dispiacesse affatto.

Elle diede un morso alla ciliegia che ornava il suo cocktail. «Se vuoi puoi fermarti a dormire».

Xavier quasi sputò il suo drink. «Fermarmi a dormire? Maledizione, Elle, cosa ti è successo?».

Lei sollevò un sopracciglio. «Vuoi restare o no?»

«Assolutamente sì», rispose lui con un sorriso.

Elle scrollò le spalle come se avessero raggiunto un accordo. Avrebbe fatto una piccola prova di intimità, giusto per verificare che non si fosse persa qualcosa.

CAPITOLO 47
CARO

Oggi

Caro avrebbe ucciso per una delle sigarette di Elle. Brian russava nella beatitudine post-coito. Lei aveva provato a godersi il sesso, ma non ci era riuscita.

Guardò il fiume fuori dalla finestra, un foglio d'argento sotto la luce della luna. Immaginò i due equipaggi di vogatori che passavano veloci, con i remi che fendevano l'acqua. Tanto clamore per una semplice regata. Ricordò il volto di Henry, furibondo, mentre dal suo letto d'ospedale seguiva la gara in televisione. Pensò a Lily che si alzava in piedi con la sua camicetta linda e declamava coraggiosamente quello che le era successo.

L'acqua luccicava. Cigni addormentati andavano alla deriva. Una volpe sgambettava lungo l'alzaia.

In piedi davanti alla finestra della camera da letto, Caro smise di mettere a fuoco e vide riflesso nel vetro solo il suo volto spettrale.

Ricordò il viaggio in macchina verso la festa in onore di George Kingsley per la Boat Race.

Con suo grande sollievo, Henry era finalmente riuscito a trovare un taxi, ma lei aveva dovuto camminare molto più del previsto con le scarpe nuove che già le avevano scorticato la parte posteriore del tallone. La cintura del vestito le scavava la pelle e l'agitazione le aveva fatto increspare i capelli. Nel complesso, non si sentiva affatto la ragazza attraente e glamour che aveva puntato a essere quella sera, ed Elle, con il suo look grunge-chic che aveva suscitato l'ovvio apprezzamento di Henry, aveva dato il colpo di grazia al suo ego.

Quando Henry salì sul taxi senza nemmeno degnarla di uno sguardo o tenerle aperta la portiera, Caro ebbe l'impressione che a lui non importasse affatto che lei fosse lì.

Henry prese posto sul sedile di pelle. L'auto aveva un odore nauseabondo, di deodorante per ambienti. Caro dovette chiedere di abbassare il finestrino.

«Allora, cosa succede tra Travis e… come si chiama?», chiese Henry.

«Lily, Henry. Hai vissuto con lei, ricordi?»

«Sì, lo so, ma questo non significa che debba ricordarmi come si chiama. Penso di non averla neanche mai sentita parlare. Cosa ci trova in lei Travis?».

Caro si godeva la brezza fresca sulle guance arrossate. «È vergine», disse con disprezzo. «Ecco cosa ci trova».

Henry quasi si strozzò. «Stai scherzando?». Si voltò verso Caro con gli occhi sgranati. «Come fai a saperlo?».

Caro non lo sapeva con certezza, ma ne era abbastanza sicura. E finalmente aveva la piena e avida attenzione di Henry. «Le donne sanno certe cose, Henry».

Lui le mise un braccio intorno alle spalle e la attirò a sé. «Bene, bene, bene. È proprio un furbacchione quel Travis».

Caro aveva fatto il test di gravidanza il giorno prima. Aveva riflettuto su quale fosse il momento giusto per dirlo a Henry; preferibilmente dopo la ventiquattresima settimana, quando lui non avrebbe più potuto dirle di sbarazzarsene. Caro aveva sempre desiderato un bambino, qualcuno da amare e che l'avrebbe amata altrettanto intensamente, senza riserve o giudizi.

Non aveva prestato molta attenzione a ciò che Henry aveva comprato da Travis, perché sapeva che non avrebbe preso nulla. Alla festa, ogni bicchierino di tequila o altro che le offrivano finiva sul pavimento già zuppo. Tuttavia bastò l'odore dell'alcol a farle passare quasi tutta la sera in bagno a vomitare.

Fu allora che lo vide. Aveva sentito qualcosa in uno dei cubicoli, ma era troppo impegnata a non sporgere troppo la testa nella disgustosa tazza del water per farci caso. Riconobbe le scarpe, mentre era seduta a riprendere fiato sul pavimento. Si alzò in piedi e appoggiò il naso alla fessura della porta. Henry era davanti allo specchio, si controllava i capelli e sembrava terribilmente soddisfatto di sé. Caro conosceva quello sguardo: lo sfoggiava quando faceva il prepotente con un cameriere o quando riusciva a umiliare qualcuno che si era messo sulla sua strada. Henry tese i pollici e gli indici davanti allo specchio, simulando una pistola, e uscì dal bagno controllandosi la patta.

Caro non voleva sapere cosa aveva fatto. Stare con Henry significava chiudere un occhio su molte cose. Si pulì il viso con un po' di carta igienica e aprì la porta, decisa a uscire dal bagno senza farsi notare. Tuttavia non poté farne a meno: doveva guardare. Doveva vedere la bambolina che si stava sistemando i capelli e raddrizzando il vestito. Era sempre utile studiare la concorrenza.

Ma non c'era nessuna bambolina, solo una gamba che spuntava da una porta semiaperta e una scarpa. Caro si azzardò ad aprire un po' di più la porta del cubicolo e quello che vide le strappò un gemito. Accasciata a terra priva di sensi, con il vestito sollevato, c'era Lily.

Tornò di corsa nel cubicolo da cui era uscita e vomitò senza ritegno. In un istante fece due più due. Sapeva della lista. Aveva visto il foglio elettronico quando aveva controllato il suo telefono, era un'altra delle cose su cui aveva deciso di chiudere un occhio. Ma sedurre una ragazza per divertimento o avere un rapporto a tre, per quanto umiliante, non era la stessa cosa che drogare e violentare una persona solo perché si è appena scoperto che è vergine. Ed era stata proprio stata Caro a dirglielo.

Quando non le rimase più nulla da vomitare, Caro fuggì il più velocemente possibile dal bagno per tornare nel locale. Qualsiasi cosa pur di allontanarsi da Lily gettata via come una bambola di pezza, rotta e sbilenca.

Vide Henry nei pressi del bar: con le braccia intorno alle spalle dei ragazzi della squadra, teneva banco mentre quelli lo ascoltavano affascinati.

Pensò a tutto quello che aveva fatto per renderlo felice. Che spreco era stato. Per nessun motivo al mondo avrebbe accettato uno stupratore come padre di suo figlio. Il suo piccolo, prezioso bambino.

In un attimo si figurò lo scenario in tutto il suo soffocante splendore: sarebbe dovuta restare con Henry, accettare che le sue mani – che ora la disgustavano – le accarezzassero il corpo, cullassero il bambino, facessero chissà cosa con chissà chi, altrimenti lui e la sua ignobile madre l'avrebbero schiacciata per ottenere la custodia. Le avrebbero strappato il suo amato bambino e lo avrebbero tenuto per loro, tagliandola fuori con crudele indifferenza. Quali altre opzioni aveva? Convincere Lily a testimoniare contro Henry? Davvero? Lily, che non era in grado di far male a una mosca? I Bellinger e i loro costosi avvocati le avrebbero annientate entrambe. E in ogni caso nessuno era mai stato condannato per stupro.

Caro si guardò intorno piena di rabbia. Perché Henry non poteva comportarsi in modo semplicemente decente? Sarebbe bastato un dieci per cento di decenza in più e non sarebbe successo niente.

Aveva rovinato tutto.

Caro non poteva permettere che quella versione del futuro si realizzasse.

CAPITOLO 48
CARO

Ieri
Terzo trimestre del terzo anno

Era difficile orientarsi al buio tra la polvere e le trappole mortali di fili e cavi. A un certo punto inciampò su una tavola pericolante e per poco non cadde in un buco, ma riuscì a cavarsela sbucciandosi mani e ginocchia. Il pavimento era cosparso di macerie, piastrelle rotte, attrezzi dall'aspetto letale. Le tremavano le mani. Il cuore le batteva così forte che temeva di perdere i sensi mentre si faceva strada a tentoni lungo il corridoio verso il piano superiore, oltrepassando i pali d'acciaio, con l'intonaco che si sfaldava sotto le dita. Cercò di controllare il respiro. Era spaventata e stranamente eccitata. Le sembrava tutto così irreale. Percepiva ogni cosa con particolare intensità, i suoni, la sporcizia, la polvere; vedeva volti nell'oscurità che poi scomparivano, e si rendeva conto che era tutto frutto della sua immaginazione. Continuò ad avanzare nel buio e dovette fare attenzione mentre usciva dalla finestra sul retro dell'impalcatura. Vide l'intera città che brillava sotto di lei. Si aggrappò al metallo freddo e si costrinse a non guardare in basso. Cosa diceva Henry quando cercava la motivazione per vincere le gare? "Non pensare, fallo e basta". Dovette sporgersi dall'impalcatura e aggrapparsi alle merlature del tetto per trascinarsi sul parapetto; l'operazione le lasciò dei graffi bianchi sulle gambe e Caro pensò al bambino dentro di lei: la paura avrebbe potuto danneggiarlo? Di certo non quanto il fatto di avere Henry Bellinger come padre, si disse. Si avvicinò alla struttura che fungeva da balcone improvvisato per quell'antico castello di pietra. Aveva il cuore in fiamme e quasi le veniva da ridere per la paura, la tensione e l'incredulità di fronte a ciò che stava facendo. "Non pensare", si disse mettendo lentamente un piede davanti all'altro fino a raggiungere il primo abbaino. "Concentrati su qualcos'altro". La vista da lassù era incredibile.

La stanza di Henry era illuminata da una lampada da tavolo. Dal posacenere saliva un filo di fumo. Caro lo vide seduto sul letto, a torso nudo, con la schiena appoggiata al muro e gli occhi chiusi.

"Ora o mai più". Dieci minuti e sarebbe tornata a respirare normalmente. L'adrenalina le faceva fremere i muscoli. Si costrinse a smettere di tremare e bussò delicatamente sul vetro. Poi alzò e abbassò il top in modo che per un attimo lui vedesse solo il suo seno bianco come il latte: l'espediente funzionò e Henry si alzò di scatto.

Caro indietreggiò nell'ombra, attirandolo fuori dalla finestra come un pesce all'amo. Sentiva in bocca il sapore della paura. Quasi troppo facile. Era così prevedibile...

Henry si arrampicò fuori dalla finestra e rimase in piedi sullo stretto cornicione, con la sigaretta che gli pendeva dalla bocca. Non stava accadendo. Non sarebbe andata fino in fondo. «Mio padre è appena morto, quindi non sono dell'umore giusto per giocare. O scopiamo o te ne vai a fanculo, okay?», le disse, gettando la sigaretta nel vuoto.

«Non sono qui per giocare», rispose lei con voce incredibilmente ferma. Mentre si avvicinava, si chiese se Henry, toccandola, avrebbe sentito il suo cuore che batteva all'impazzata. Gli appoggiò delicatamente le mani sui pettorali e li accarezzò come se stesse lisciando le pieghe di un tessuto. Lui guardò le dita che si muovevano sul suo corpo e sorrise. Era così stupido. Così autocompiaciuto. Pensava di essere il numero uno. Era questo che lo rendeva al tempo stesso così pericoloso e così suscettibile: l'arrogante convinzione che tutti lo volessero.

I suoi lineamenti incombevano su di lei; da quella prospettiva era tutto naso, occhi e labbra. Un Henry diverso da quello che aveva visto in passato. Ciò che un tempo era sembrato bello, ora appariva mostruoso. Henry cercò di abbassarle il top, ma Caro lo fermò: «Ah-ah, questo è il *tuo* regalo». Mentre si inginocchiava di fronte a lui, all'improvviso dubitò che sarebbe andata fino in fondo. No, non l'avrebbe fatto. Ma poi pensò al bambino. Pensò a Lily sul pavimento del bagno, con le gambe divaricate e insanguinate. A sé stessa mentre raccontava a Henry con tanta disinvoltura che Lily era vergine.

«La situazione migliora di minuto in minuto», disse Henry sorridendo e portandosi le mani dietro la testa.

«Vero?». Caro sorrise a sua volta, scostando i lucidi capelli rossi dal viso. Poi, prima che la sua mente avesse il tempo di obiettare, spinse Henry Bellinger attraverso l'apertura del parapetto.

CAPITOLO 49
CARO

Oggi

Era stato così facile. Una spinta. Ferma e decisa, come per dare lo slancio a un bambino sull'altalena. A volte la spaventava pensare a quanto fosse semplice. Un gesto innocente, come mettere un pollo nel forno. Quando lei e Brian camminavano sul ponte della ferrovia di Barnes, a Caro capitava di sentir formicolare le dita.

Aveva spesso pensato che sarebbe stato bello condividere il segreto con qualcuno, liberarsi come si fa quando ci si rilassa dopo aver trattenuto la pancia per tutto il giorno. Aveva fantasticato di dirlo a Elle, di sorprenderla con il suo coraggio. Una confessione del genere avrebbe sminuito la sua disinvolta ammissione di aver architettato un avvelenamento, e allo stesso tempo avrebbe rivelato che loro due erano più simili di quanto potesse immaginare. Caro si sarebbe crogiolata nell'ammirazione di Elle. Magari sarebbe stato l'inizio di un'improbabile amicizia e lei sarebbe finalmente entrata a far parte della cerchia di Elle. Finalmente sarebbe stata accettata.

Tuttavia non aveva messo in conto la rivelazione relativa a sua sorella. Non aveva mai creduto che una cosa così piccola potesse metterle i bastoni tra le ruote. Da quando aveva lasciato Oxford, Caro non aveva più pensato ai saggi che aveva comprato, e si era già ampiamente rimproverata per averli menzionati durante la cena: si era lasciata trasportare dall'irrefrenabile desiderio di avere sempre la meglio sugli altri.

E ora era in trappola.

Nel sonno Brian emise un rantolo così forte che si svegliò. Si rigirò nel letto come un tricheco sulla spiaggia, tastò lo spazio vuoto nel letto e, rendendosi conto che Caro non c'era, alzò lo sguardo su di lei.

«Vieni a letto, tesoro?»

«Sì, caro», rispose lei con un sorriso forzato.

Si allontanò dalla finestra e si infilò di nuovo sotto le lenzuola. Brian le mise un braccio addosso, immobilizzandola con assonnata soddisfazione.

Caro restò distesa con gli occhi spalancati a fissare i disegni della carta da parati. Aveva davanti a sé molte lunghe notti per escogitare una via d'uscita.

Ringraziamenti

Un enorme ringraziamento va alla mia editor, Kate Mills, e alla mia agente, Rebecca Ritchie, che hanno contribuito a rendere questo libro migliore possibile. Vorrei anche ringraziare l'incredibile team di HQ – redazione, design, produzione, marketing e pubbliche relazioni, vendite – che lavora duramente su ogni libro che pubblica.

Indice

p. 7 Capitolo 1. Caro
12 Capitolo 2. Lily
15 Capitolo 3. Elle
20 Capitolo 4. George
26 Capitolo 5. Caro
36 Capitolo 6. Lily
48 Capitolo 7. Elle
58 Capitolo 8. George
67 Capitolo 9. Caro
72 Capitolo 10. Lily
83 Capitolo 11. Lily
91 Capitolo 12. George
97 Capitolo 13. George
101 Capitolo 14. Elle
112 Capitolo 15. Lily
116 Capitolo 16. Lily
125 Capitolo 17. Caro
129 Capitolo 18. George
141 Capitolo 19. Caro
148 Capitolo 20. George
152 Capitolo 21. Lily
156 Capitolo 22. George
161 Capitolo 23. Caro
165 Capitolo 24. Lily
170 Capitolo 25. George
174 Capitolo 26. George
183 Capitolo 27. George
185 Capitolo 28. George
189 Capitolo 29. George